www.tredition.de

AF202958

Anja Mellies

Linhart

Die wahre Schuld

www.tredition.de

Verlag und Druck: tredition GmbH, Hamburg

ISBN
Paperback: 978-3-7469-1760-3
Hardcover: 978-3-7469-1761-0
e-Book: 978-3-7469-1762-7

Prolog

Ich fühlte mich fremd, als ich durch die Räume des Hauses ging, in dem mein Vater seine Kindheit verbracht hatte. Es war ein altes und sehr großes Haus. Ins Fachwerk waren ein Spruch, der Gottes Segen für die Bewohner garantierte, und die Jahreszahl 1545 geschnitzt. Seit über vierhundert Jahren gehörte es meiner Familie. Helmut und Elsbeth Frei waren meine Großeltern gewesen, und wenn ich ihren Wunsch erfülle, wird das Haus auch die nächsten Jahrzehnte im Eigentum der Familie Frei stehen.

Es war viele Jahre her, dass ich meine Großeltern das letzte Mal gesehen habe. Zwischen ihnen und meinem Vater kam es immer wieder zum Streit.

Irgendwann war eine Karte zu Weihnachten der einzige Beweis, dass meine Großeltern noch lebten. Mein Vater sprach nie über den Grund dieses Zerwürfnisses. Wenn ich ehrlich bin, hatte ich auch nie danach gefragt. Als mein Vater starb, ging meine Mutter mit mir zurück nach London, den Ort, an dem sie ihre Kindheit verbracht hatte. Der Kontakt zu meinen Großeltern brach vollständig ab. Erst die Nachricht ihres Todes durch einen Anwalt brachte mich zurück nach Röhrenfurth.

Ich ging ziellos umher. Die Galerie an den Wänden zeigte etliche Porträts der Familie Frei. Alle bis auf eines waren sie handgemalt. Das letzte Bild dieser Galerie zeigte den Abzug einer alten, vergilbten Fotografie meines Vaters. Auf ihr war ein junger Mann zu sehen. Der dunkle Anzug, den er trug, saß perfekt. In den Händen hielt er eine Bibel, deren Alter man an dem aufwändig gearbeiteten, aber abgenutzten Einband erkannte. Ich kann mich nicht erinnern, ihn jemals mit einer Bibel in der Hand gesehen zu haben.

Ich betrat die Bibliothek des Hauses. Maßgefertigte Regale aus Mahagoniholz reichten bis zur Zimmerdecke. Gegenüber der Tür standen ein imposanter Schreibtisch und ein Tresorschrank ebenfalls aus Mahagoniholz.

Die Bücher waren alt, die Einbände zum Teil in Leder gebunden. Sie standen in Reih und Glied. Besonders wertvolle Exemplare wurden durch Glastüren geschützt. Ich ging näher heran und erkannte, dass auf einigen Einbänden Jahreszahlen notiert und sie chronologisch sortiert waren. Die Seiten waren vergilbt. Sie waren von Hand beschrieben. Die Schriftzeichen waren in einer Art geschrieben, dass ich lange brauchte, sie zu entschlüsseln und den Inhalt zu verstehen. Es waren Auflistungen. Einnahmen und Ausgaben waren sorgsam untereinander geschrieben.

Dieser Raum war großartig. Überwältigt setzte ich mich auf den schweren Schreibtischsessel. Nachdem ich einen Augenblick innegehalten hatte, überlegte ich: Wenn in den Regalen schon so viele Schätze standen, welche würde der Tresor wohl verbergen? Bei der Testamentseröffnung gab mir der Notar einen versiegelten Umschlag. In dem mein Großvater mir, neben dem Umstand, dass er es bereute, mich nie richtig kennengelernt zu haben, zwei Zahlenkombination mitgeteilt hatte.

Gespannt öffnete ich den Tresor. Es war ein alter Schrank. Mein Großvater hatte ihn irgendwann aufarbeiten lassen. Die erste Zahlenkombination öffnete die originale Tür des historischen Schrankes. Die zweite einen modernen Stahltresor, der sich im Inneren des Schrankes verbarg.

In dem Tresor befand sich neben Wertpapieren, Schmuck und Bargeld ein mit vergilbten Leinen umwickeltes Päckchen. Neugierig nahm ich es heraus und entfernte vorsichtig den Stoff.

Es war ein auf vielen Bögen von Hand geschriebener Brief. Der Verfasser dieses Briefes stellte sich als Linhart vor. Es dauerte nicht lange und ich war fasziniert von dem, was ich las.

Kapitel I

Da mein Wirken ein Ende gefunden hat, werden meine Tage wieder länger. Ich schaue aus dem Fenster und beobachte, wie der Schnee leise und leicht wie die Saat des Löwenzahns auf die Erde fällt und sie in eine weiße Decke hüllt. Die Natur hat sich zur Ruhe gebettet, so wie ich es tun werde. Erst der Frühling wird das Leben neu begrüßen, so wie er es einst bei mir tat.

Geboren als Sohn eines einfachen Schmieds hatte ich schon früh erfahren, dass das Leben nicht einfach ist. Das Essen reichte kaum, um die ganze Familie satt zu bekommen. Peter, mein ältester Bruder, half meinem Vater bereits als Kind in der Schmiede aus. Er war so lange der Handlanger unseres Vaters, bis dieser das Zepter aus der Hand legte und Peter die Schmiede übernehmen konnte. Ich aber hatte nicht die Privilegien des Erstgeborenen. Ich war gerade fünfzehn Jahre alt, als mein Vater mir erklärte, dass ich nun alt genug sei, dass ich hinaus ins Leben müsse, um mir eine eigene Existenz zu erarbeiten.

Katharina, meine Schwester, hatte es etwas leichter. Sie war eine anmutige Erscheinung und obwohl die Männer im Ort ihr Avancen machten, beschloss sie, ihr Leben Gott zu widmen. Der Tag, an dem mein Vater sie ins nahe gelegene Kloster begleitete, war auch der Tag, an dem ich Röhrenfurth verließ.

Die Jahre vergingen und mein Weg führte mich durch viele Orte. Als Tagelöhner stand ich auf der untersten Stufe der Gesellschaft, ein Ausgestoßener, mit dem niemand etwas zu tun haben wollte, es sei denn, es war zu seinem Nutzen. Meine Entlohnung reichte bisweilen nicht, den Hunger zu stillen, und es gab Tage, da wagte ich es nicht einmal, von einer trockenen Unterkunft zu träumen. In den Sommermonaten war es einfach. Ich nächtigte im Freien, auf Feldern oder in den Hauseingängen abseits gelegener Gassen. Aber im Winter war es schwierig. Wenn ich Glück hatte, fand ich einen Holzverschlag, in dem ich mich vor der Kälte und Feuchtigkeit der Nacht schützen konnte, immer auf der Hut, nicht entdeckt zu werden.

Auch in dem Augenblick, als sich mein Leben ein zweites Mal rigoros änderte, war es so. Der Tag war kalt und es hatte geregnet. Wieder einmal hatte ich keine Möglichkeit gehabt, die nötigen Münzen für eine Mahlzeit und einen Schlafplatz zu verdienen. Ich schlich durch die Gassen der Stadt wie ein streunender Hund. Die meisten Menschen nahmen mich nicht wahr oder jagten mich mit einem Prügel drohend davon.

Der Sommer war feucht und kalt gewesen. Die Ernte verkam auf den Feldern. Die Menschen hungerten, doch ihre Lehnsherren forderten ihr Recht und holten sich das, was ihnen ihrer Meinung nach zustand. Da konnten sie keinen weiteren Esser gebrauchen und sie schützten das, was ihnen geblieben war, mit allen zur Verfügung stehenden Mitteln. Das bekam ich am eigenen Leib zu spüren. Ich ging über den Marktplatz vorbei an Ständen mit einer dürftigen Auswahl an heimischem Obst und Gemüse. Ich hatte Hunger und es war auch nur ein alter, nahezu vergammelter Apfel, den ich vom Marktstand nahm. Aber kaum hatte ich ihn unter meinem Cape versteckt, hörte ich die Rufe des Händlers, der mich als Dieb beschimpfte. An dem Tag war ich es, der versuchte, sich vor dem Zorn der Menschen zu schützen. Ich war es, den die wütende Menge zum Schafott zerrte. Wäre Bartholomeus nicht genau in dem Augenblick, in dem man mir einen Strick um meinen

Hals legte, auf dem Platz erschienen, wäre mein Leben lange Vergangenheit und diese Zeilen wären nie geschrieben worden.

Damals appellierte Bartholomeus an die Barmherzigkeit der Leute. Er erzählte ihnen von der Gnade Gottes und bat für das Leben des ihm noch unbekannten Mannes. Er war es auch gewesen, der meine Wunden verband und mich in den folgenden Tagen pflegte.

Mit seiner Sprache und seinem ganzen Verhalten zeigte Bartholomeus seine Bildung. Er war streng in seinem Glauben. Seine Ausbildung beruhte auf Gottes Wort. Ich erfuhr, dass bereits seine Eltern dem Teufel zum Opfer fielen. Verkleidet als Gaukler kam Luzifer auch in die Stadt, in der er seine Kindheit verbrachte. Er war geblendet von den Kunststücken, die des Teufels Diener ihm zeigten. Er schlich sich trotz der Mahnungen seiner Eltern immer wieder in ihre Zelte. Sie verschwanden mitten in der Nacht. Es dauerte nicht lange und die Menschen im Ort spuckten Blut. Immer mehr starben, so auch seine Eltern. Ein Onkel brachte ihn in das Kloster nach Hersfeld. Dort erkannte er, dass er für seinen Ungehorsam mit dem Leben seiner Eltern bezahlt hatte, und dass er nur durch Buße ihre Seelen retten konnte.

Als Bartholomeus mir vorschlug, mit ihm zu gehen, zögerte ich nicht. Ich begann meine Lehrjahre mit dem Willen, mit Gottes Gerechtigkeit gegen die Macht des Teufels und seiner Helfer zu kämpfen.

In den nächsten Jahren wich ich nicht von Bartholomeus' Seite. Von ihm lernte ich, Dinge zu erkennen, die im Verborgenen lagen und über den Verstand des Normalen hinausgingen. Er berichtete mir von den Versuchen des Teufels, die Herzen der Menschheit zu vergiften und von den Menschen, die den Verführungen des Bösen nicht widerstehen konnten. Er zeigte mir, welchen Schaden diese Menschen über die Welt brachten. Wie sie mit der Hilfe Luzifers Ernten vernichteten und Leid über Mensch und Tier brachten. Ich folgte dem Weg meines Meisters, ich stand ihm zur Seite und nahm ohne Misstrauen seine Urteile hin. Ich schaute zu ihm auf, identifizierte mich mit dem Glauben meines Lehrers. Auch das Lesen und Schreiben brachte Bartholomeus mir bei. Mit jedem Wort, welches ich in der Bibel gelesen hatte, verehrte ich Gott mehr. Ich las von der Barmherzigkeit, die mir einst das Leben rettete. Aber mit jedem Wort, welches ich las, wurde die Frage nach Bartholomeus' Barmherzigkeit größer. Ich hatte das Gefühl, als wäre er mit jedem Urteil, das er gesprochen hatte, erbarmungsloser geworden. Und auch die Menschen um mich herum schienen immer leichter für ihre bedauernswerte Lage einen Schuldigen finden zu können.

Heute sind meine Zweifel an Bartholomeus' Urteilsfähigkeit größer denn je.

Diese Zweifel manifestierten sich durch unser Tun in Frankfurt. Wie schon so oft hatte man uns gerufen, um bei der Überführung und Verurteilung einer vermeintlichen Hexe zu helfen.

Die Inquisition hatte mich an viele Orte geführt, aber von keinem war ich so fasziniert gewesen wie von dieser Stadt. Noch immer bin ich beeindruckt von den großen Häusern, die mit ihren verzierten Fassaden die gepflasterten Straßen der Stadt säumten. Die Waren, die die Händler in den untersten Stockwerken ihrer Häuser anboten, waren nicht zu vergleichen mit den einfachen Dingen, die ich bisher sah. Ich war beeindruckt von den Männern und Frauen, die mit erhobenen Köpfen und stattlicher Kleidung die exotischsten Gewürze, Stoffe aus feinster Seide und Produkte, deren Nutzen ich bis heute nicht kenne, begutachteten und kauften.

Aber ich sah auch das Elend und die Ungerechtigkeit, die ich schon so oft gesehen habe. Ich sah die Kinder, gekleidet in grobes und zerschlissenes Tuch, wie sie einem Pferdewagen hinterherliefen und sich freuten, wenn man ihnen ein Stück Obst zuwarf. Ich sah die Männer und Frauen, die abseits der großen Straßen um Almosen bettelten.

Unser Weg führte uns durch die engen Gassen der Stadt. Als wir die Gasse der Weber und Gerber entlanggingen, drang kaum ein Lichtstrahl zu uns durch. Es schien, als hätte Gott den Menschen, die hier ihr Leben fristeten, das Antlitz der Sonne verweigert. Es war dunkel und sudelig. Von den Häusern bröckelte der Lehm und das Fachwerk war verrottet. Aber nicht nur der Verfall der Gebäude zeugte von der niederen Zunft derer, die hier lebten, auch der Gestank in der Gasse ließ die bittere Armut der Menschen erkennen. Trotz eines Verbotes wurde Unrat aller Art, angefangen bei den Exkrementen der Anwohner bis zum Tierkadaver, auf der Straße entsorgt und verrottete in den viel zu engen Gassen. Bartholomeus und ich mussten Obacht geben, denn mehr als einmal wurde eines der Fenster in den oberen Stockwerken geöffnet und der Inhalt des Nachtgeschirrs auf die Straße entleert. Es war nicht wie in den vornehmeren Stadtvierteln. Es gab keine Abfallschächte oder Gräben, die regelmäßig gereinigt wurden. Auch die Wege waren nicht gepflastert. Wir versanken bis zum Knöchel im Morast. Freilaufende Hühner, Schweine und streunende Hunde wühlten im Schlamm auf der Suche nach etwas Fressbarem.

Der Geruch war kaum zu ertragen. Ich war es, dessen Schritte immer schneller wurden. Schatten huschten durch die engen und verwinkelten Straßen. Hinter jeder Ecke konnte das Böse lauern. Egal ob der einfache Vagabund, der versuchte, durch Diebstahl seine Familie zu ernähren, oder der Verbrecher, der, mit dem Teufel im Bunde, nicht einmal vor Mord zurückschreckte. Alles war hier in diesen dunklen Gassen zu Hause.

Ich habe noch nie so viele unterschiedliche Menschen an einem Ort gesehen. Bis zum heutigen Tage erkenne ich nicht, warum Reichtum und Armut so dicht beieinander wohnen. Ich ergründe nicht, warum die Menschen jeden Tag in die Kirche gehen und Gott um Vergebung anflehen, aber niemand den Armen, die in den schmutzigen Gassen ein erbärmliches Leben führen, etwas zu essen gibt. Diese Art Gottesfurcht ist es, die mich auch heute noch irritiert.

Als wir nach unserer Ankunft in Frankfurt den Gerichtssaal betraten, stand Helena bereits vor ihren Anklägern. Sie hatte lange rote Haare, die sie unter einer Haube versteckte. Ihr zierlicher, fast noch kindlicher Körper war von einem einfachen Leinengewand bedeckt. Sie war eine begehrenswerte junge Frau. Man warf ihr vor, mit Hilfe des Teufels ihren Herrn, einen geachteten Kaufmann, verführt zu haben. Die Anklage stützte sich auf die Aussage der Ehefrau, die gesehen hatte, wie ihr Mann am frühen Morgen die Kammer ihrer Magd verließ.

Die Verteidigung des Kaufmannes lautete, dass er, wann immer er das Zimmer seiner Bediensteten betrat, unter einem Zwang gehandelt hatte, dass er gegen seinen eigenen Willen den Geschlechtsakt mit ihr vollzog. Er behauptete, dass er selbst gesehen habe, wie Helena sich einem Dämon hingab; seiner Aussage nach einem Geschöpf mit schwarzen, knochigen Flügeln und spitzen Zähnen, dessen Krallen sich tief in Helenas Haut gebohrt hatten, während sie wollüstig Luzifer huldigte.

Auch am heutigen Tage bin ich mir sicher, für die Anwesenden stand Helenas Schuld außer Frage und das Urteil war bereits gesprochen, bevor die Verhandlung begann. Der Ankläger, ein Mann von hohem Stand, würde sich niemals freiwillig zu einer niederen Magd legen, da konnte nur Hexerei im Spiel sein. Trotz der Folter beteuerte Helena tagelang ihre Unschuld. Sie blieb bei ihrer Aussage, dass ihr Herr nie unter Zwang gehandelt habe, dass sie ihm nie einen Anlass gegeben habe, in ihr Zimmer zu kommen. Sie beschwor, nie mit dem Teufel intim gewesen zu sein und beteuerte, nur zu Gott zu beten. Sie sagte aus, dass ihr Herr in ihr Zimmer komme, wann immer es ihm gefiel. Aber mit jedem Wort, mit dem sie ihren Herrn beschuldigte, sich an ihr vergangen zu haben, wurden die Torturen der Folter heftiger. Und als sie am vierten Tag unter entsetzlichen Schmerzen ihre Schuld gestand, war ihr Körper von der Folter furchtbar gezeichnet.

Bis zu Helenas Hinrichtung vergingen weitere sieben Tage. Die Tage verbrachte ich an Bartholomeus' Seite, die Abende in der mir zugewiesenen Kammer. Ich suchte nach Erkenntnissen, die die Zweifel, die in mir wuchsen, entkräfteten. Ich las in der Bibel von der Nächstenliebe und der Vergebung, aber auch von der Denunzierung des Satans und seiner Anhänger. Mir fielen die Worte meiner Mutter wieder ein, die in jedem nur das Gute gesehen und versucht hatte, auch mich in diesem Glauben zu erziehen. Aber auch die Erinnerungen an die Zeit, in der ich am eigenen Leibe erfahren hatte, dass der Mensch sich selbst der Nächste ist, kamen wieder.

Bis zur Hinrichtung hatte man Helenas Wunden gereinigt und zum Verheilen gebracht, hatte ihr zu essen und zu trinken gegeben, sodass ihr Körper sich erholt hatte. Noch immer haderte ich mit ihrem Schicksal. Denn auch ich bin ein Mann und kenne die

Anziehungskraft, die eine Frau wie Helena auf Männer ausübt; wieso sollte es bei einem angesehenen Kaufmann anders sein? In der Nacht vor Helenas Hinrichtung sprach ich gegenüber Bartholomeus meine Zweifel aus. Er ermahnte mich, Obacht zu geben. „Das Böse will durch das Laster der Wollust auch deine Seele und deinen Leib schwächen, um dich auch mit anderen Lastern zu verführen. So will er dich vom rechten Weg abbringen und in die Dunkelheit der Sünde führen", hatte er mir erklärt.

Er selbst lehrte mich, dass der Teufel nur mit der Zustimmung Gottes zu handeln vermag. An jenem Abend fragte ich ihn, ob es nicht so sei, dass Satan die Macht über den Menschen mit Gottes Zustimmung ausübt. Und wenn Satan mit Gottes Zustimmung handelte, sei es denn nicht an Gott, zu richten?

Die Inquisition handele in Gottes Namen und wir seien es, die seinen Willen auf der Erde vertreten, hatte Bartholomeus unser Handeln verteidigt.

Zu jener Zeit war es, dass ich begann, unser Handeln anzuzweifeln. Ich verstand nicht, dass ein Mensch, der unter dem Willen Satans steht, für seine Taten brennen muss, wenn Satan doch mit Gottes Zustimmung handelt.

Für Bartholomeus stand die Gerechtigkeit eines Schuldspruchs außer Frage. Selbst als ich ihn auf die Schmerzen der Folter hinwies, bestand er darauf, im Recht zu sein. Er hielt daran fest, dass Gott es nicht zulassen würde, dass jemand unschuldig verurteilt wird. Wären die Menschen ohne Schuld, könnte ihnen die größte Qual nichts anhaben, war die Aussage, mit der unser Gespräch endete.

Als der Morgen graute, wusste ich, ich konnte Helena nicht vor dem Feuer der Inquisition retten. Alles, was ich für das Mädchen tun konnte, war, Gott zu bitten, ihrer Seele gnädig zu sein und ihr einen schnellen Tod zu schenken.

Bartholomeus ermahnte mich, mich nicht vom rechten Weg zu entfernen. Aber ich wusste auch ohne die versteckte Drohung meines Meisters, dass mein Denken gefährlich war. Schon ein falsches Wort kann aus dem Ankläger einen Angeklagten machen.

Wie bei jeder Hinrichtung trat Bartholomeus auch an jenem Tag, an dem Helena ihr Leben verlor, vor die Angeklagte und forderte sie auf, dem Teufel und dem Bösen abzuschwören. Er versprach ihr, dass Gott ihrer Seele gnädig sein werde, wenn sie ihre Schuld bekenne und Buße tue.

Helena flehte um Gnade und schwor bei Gott, unschuldig zu sein. Aber als alles Flehen nicht half, änderte sich ihr Verhalten, sie wurde immer hysterischer und versuchte, sich aus den Griffen ihrer Wächter zu befreien. Es schien, als hätte sich Satan wirklich ihres Körpers bemächtigt. Aber genau so schnell, wie dieser Anfall gekommen war, verschwand er und sie brach weinend zusammen.

Nachdem sie sich wieder gefangen hatte, ließ sie sich widerstandslos auf den Scheiterhaufen führen. Nun schien es, als hätte sie sich mit dem, was ihr bevorstand, abgefunden. Als man sie an den Pfahl band, hörte ich das Gebet, das sie leise sprach. Als man das Feuer anzündete, erkannte ich in ihren Augen grauenhafte Angst und Verzweiflung. Je höher die Flammen schlugen, desto lauter wurde ihr Gebet. Bis die Ohnmacht sie von ihren Qualen erlöste, konnten ich und die herumstehenden Menschen hören, wie Helena für ihre Peiniger betete.

Nach Helenas Tod gingen die Menschen ihren Geschäften nach, als wäre nie etwas geschehen. Auch Bartholomeus und ich gingen zurück zum Anwesen des Vogtes, der uns für die Dauer des Prozesses eine Unterkunft gegeben hatte. Für Bartholomeus ging das Leben ohne Konsequenzen weiter. Im Gegensatz zu mir fühlte er keine Reue. Ich jedoch fühlte mich schuldig. Ich ließ zu, dass Menschen gefoltert und getötet werden, egal, wie sehr sie ihre Unschuld beteuerten. Ihr Weg war in Bartholomeus' Händen vorherbestimmt. Mache ich die Augen zu, höre ich auch heute noch Helenas verzweifelte Schreie. Ich sehe die Angst in ihren Augen, ich rieche ihr verbranntes Fleisch, schmecke den Rauch und spüre die Hitze der Flammen. Ich versuchte meine Gedanken in eine glücklichere Zeit zu lenken, aber dann hörte ich das Gebet, das Helena für uns sprach. Und auch ich betete, dass der Herr mit Gnade über mich richtet.

Ich werde es sein, der sich für sein Handeln vor Gott rechtfertigen muss. Ich war entschlossen zu verhindern, dass unschuldige Menschen im Namen meines Gottes sterben. Ich wollte einen gerechteren Weg einschlagen. Nur war mir dieser Weg bisher verschlossen.

Der nächste Ort, an dem wir Gottes' Wahrheit bezeugen sollten, war Röhrenfurth. Der Ort, in dem ich meine Kindheit verbracht hatte. Auch dort und in den nahe gelegenen Orten trieben, wenn es nach Pater Josef, dem ansässigen Priester ginge, Hexen ihr Unwesen. Er, der Ortsvorstand und der Landesvogt sandten uns eine Bittschrift, in der geschrieben stand, dass der Schwarze Tod Röhrenfurth heimsuchte. Dass die Menschen, wie es Pater Josef formulierte, in seiner gottesfürchtigen Stadt starben, obwohl sie lebten. Dass ihnen die Glieder am lebendigen Leibe abfaulten und Dämonen von ihrem Körper und von ihren Seelen Besitz ergriffen. Dass das Getreide auf den Feldern verdarb und die Tiere verendeten.

Man beschuldigte Kungundt, eine Heilerin, der Hexerei. Man hatte sie in Gewahrsam genommen. Sie sollte es gewesen sein, die durch die Opferung neugeborener Kinder die Gunst des Teufels erlangen wollte. Und ihm und seiner Gefolgschaft in Röhrenfurt Einlass gegeben hatte. In der Bittschrift bat man Bartholomeus darum, seiner Pflicht gegenüber dem Herrn zu genügen und Kungundt der Hexerei zu überführen.

Ich kannte Kungundt. Ich kannte sie als eine weise und gottesfürchtige Frau. Eine Frau, die alles versuchte, um den Menschen zu helfen. Nie machte sie einen Unterschied zwischen Arm und Reich. Sie half jedem, egal, ob man sie in seine Gebete einschloss oder ihre Dienste mit ein paar Silbertalern honorierte. Auch meiner Mutter half sie bei der Geburt ihrer Kinder. Ich war entsetzt, als ich hörte, dass man sie dem Feuer übergeben wollte. Bartholomeus und ich sollten die Hand sein, die das Feuer entfacht.

Bartholomeus und ich verließen unsere Unterkunft, bevor die Kirchenglocke den Tag ankündigte. Obwohl es noch früh war, erwachte in den Straßen bereits das Leben. Es war Wochenmarkt. Auf dem Rathausplatz war man dabei, die Stände aufzubauen und Waren darauf zu platzieren. Für all das hatte Bartholomeus kein Auge. Er wies Händler ab, die aufdringlich wurden. Er führte mich auf dem schnellsten Weg aus der Stadt.

Wir hatten einen langen und beschwerlichen Weg vor uns. Der Landesvogt von Frankfurt hatte uns Pferde angeboten, die Bartholomeus aber mit dem Verweis auf das Gebot der Buße abgelehnt hatte. Um Gott zu gefallen, sei es ihm wichtig, den Weg zu Fuß zu gehen, erklärte er. Jedoch nahm er die Taler und den Proviant, welche der Voigt ihm anbot, dankend entgegen.

Die Wege, die wir gingen, lagen fernab der Hauptstraßen. Es waren von vielen Schritten ausgetretene Wege. Sie waren schmal und uneben und führten vorbei an Feldern über Wiesen und durch Wälder. Zum Teil waren sie so uneben und das Gestein so unregelmäßig, dass die Schritte, die wir taten, wohl überlegt sein mussten.

Wir waren bereits Stunden unterwegs. Die Luft war unerträglich warm und gewitterschwer. Der leichte Wind, der uns begleitete, als wir Frankfurt verließen, hatte sich zu einem Sturm entwickelt. In der Ferne konnte man ein leises Donnern hören und am Horizont vereinzelt das grelle Licht der Blitze erkennen, welche wie das Schwert der Justitia in die Erde einschlugen.

Das nahende Unwetter würde den gefahrvollen Weg in kürzester Zeit unbegehbar machen. Bartholomeus trieb mich zur Eile an. Den Vorschlag, über eine Einkehr nachzudenken, tat er mit der Begründung der drohenden Gefahr für Röhrenfurth ab. Der Pfad, den wir gingen, war kaum noch zu erkennen. Die dünne Kiesschicht verlor sich in den Gräsern des Waldbodens. Es dauerte nicht lange und das Gewitter hatte uns eingeholt. Es regnete heftig und die Dunkelheit, welche das Unwetter begleitete, wurde nur durch Blitze erhellt. Nicht lange und der Weg, den wir nahmen, war feucht und aufgewühlt.

Erst als der Sturm so heftig war, dass es die ganze Körperkraft kostete, sich gegen ihn zu stellen, hatte Bartholomeus ein Einsehen und entschied, dass wir im nächsten Ort haltmachen würden.

Es war ein kleiner Ort. Die Menschen lebten ihr Leben ohne Annehmlichkeiten. Die Häuser waren einfach gebaut. Die Wände waren aus Lehm und die Dächer mit Stroh bedeckt. Es gab keine gepflasterten Straßen. Das Leben selbst hatte die Gassen geschaffen, durch die wir gingen. Sie waren ausgetreten, uneben und mit allerlei Unrat verschmutzt. Der Regen hatte sie in schlammige, rutschige Wege verwandelt. Die Menschen im Ort schienen kein Interesse an uns Neuankömmlingen zu haben. Die Türen waren verschlossen. Doch im Licht der brennenden Kerzen konnte man in den Fenstern das Leben erkennen.

Die Herberge war das größte Haus vor Ort. Aber der Anschein von Größe war nur Blendwerk. Die Einrichtung spiegelte die Einfachheit des Ortes wider. Die Wände waren unbehandelt und der Lehm bröckelte und platzte an vielen Stellen ab. Das Mobiliar war einfach und rustikal. Der Zustand der Stühle und Tische wies auf ihr Alter hin. In der Luft lag ein unangenehmer Geruch, eine Mischung aus Speisen, Bier, Tabak und den Schweißabsonderungen schwer arbeitender Menschen. Aber es war warm und trocken. Die Tische in der Nähe der Feuerstelle waren besetzt. Uns blieb nur ein Tisch unweit der Tür. Der kalte Wind drang durch den Türspalt und es schien, als sei unser Tisch genau der, an dem die Kälte Rast einlegen wollte. Es dauerte lange, bis die Wärme des Feuers die Kälte aus meinem Körper vertrieben und meine Kleidung getrocknet hatte. Die Wirtin servierte uns die Suppe des Nachmittags. Sie war eine Frau, der man ansah, wie hart ihr Leben war. Die Haare waren ergraut, ihre Haut schien wie dünnes Pergament, tiefe Falten durchzogen ihr Gesicht und unter den

Augen zeichneten sich dunkle Ringe ab. Aber sie hatte eine aufrechte Körperhaltung, die keinen Widerspruch duldete. Nach dem Essen zog Bartholomeus sich auf das uns zugewiesene Zimmer zurück. Ich wusste, dass er sich dort auf die neue Verhandlung vorbereiten würde. Eine Gewohnheit, die er eigentlich nicht mehr vollziehen musste. Eine Zeremonie, der ich in der Gewissheit, den Verlauf der Verhandlung zu kennen, nicht beiwohnen wollte. Der Ablauf einer Verhandlung, angefangen bei Bartholomeus' erster Begegnung mit den Angeklagten bis hin zur Verurteilung, lief immer nach demselben Schema ab. Auch wenn ich mir Bartholomeus' Missfallen bewusst war, reagierte ich auf seine Aufforderung, ihm auf das Zimmer zu folgen, ablehnend. Ich blieb bis spät in die Nacht in der Schankstube, trank Weizenbier und meine Gedanken schweiften durch die vergangenen Tage.

Noch vor Sonnenaufgang verließen wir die Herberge. Immer noch war es kalt und windig, aber es hatte aufgehört zu regnen. Ich wusste, dass wir noch für Stunden unterwegs sein und Röhrenfurth erst in den Abendstunden erreichen würden. Ich hoffte inständig, dass es nicht wieder anfing zu regnen. Unser Weg führte uns über Pfade, die durch den Regen der letzten Tage aufgeweicht waren.

Auf den Feldern fing der Roggen bereits an zu blühen. Nach den feuchten und kalten Frühlingen der letzten Jahre betete jeder um eine gute Ernte. Denn die Kornspeicher waren leer, selbst in den Kammern des Lehnsherrn gingen die Vorräte zu Ende und jeder wusste, dass der Tag kommen würde, an dem er seine Belehnung einfordern würde. Schon oft hatten wir erleben müssen, wie verzweifelt die Menschen waren. Wie sie Gott um einen Ausweg aus ihrer Lage anflehten. Wie sie für ein bisschen Hoffnung bereit waren, ihren letzten Besitz bis hin zu ihrer Freiheit darzubieten. Aber wir hatten auch erlebt, dass es Menschen gab, die sich in ihrer Verzweiflung an die Macht des Bösen wandten. Menschen, die die Anhänger des Teufels um Hilfe baten.

Entgegen der Hoffnung, die mir innewohnte, als wir die Herberge verließen, hatte es doch zu regnen begonnen. Der Himmel war von dunklen Wolken bedeckt und als ich in der Ferne endlich mein Elternhaus erkennen konnte, war es nur ein schwarzer Schatten. Aber durch eines der Fenster erkannte ich ein schwaches Licht.

Als wir in Röhrenfurth ankamen, schien es, als hätte ich den Ort nie verlassen. Es ist kein großer Ort. Es gab Straßen, in denen man den Wohlstand der Hausherren erkannte. Häuser aus Backsteinen säumten diese Straßen. Aber auch hier gab es Wege, die man nach Einbruch der Dunkelheit lieber meiden sollte.

Wir gingen zum Marktplatz. In dem Moment, in dem wir diesen betraten, lichtete sich der Himmel. Nur einen kurzen Augenblick gaben die Wolken die letzten Strahlen der Sonne frei. Sie tauchten die alte Dorflinde, die seit jeher in der Mitte des Platzes stand, in ein dunkelrotes Licht. Mir lief es eiskalt den Rücken herunter. Bereits als Knabe kannte ich die Bedeutung dieses Baumes. Ich kannte die Geschichten, die man sich über diesen Baum erzählte. Weit vor meiner Zeit als Galgen gepflanzt, sollen unter seinen knöchrigen Ästen viele Menschen den Tod gefunden haben. Mir war, als würde der Herrgott uns ein Zeichen geben. Bartholomeus und ich waren in der Stadt, um über Kungundts Leben, das Leben einer Frau, die ich ebenfalls seit meinen Kindertagen kannte, zu richten.

Bartholomeus hatte keinen Blick für dieses kurze Lichtspiel. Er eilte über den Marktplatz und hielt zielstrebig auf das Rathaus zu. Ich war froh, als ich endlich die warmen Räume des Rathauses betrat, an dessen Eingangstür wir von Pater Josef, Eckert Frei, dem Landesvogt der Gemeinde, und von Bernhard Schilling, dem Dorfvorstand, begrüßt wurden.

Sie hatten mich nicht erkannt. Hätten sie mich erkannt, hätten sie mich nicht mit soviel Respekt begrüßt. Nur Pater Josef schaute mich an, als würde er mich kennen, aber nicht wissen woher. Ich aber hatte sie bereits erkannt, als wir den Marktplatz noch nicht überquert hatten. Eckert Frei, der vom Grafen bestimmte Landesvogt. Sein Benehmen gegenüber den Menschen, die sein tägliches Brot erst möglich machten, glich eher dem des Grafen als dem seines Untergebenen. Jedes Jahr kam er auf den Hof, um den Anteil des Grafen einzufordern. Er benahm sich, als würde er über allem stehen. Es war ganz selbstverständlich, dass meine Mutter ihm von unserem Brot gab. War meine Schwester im Haus, verlangte er, dass sie ihm das Essen reichte. Während sie ihn bediente, hafteten seine Blicke auf ihrem Körper. Er sprach sie nie direkt an, sondern fragte unseren Vater, ob es nicht an der Zeit wäre, einen Mann für sie zu finden. Er sprach von ihren Vorzügen, als wolle er ein Stück Vieh zum Verkauf anbieten. Ich hatte es Katharina angesehen, wie unwohl sie sich neben ihm fühlte.

Der Ortsvorsteher Bernhard Schilling war nicht besser. Er war der Freund, den man brauchte, wenn man nicht in der Lage war, die Abgaben des Grafen zu zahlen. Er lieh dir die Abgaben. Gegen einen hohen Zinssatz gewährte er dir Zeit. Als Absicherung musstest du ihm nur dein Hab und Gut abtreten. Aber was sollten die Menschen machen? – wenn die Ernte keinen Ertrag brachte und das Geld kaum für das Nötigste reichte. Als ich damals Röhrenfurth verließ, stand auch mein Vater in seiner Schuld, eine Schuld, die nach dem Tod meines Vaters auf meinen Bruder, den Erben der Schmiede, übergegangen war.

Pater Josef dagegen war durch und durch ein Mann Gottes. So lange ich mich erinnere, war er der Pfarrer im Ort gewesen. Er hatte Peter, Katharina und auch mich getauft. Er war alt geworden. Aber ich glaube, es war nicht der Glaube an das Böse, der ihn um Jahre hatte altern lassen. Es war einfach nur die Zeit gewesen.

Eckert Frei führte uns in den Ratssaal. Pater Josef und Bernhard Schilling folgten uns. Der Landesvogt ging mehrere Schritte voraus, aber nur für einen kurzen Augenblick, dann hatte Bartholomeus ihn eingeholt. Auf mich wirkte es, als wollte Bartholomeus dem Landesvogt zeigen, wer hier die wichtigste Person war. Ich weiß, dass Bartholomeus das Benehmen des Landesvogts nicht guthieß. Beide erreichten ihr Ziel gemeinsam. Jedoch war es Eckert Frei, der uns mit großer Geste die Tür öffnen durfte.

Für eine kleine Stadt war der Raum erstaunlich pompös ausgestattet. Die Wände waren mit Malereien verziert und mit dunklem Holz vertäfelt. Es standen ein großer, mit Schnitzereien verzierter Eichentisch und zwölf passende Stühle im Raum. Auf dem Tisch waren Speisen angerichtet. Speisen, deren Duft mir meinen Hunger zeigten. Doch noch bevor wir mit der Mahlzeit begannen, eröffnete Bartholomeus ohne Umschweife das Gespräch. „In Eurem Schreiben bekundet Ihr, dass Ihr bereits eine Hexe in Gewahrsam genommen habt." Er setzte sich an die Stirnseite des Tisches.

„Ja, eine Heilerin. Kungundt die Weise, wie sie genannt wird", bestätigte Eckert Frei. In seiner Stimme konnte man den Stolz auf seinen Ermittlungserfolg erkennen. Er setzte sich an Bartholomeus' Seite.

Ich stellte die Frage, welche Anklage man gegen Kungundt ausgesprochen hatte. Aber der warnende Blick meines Meisters sagte mir, dass ich mich lieber im Hintergrund halten sollte. Noch ehe Eckert Frei oder einer der anderen auf meine Frage antworten konnte, wiederholte Bartholomeus diese.

Es wurde ihr die Opferung der Bäuerin Lotte und ihres ungeborenen Sohnes vorgeworfen. Eberhart, ihr angetrauter Mann, und seine Mutter waren als Zeugen benannt. Es wurde ihr vorgeworfen, durch das Opfer von menschlichem Leben dem Teufel gehuldigt und zusammen mit Luzifer den Schwarzen Tod in Röhrenfurth willkommen geheißen zu haben, erklärte Eckert Frei die Anklage.

Dass der Schwarze Tod mit jedem Tag neue Opfer forderte, dass die Menschen auf grausame Weise sterben und dass der Teufel und seine Verbündeten enttarnt werden müssen, sprach Pater Josef zu Bartholomeus. Dieser aber widersprach und belehrte den Pater, dass die Menschen im Ort schwach in ihrem Glauben seien. Dass sie sündigen, indem sie Gott nicht den Respekt zollen, der ihm gebührt. Sie selbst hätten den Grundstein für die Macht dieser Hexe gelegt. Bartholomeus beschuldigte den gesamten Ort der Gottlosigkeit. Ich erkannte, dass Pater Josef über diese Aussage schockiert war. Er verteidigte seine Gemeinde. Aber selbst die Aussage, dass die Menschen regelmäßig in die Kirche kommen und zu Gott beten, ließ Bartholomeus nicht als Entschuldigung gelten.

„Gott würde nie zulassen, dass der Teufel und seine Verbündeten es schaffen, den Schwarzen Tod davon zu überzeugen, sich ihnen anzuschließen. Es sei denn, die Menschen leben in Sünde. Gott allein hat die Macht, Menschen zu heilen. Er bestimmt über das Leben und den Tod. Ihr nennt Kungundt eine Heilerin. Ist sie von Gott gesandt zu heilen? Nein! Es ist der Teufel, der sie von jeher unterstützte. Ihr aber habt sie gewähren lassen. Die Menschen im Ort haben Kungundt geholt und haben so die Verbindung zwischen ihr und dem Teufel gestärkt. Die Menschen Eurer Gemeinde müssen Buße tun und wir werden ihnen die Möglichkeit geben. Wir werden noch heute einen Anschlag an der Kirchentür anbringen, der dazu aufruft, jeden bekanntzugeben, der im Verdacht der Hexerei oder der Verbrüderung mit dem Teufel steht."

Ich kannte Bartholomeus' Vorgehensweise. Ich hatte oft erlebt, wie die Menschen eines Ortes zu dem Anschlag an das Kirchentor kamen und die Anklageschriften mit jeder Anschuldigung mehr wurden. Ich wusste, auch hier würde es nicht anders sein. Die Menschen waren verzweifelt, sie würden sich an jeden Strohhalm klammern.

In der folgenden Nacht hatte ich kaum geschlafen. Ich dachte an den kommenden Tag. Ich kannte Bartholomeus' Verhandlungsablauf, seine Taktik, die Angeklagten so in die Enge zu treiben, bis diese aus Furcht oder in der Hoffnung auf Gnade gestanden. Reichten seine Worte und die Warnungen vor dem ewigen

Feuer der Hölle nicht aus, zögerte er nicht, die Folter einzusetzen. Es gab Ausnahmen, Menschen, die sich nicht einschüchtern ließen. Menschen, die das Verhör und die Folter über sich ergehen ließen, ohne einzuknicken. Die Kungundt, die ich kannte, war vom Geist her stark, aber es waren viele Jahre vergangen. Das Alter hatte auch ihren Körper geschwächt. An jenem Abend spürte ich, dass ich nicht auf diese Verhandlung vorbereitet war. Wie sollte ich mich Kungundt gegenüber verhalten? Konnte ich ihr zur Seite stehen? Hatte ich den Mut, gegen Bartholomeus zu sprechen, da ich nicht an Kungundts Schuld glaubte? Heute weiß ich, dass ich diesen Mut nicht hatte. Während des Verhörs stand ich an Bartholomeus' Seite, tat, was mir aufgetragen wurde und wagte es nicht, Kungundt ins Gesicht zu sehen.

Der Morgen kam. Der Verhörraum war in den Kellergewölben des Amtshauses untergebracht. Als wir den Raum betraten, war es kalt. Unser Atem bildete kleine Nebelwolken. Aber es war nicht nur die Luft, es war die gesamte Atmosphäre, die dieser Raum mit seinen kahlen Wänden aus unbehauenen Steinen, den vergitterten Fenstern und der einfachen Einrichtung ausstrahlte. Als ich mich erinnerte, dass ich im Amtshaus meiner Heimatstadt war, fühlte ich mich sehr unbehaglich. Als junger Mann bin ich an diesem Haus vorbeigegangen, ohne mir Gedanken über das Leben und das Geschehen in seinem Inneren zu machen.

Im Raum befanden sich Eckert Frei, Bernhard Schilling und Pater Josef und warteten bereits auf uns. Ihre Mienen drückten Missfallen aus, welches sie empfanden, da sie ihre Zeit mit dem Verhör verschwenden würden. Ich war mir sicher, keiner würde für Kungundt sprechen. Wie es in der Vergangenheit oft der Fall war, so war es auch hier. Die Angeklagte war bereits verurteilt, noch bevor die Verhandlung begann. Keiner der Männer hielt mit seiner Meinung hinterm Berg. Sie sprachen von Kungundts Verurteilung, als wäre sie bereits beglaubigt.

Als man Kungundt hereinführte, hatte man ihr das Haupthaar geschoren und ich wusste, dass es nicht nur das Haupthaar war. Am gesamten Körper hatte man das Haar entfernt. Ihrem Körper hatte man in ein grobes Leinengewand gekleidet, welches ohne Spannung an ihr herabhing. Trotz all dem, was man ihr bis zu jenem Tage angetan hatte, war ihr Blick direkt und ihre Körperhaltung selbstsicher. Sie war gealtert, ihre Haut hatte die Farbe der Jugend verloren und war faltig geworden. Ihr Körper war ausgezehrt.

Ihr Wärter führte sie zu Bartholomeus. Er stand vor dem Tisch, an dem Eckert Frei, Bernhard Schilling, Pater Josef und auch ich saßen. Bartholomeus war mehr als einen Kopf größer als Kungundt, sodass sie zu ihm aufschauen musste, wenn sie seine Fragen mit direktem Blickkontakt beantworten wollte. Er ließ sie auf die vier Evangelien schwören und stellte seine Fragen so unbarmherzig, wie er es immer tat. Für ihn war sie eine Angeklagte, wie er bereits viele verurteilt hatte. Ihm war es egal, ob diese Frau eine Heilerin aus irgendeinem Dorf war oder die Frau, die meiner Mutter geholfen hatte, ihren Sohn zu gebären. Noch bevor wir den Raum betraten, sprach ich ihn darauf an, er aber sprach wieder von der Führung durch Gott und seiner Barmherzigkeit allen Unschuldigen gegenüber.

Das Verhör dauerte bis spät in die Nacht. Erst Pater Josefs Hinweis auf den Tag des Herrn, der bereits begonnen hatte, ließ Bartholomeus das Verhör beenden. Sein Versuch, Kungundt durch Worte zu überzeugen, ein Geständnis abzulegen, war erfolglos gewesen. An jenem Tag hatte sie sich als so stark erwiesen, und schien seine Fragen nicht zu fürchten.

Am Tag des Herrn war es gewesen, als ich meiner Mutter und Peter, meinem Bruder, nach langer Zeit wieder begegnete. Die Frühmesse war gerade beendet, als meine Mutter mich ansprach. Sie hatte ihren Sohn erkannt, ehe ich sie sah. Noch bevor ich sie begrüßen konnte, umarmte sie mich. Peter stand an ihrer Seite. Seine Gestalt war ein Anblick, der mich erschaudern ließ. Es schien, als sei der Tod sein Begleiter. Der Körper war ausgezehrt. Dunkle Ringe rahmten seine Augen. Ich sah offene Wunden, die nur notdürftig verbunden waren, die sein Gewand durch ihre Ausflüsse verunreinigten. Man hatte ihm das Bein unter dem Knie abgetrennt. Unter seinem Gewand erkannte man nur noch einen schlecht verheilten Stumpf.

Meine Mutter schien mein Entsetzen zu bemerken und ich erfuhr von ihr, dass der Schwarze Tod auch unsere Familie nicht verschont hatte. Meinen Vater und die Familie meines Bruders hatte er mit sich genommen. Peter sprach kein Wort, er trieb meine Mutter zur Eile an. Als ich merkte, wie ungeduldig er war, verabschiedete ich mich und versprach meinen Besuch.

Ich sah, dass sie nur ein paar Meter weiter von Eckert Frei und Bernhard Schilling angesprochen wurden und konnte erkennen, wie sie zu mir herübersahen. Der Landesvogt ließ mich nicht aus den Augen und mir wurde klar, dass er und Bernhard Schilling nun wussten, wer ich war. In den Gesten und Blicken meiner Mutter erkannte ich den Stolz auf ihren Sohn. Es war mir eine Genugtuung. Ich! Der Sohn eines einfachen Schmiedes, den sie vor Beginn seiner langen Reise nicht eines Blickes gewürdigt hatten, hatte es geschafft, dass sie mir in Respekt die Hand reichen mussten.

Die Stunden vergingen und ich ging durch die Gassen der Stadt. Viele erkannten mich, sie grüßten oder sprachen mit mir. Aber die meisten gingen ohne ein Wort und mit gesenktem Haupt an mir vorbei. Am Haus eines Freundes aus Kindertagen machte ich Halt. Seine Mutter sprach mich an, gerade als ich an ihrer Tür vorbeiging. Sie lud mich in ihr Haus ein. Steffan war der Name meines Freundes und er selbst war erkrankt. Er klagte über Schwindel, Übelkeit und Gliederschmerzen. Am Tag meines Besuches war Fieber dazugekommen, welches seine Mutter durch das Auflegen von Umschlägen zu lindern versuchte. Sie war verzweifelt, sie erzählte mir, auf welch grausame Art die Menschen im Ort starben. Wie sie unter starken Schmerzen litten, während die Zehen, die Finger und auch die Nase langsam abfaulten. Mit einem unguten Gefühl verließ ich bereits nach kurzer Zeit das Haus.

Der Tag des Herrn war vorüber. Die Turmuhr hatte noch nicht die Mittagszeit eingeläutet, als der unmenschliche Teil von Kungundts Verhör begann. Es war nicht mehr der Raum, den wir am vorangegangenen Verhandlungstag nutzten. In dem Raum, in dem wir die Verhandlung fortsetzten, hingen die unterschiedlichsten Foltergeräte an den Wänden. In der Mitte des Raumes befand sich eine Streckbank, aber ich wusste, dass Bartholomeus sich für die Daumenschrauben entschieden hatte. So wie er es immer tat. Er fing mit den Daumenschrauben an und steigerte die Qual der Folter mit jedem neuen Tag. Aber bevor er ihr die Daumenschrauben anlegen ließ, veranlasste er, dass man Kungundt entkleidete und ihr Körper nach Hexenmalen abgesucht wurde. In ihren Bewegungen erkannte ich ihren Anstand. Schützend versuchte sie, ihre Hände vor ihre Brust und ihre Scham zu legen. Jedoch war ihre Kraft nicht ausreichend. Sie schaffte es nicht, sich aus dem festen Griff ihres Wärters zu befreien. Währenddessen suchte ein zweiter Wärter, mit den Händen tastend und seinen Blick nicht von ihrem Körper lassend, nach Malen, die Kungundt als Hexe enttarnten. Das Mal, welches sie fanden, war klein, aber für Bartholomeus der Hinweis, das Verhör mit drastischeren Maßnahmen fortzusetzen. Er ließ Kungundt Daumenschrauben anlegen und mit jeder Antwort, die nicht in seinem oder in Sinne der Anklage war, ließ er die Daumenschrauben fester anziehen. Kungundt war eine starke Frau, die sich lange Bartholomeus' Anschuldigungen widersetzte. Aber als die Knochen brachen, gab auch sie die Antwort, die Bartholomeus als die Wahrheit ansah.

Währenddessen saß ich im Raum und tat, was man mir auftrug. Eckert Frei und Bernhard Schilling hatten mich an jenem Tag mit meinem Namen begrüßt und versicherten mir mit übertriebener Höflichkeit ihre Achtung für den von mir gegangenen Weg. Während der Verhandlung galt ihre Aufmerksamkeit nicht nur den Antworten, die Kungundt auf Bartholomeus' Fragen gab, sie beobachteten auch mich. Es waren direkte Blicke, die meinen Bewegungen folgten. Ich begegnete ihren Blicken mit einem ebenso festen Blick.

Heute frage ich mich, warum mir diese Blicke immer noch so greifbar erscheinen, wo ich doch so vieles, was in diesem Raum geschah, wie aus weiter Ferne betrachte.

Wieder hatte Bartholomeus es geschafft, seine Auffassung von Gerechtigkeit durchzusetzen. Er hatte Kungundt, eine Frau, von der viele sagten, dass sie ihr vertrauten, der Hexerei überführt. Bis zur Hinrichtung hatte er ihr sieben Tage gegeben. Sieben Tage, in denen man ihre Wunden zum Verheilen brachte, ihr zu essen gab. Am Tag ihrer Hinrichtung würde man ihr die Freiheit der Reinigung ihres Körpers geben. Denn sie sollte mit tadellosem Aussehen vor unseren Herrn treten.

Bartholomeus selbst beabsichtigte, die Zeit bis zu Kungundts Hinrichtung in der Abtei Hersfeld zu verbringen. In dem Kloster, in dem er sich als Novize auf sein Gelübde vorbereitet hatte. Abt Joachim hatte ihn zu sich rufen lassen. Der Grund dafür, dass er nach Bartholomeus schickte und meine Anwesenheit nicht vonnöten war, ist mir bis zum heutigen Tage verborgen geblieben. Es schien von größter Wichtigkeit zu sein, denn gegen seine Gepflogenheiten nahm Bartholomeus das Pferd, welches man ihn anbot.

Mit Bartholomeus' Einverständnis stand es mir frei, die Zeit bei meiner Familie zu verbringen.

Die Schmiede lag außerhalb der Stadt. Ich erinnere mich an Felder, auf denen der Raps in voller Blüte stand. An Wiesen, auf denen das Vieh in Frieden graste. Der Himmel zeigte sein blaues Kleid und die Wärme ließ mich das Cape abnehmen. Die Natur zeigte sich in einer Idylle, die Röhrenfurth an jenen Tagen nicht besaß. Bartholomeus' Anschlag an das Kirchentor hatte genau das bewirkt, was er erhofft hatte. Fast täglich kamen Menschen, die in der Hoffnung, Gott würde ihnen ihre Sünden vergeben, selbst ihren Nächsten eine Verbindung mit dem Teufel nachsagten.

In der Ferne sah ich mein Elternhaus. An jenem Tag stand meine Mutter vor der Tür und erwartete mich. Langsam und mit einem gemischten Gefühl der Freude und des Unbehagens ging ich über den Hof. Vorbei an dem großen Apfelbaum, unter dessen Ästen mein Vater Schutz vor der Sonne gesucht hatte. Drei hölzerne Kreuze markierten die Stelle, an der einst seine Bank gestanden hatte. Meine Mutter kam mir entgegen. Sie trug ein einfaches Leinengewand, dessen Saum sich dunkel verfärbt hatte. Ein Zeugnis des feuchten Bodens.

„Linhart, sei gegrüßt!" Ihre Schritte waren schnell. Noch bevor ich realisieren konnte, wie nahe sie mir war, umarmte sie mich.

Ich fühlte ihren weichen Körper und die Wärme, die sie ausstrahlte. Eine herzliche Umarmung, etwas, das ich seit Jahren nicht mehr gespürt hatte. Genau wie diese Umarmung hatte ich auch das Lächeln, mit dem sie mich empfing, vermisst. Ein Lächeln, das Freude zeigte und nicht der Höflichkeit geschuldet war. Ich merkte, wie sehr ich die Familie vermisst hatte. Sie geleitete mich ins Haus. Es war still. Der Lehm bröckelte von den Wänden. Immer wieder bückte sich meine Mutter und sammelte die größten Stücke vom Boden auf. Es schien fast so, als wollte sie mir den Weg frei machen. Sie schaute über ihre Schulter und lächelte mir zu. Die Lehmbrocken, die sie eben noch aufgesammelt hatte, warf sie in einer der Ecken wieder zu Boden. Heraus aus meinem Blickfeld. Sie führte mich in die gute Stube. Dort drinnen hatte sich kaum etwas verändert. Auch hier bröckelte der Lehm von den Wänden und gab das Geflecht aus dünnen Ästen und Stroh frei. Im Raum roch es nach frischen Kräutern. Auf dem Ofen stand ein Topf, in dem ein Brei aus Haferkorn köchelte. Auf dem Tisch lagen Obst und geschnittenes Brot. Meine Mutter, so schien es, hatte das Kostbarste aus der Vorratskammer nur für mich herausgeholt.

Sie forderte mich auf, am Tisch Platz zu nehmen. Peter saß bereits. Ich nahm ihm gegenüber Platz.

Dass das der Platz unseres Vaters war, waren die ersten Worte, die ich nach langer Zeit von meinem Bruder hörte. Ich hatte es nicht vergessen. Ich hatte nur für einen Moment nicht daran gedacht. Ich entschuldigte mich und setze mich auf den mir zustehenden Platz. Die Stimmung zwischen Peter und mir war angespannt. Meine Mutter sah uns an. An Peter gerichtet erklärte sie, dass Vater nichts dagegen gehabt hätte, wenn sein Platz wieder besetzt werden würde.

Peter schaute mich nicht einmal an, als er zu meiner Mutter sprach, dass es nicht mein Anrecht war, den Platz unseres Vaters zu übernehmen.

Ich bestand darauf, dass es nie mein Anliegen gewesen war, den Platz meines Vaters zu übernehmen. Aber in jenem Augenblick habe ich erahnt, wie mein plötzliches Kommen auf Peter gewirkt haben muss.

Meine Mutter bemühte sich, die Wogen zu glätten, die mein Kommen aufgewühlt hatte. „Wollen wir überleben, werden wir jede helfende Hand brauchen."

Ich versprach ihr, dass genau das der Grund meiner Anwesenheit war. Aber mein Bruder sprach dagegen. „Wie willst du uns eine Hilfe sein? Bist du der Schmiedekunst mächtig? Die Schmiede ist unser Leben."

Ich konnte nicht erkennen, ob Peter die Tatsache meiner Anwesenheit oder seine Hilflosigkeit mehr aufbrachte.

„Gott wird uns einen Weg zeigen. Wir haben die Früchte des Gartens und das Vieh." Auch wenn die Worte meiner Mutter positiv klangen, erkannte ich die Sorge in ihren Augen.

„Gott wird uns einen Weg zeigen! Was ist mit den Abgaben, die der Vogt schon bald wieder einfordern wird?", sprach Peter dagegen.

Eine Frage, auf die auch ich keine Antwort hatte. Ich bot an, mit dem Vogt zu reden, ihn um einen Aufschub der Zahlungen für meine Familie zu bitten. Aber auch dadurch fühlte sich mein Bruder in seiner Ehre gekränkt. Er war mit dem Pflichtbewusstsein erzogen, dass er die Familie zu ernähren hatte. Aber so schwach wie er war, war er dazu nicht in der Lage. Er wurde immer zorniger. „Ich benötige deine Hilfe nicht. Du bist auf Mutters Verlangen hin hier."

„Peter, bitte komm zur Ruhe. Gott sagt: Lasst keine Spaltungen unter euch sein, sondern haltet aneinander fest. Wenn wir auf Gott vertrauen, werden wir einen Weg finden." In der Stimme meiner Mutter klang Verzweiflung mit.

Wir aßen, ohne ein Wort zu sprechen. Nur die Blicke, die mein Bruder mir zuwarf, verrieten, dass er mich am liebsten wieder vom Hof gejagt hätte.

Meine Mutter versuchte, das Gespräch auf ein anderes Thema zu lenken. Ein Thema, das Peter genauso wenig gefiel. Sie fragte nach meinem Leben. Sie wollte wissen, wie es mir in all den Jahren ergangen war. Aber diese Ablenkung war nur von kurzer Dauer. Es war meine Frage nach Peters Familie und nach ihrem und meines Vaters Tod.

Sie waren erst nach Kungundts Verhaftung gestorben. Meine Mutter war davon überzeugt, dass, wenn Kungundt die Möglichkeit gehabt hätte, sie zu versorgen, mein Vater und Peters Familie mit uns am Tisch sitzen würden.

Aber auch hier war Peter anderer Meinung. Fast schrie er unsere Mutter an: „Kungundt hat das Leid in unsere Stadt gebracht. Sie hat Lore, Horst und unseren Vater dem Teufel ausgeliefert!"

„Sie hat dich vor einem grausamen Tod bewahrt. Und wäre sie frei gewesen, hätte sie auch das Leben deines Vaters und deiner Familie gerettet!" Auch meine Mutter wurde lauter.

„Schau mich an!" Ich erschrak, als Peter plötzlich vom Tisch aufsprang. Er hätte sein Gleichgewicht verloren, wenn er nicht im letzten Moment nach der Stuhllehne gegriffen hätte. Sein Gesicht war rot vor Zorn. „Sie hat mein Leben nicht gerettet, sie hat es mir genommen. Ich wäre lieber tot als so zu leben." Er griff nach seinen Krücken und verließ den Raum.

Meine Mutter entschuldigte sein Benehmen. „Es ist schwer für ihn. In der Schmiede kann er nicht arbeiten und in seinem Zustand wird ihm niemand eine angesehene Arbeit geben. Wir wissen wahrhaftig nicht, wovon wir die nächsten Abgaben zahlen sollen. Die Angst, alles zu verlieren, ist groß." Meine Mutter schaute nicht auf. Ihre Blicke hafteten an ihren Händen, die sie nervös gegeneinander rieb „Peter erkrankte bereits vor ein paar Wochen. Sein Körper war schwach, sein Geist verwirrt, die Haut an seinen Beinen und Händen brach auf und wurde schwarz. Kungundt half ihm zu gesunden. Sie trennte das Bein vom Körper, reinigte seine Wunden, senkte sein Fieber. Seine Frau, sein Sohn und auch euer Vater erkrankten, als Kungundt verhaftet war. Ich habe getan, was in meiner Macht stand. Aber Lore, Horst und euer Vater starben unter großen Schmerzen." Sie hob ihren

Kopf und schaute zu mir. „Ich bin mir sicher, wäre Kungundt bei uns gewesen, hätte der Tod auch sie verschont."

Ich sah Peter unterm Apfelbaum stehen. Gestützt auf seine Krücken stand er da und starrte auf die Kreuze. Ich sah das Leben: Die Blätter am Baum waren grün. Ich hörte Vögel, die singend in den Zweigen des Baumes nach Nahrung für ihre Jungen suchten. Und ich sah den Tod: meinen Bruder, wie er trauernd vor den Gräbern seiner Familie stand. Vor einer Zukunft, die ihm durch den Schwarzen Tod genommen wurde.

Ich fragte meine Mutter, wie sie so fest in ihrem Glauben an Kungundts Unschuld sein konnte. Schon so oft hatte ich des Teufels Diener gesehen, versteckt hinter einer Maske aus Unschuld. Wie konnte man sich sicher sein, dass Kungundts Hilfsbereitschaft nicht auch eine Täuschung des Satans war.

„Du hast gelernt, die Lügen des Teufels zu durchschauen. Wer, wenn nicht du, ist in der Lage, ihre Unschuld zu ermitteln. Wer, wenn nicht du, kann vor Bartholomeus für Kungundts Unschuld sprechen." Wir hatten nicht mitbekommen, dass Peter den Raum wieder betreten hatte. Er stand in der Tür und ich konnte ein schwaches Lächeln auf seinen Lippen erkennen. Er entschuldigte sein Benehmen gegenüber unserer Mutter und auch mir gab er die Hand zur Versöhnung. Ich erfuhr von seinen Ängsten und der Hoffnungslosigkeit, die er empfand. Aber auch von der Zuversicht, die ihm mein Besuch gab. Er hatte für mein Kommen gebetet, doch als er mich sah, so erzählte er mir, war die Angst der Abhängigkeit groß. Aber aus der Pflicht unserer Mutter gegenüber, dem Versprechen, welches er einst unserem Vater gab und im Gedanken an seine Familie wollte er alles unternehmen, um die Schmiede und den Hof zu retten und hoffte inständig auf meine Hilfe. An meine Mutter gewandt sprach er, dass er wisse, das Kungundt ihr eine Freundin war und dass er bei der Suche nach ihrer Unschuld an Mutters Seite stehen würde.

Als wir uns an jenem Abend zur Ruhe betteten, war es finstere Nacht und die Kerzen waren heruntergebrannt.

Die Nacht war von kurzer Dauer. Bartholomeus hatte Kungundt sieben Tage gegeben. Diese sieben Tage hatte ich, um ihre Unschuld ans Tageslicht zu bringen. Meine Mutter bat mich darum, zusammen mit ihr zu Kungundt zu gehen, um mit ihr über die Vorfälle im Ort zu sprechen. Noch vor Tagesanbruch machten wir uns auf den Weg. Zu ihr in die Zelle zu gelangen war leichter, als ich zunächst gedacht hatte. Mit der Überzeugungskraft einiger Taler hatte ich ihren Wärter dazu überredet, uns hinein zu lassen. Nachdem er uns die Tür aufgeschlossen hatte, verschwand er, ohne ein Wort gesprochen zu haben.

Es war dunkel. Fackeln, wie es sie in den Gängen des Gewölbes gab, gab es in Kungundts Zelle nicht. Es dauerte einen Moment, bis sich meine Augen an die Dunkelheit gewöhnt hatten und ich Kungundt in der hintersten Ecke der Zelle entdeckte, direkt unter dem Fenster, dessen Aussicht auf die aufgehende Sonne durch schwere Gitterstäbe beeinträchtigt war. Sie schaute in unsere Richtung. Von der starken und energischen Frau, die ich einst kannte, war nicht mehr viel geblieben. Sie lag hilflos im Stroh. Die blaugefärbten Hände, die sie schützend an ihren Körper presste, das verschmutzte und zerrissene Leinengewand, der Gestank, der sie umgab. Ich hatte mir nie Gedanken gemacht, wie die Beschuldigte die Tage vor und nach der Urteilsverkündung verbrachte.

Mich entsetzte dieser Anblick. Ich schaute zu meiner Mutter, erkannte die Blässe ihres Gesichtes und sah das Entsetzen in ihren Augen.

„Wer seid Ihr? Was wollt Ihr?" Kungundts Stimme klang müde und mutlos.

„Seid gegrüßt, Kungundt!" Während meine Mutter sprachlos neben mir stand, war ich es, der sich als erstes zu erkennen gab. Ich ging einen Schritt vor. Kungundts Augen waren ausdruckslos, aber traditionsbewusst erwiderte sie meinen Gruß.

„Ihr erkennt mich nicht. Denn ich war lange fort. Ich bin Linhart, der jüngste Sohn des Schmieds. Ihr seid meiner Mutter eine Freundin. Ihr habt mich und meine Geschwister auf den Weg ins Leben begleitet. Ihr habt meine Wunden heilen lassen und ich weiß, dass ihr das auch bei vielen anderen tatet. Ich will nicht glauben, dass meine Mutter und ich uns so in Euch getäuscht haben. Wir wollen nicht glauben, dass es der Teufel ist, der Euch lenkt."

„Mein Tun geschah ohne des Teufels Zutun. Allein Gott gab mir die Kraft zu helfen." Ihre Stimme klang verdrießlich.

„Ist es wirklich so, so will ich Eure Unschuld beweisen", erklärte ich meine Anwesenheit.

„Ihr wollt meine Unschuld beweisen? Ich erkenne Euch, Ihr standet an der Seite der Inquisition, als meine Finger brachen. Nun seid Ihr hier und sagt, dass Ihr mir helfen wollt. Wie wollt Ihr das anstellen? Ihr wankt zwischen dem Gefühl der Begeisterung Eurem Meister gegenüber und der Angst, gegen den Willen unseres Herrn zu handeln. Ihr habt in der Verhandlung nicht für mich gesprochen. Und auch jetzt ist es nicht der Glaube an meine Unschuld, der mit mir spricht, sondern die Furcht, selbst in Sünde zu leben."

Fühlte ich mich ertappt? Ich musste mir eingestehen, dass es tatsächlich die Angst war, in Sünde zu leben, die mich an diesen Ort kommen ließ, dass das Hilfegesuch meiner Mutter nur der Auslöser war, den Weg, den ich mit Bartholomeus gegangen war, zu verlassen. Noch bevor ich eine Antwort fand, die mein bisheriges Handeln rechtfertigte, trat meine Mutter aus dem Schatten und ging zu ihrer Freundin. Als die beiden Frauen einander umarmend im Stroh saßen, stand ich da und wusste nicht, wie ich mich verhalten sollte. Meine Mutter versicherte ihrer Freundin, dass ich ihr helfen werde. Dass es viele Menschen im Ort gebe, die ihre Verurteilung als Unrecht ansahen. Dass wir zu ihr gekommen seien, um den wahren Grund für die Anwesenheit des Schwarzen Todes zu suchen. Noch immer war Kungundt mir gegenüber distanziert. Ich verstand ihr Misstrauen. Erst als meine Mutter sie inständig darum bat, lockerte sie ihren Widerstand. Sie forderte mich auf, mein Handeln zu begründen. Ich erklärte ihr den Konflikt, in dem ich steckte. Wenn ich die Urteile meines Meisters in Frage stelle, würde ich alles aufgeben, für das ich in den letzten Jahren gelebt hätte. Ich erzählte ihr von dem Tag, an dem Bartholomeus mein eigenes Leben rettete. Ich erzählte ihr von Helena, vom Gebet, welches sie für ihre Peiniger sprach und von meinen Zweifeln, die mit jedem Tag größer wurden. Natürlich bestätigte ich ihr auch meine Angst, in Sünde zu leben. Ich hatte Furcht davor, mein Handeln irgendwann einmal vor Gott rechtfertigen zu müssen. Nachdem ich mich Kungundt offenbart hatte, war es still in der Zelle. Nur die Schritte des Wärters, der vor der Tür auf und ab ging, waren zu hören. Durch die kleine Fensteröffnung konnte man erahnen, wie hoch die Sonne bereits über dem Horizont stand.

Wie sollte es nun weitergehen? Welche Möglichkeiten hatten wir?

„Geht nach Lichtenau! Dort fragt Ihr Gottfried und Adelheid, die Wirte des Gasthauses Apollon, nach Sara", beantwortete Kungundt meine Frage. Sie erklärte, dass Sara eine belesene und weitgereiste Frau sei, die viel gesehen, gehört und ein hohes Wissen habe. Kungundt setzte all ihre Hoffnung auf diese Frau und auch meine Mutter schien Sara zu kennen. Sie sprach voll Hoffnung und versicherte Kungundt, dass ich mich noch am selben Tag auf dem Weg machen würde.

Wir hatten nicht viel Zeit. Von den sieben Tagen, die Bartholomeus Kungundt zur Genesung gegeben hatte, war einer vergangen und am zweiten hatte die Kirchenglocke bereits zur Mittagszeit geläutet. Ich hoffte inständig, dass der Weg nach Lichtenau nicht umsonst sein würde. Aber ich selbst hatte keine Idee, wie wir stattdessen vorgehen sollten. Das Pferd meines Vaters war für Peter die einzige Möglichkeit sich über weite Strecken zu bewegen. So ging ich zu Fuß. Trotz des schwierigen Weges erreichte ich noch vor Anbruch der Nacht das Gasthaus Apollon.

Adelheid schien wie meine Mutter eine warmherzige Frau zu sein. Vielleicht ein bisschen zerstreut, was sicherlich ihr Alter mit sich brachte. Sie bediente ihre Gäste ohne Anzeichen von Müdigkeit. Hielt für jedes Gespräch, welches die Gäste anstießen, inne. Mich empfing sie wie einen Freund. Auch das Apollon war eine einfache Gaststube, deren Lehmwände dringend einiger Pflege bedurften. Die Tische waren nur spärlich besetzt. Adelheid setzte sich an meinen Tisch und erkundigte sich nach meinem Weg. Wir unterhielten uns lange, als ich jedoch nach einer Frau namens Sara fragte, einer Frau, die des Heilens mächtig war, verstummte sie. Sie entschuldigte sich und mit der Begründung, dass die anderen Gäste warteten, verließ sie meinen Tisch.

Sie ging zu ihrem Mann. Ich erkannte, dass das Gespräch, das sie führten, hitzig war. Immer wieder schauten sie zu mir herüber. Aber bereits nach ein paar Minuten verschwand Gottfried und ich sah ihn nicht wieder.

Es war später Abend. Es hatte wieder zu regnen begonnen und ich hatte Sara nicht gefunden. Das Apollon war das einzige Gasthaus im Ort. Ich entschied, die Nacht dort zu verbringen. Ich vermutete, Sara sei eine Heilerin, die in Lichtenau und der Umgebung wirkte. Ich beschloss, am nächsten Tag nach ihr zu suchen.

Ich bin mir nicht mehr sicher, wie lange ich schlief. Sicherlich dämmerte es bereits, als laute Geräusche mich weckten. Ich lag einen Moment regungslos im Bett und versuchte das, was ich hörte, zu deuten. Ich versuchte herauszufinden, woher die Geräusche kamen. Es waren Stimmen, schwere Schritte und es schien, als würden Pferde im Hof stehen. Ich lag da und lauschte. Ich war in einer Herberge. Es war nicht außergewöhnlich, dass Gäste kamen und gingen. Aber als ich meinen Namen zu hören glaubte, stieg ich aus meinem Bett und ging zum Fenster. Im Hof standen Gottfried, der spät in der Nacht zurückgekehrt sein musste, und Adelheid sowie mehrere Männer in Uniform. Ich hatte ein ungutes Gefühl. Entschlossen, das Gasthaus zu verlassen, zog ich mich an, betrat den Flur und hörte, wie sich die Stimmen der Treppe, die ich hinabsteigen wollte, näherten. Ich drehte mich um und suchte nach einem Ausweg. Ich erkannte eine alte, von Holzwürmern angefressene Leiter, die zu einer Öffnung in der Decke führte. In der Vermutung, dass sich dort oben das Heulager befand, stieg ich hinauf.

Kaum hatte ich das Dachgeschoss erreicht, konnte ich Schritte hören, die sich der Leiter näherten. Ich schaute mich um und suchte eine Möglichkeit, mich vor dem Mann, sollte er die Leiter hinaufsteigen, zu verstecken. Aber der Raum, in dem ich mich befand, war leer. Auch die Möglichkeit der Flucht war nicht gegeben. Panik stieg in mir auf. Ich eilte in die hinterste Ecke des Dachstuhls. Dort war es dunkel. Der Schein der Laterne, die der Mann mit sich trug, würde bis dorthin nicht fallen und ich betete, dass er nicht weiter als bis zur Dachlucke gehen würde. Die Balken knarrten mit jedem Schritt, den ich tat. Trotzdem schaffte ich es. In dem Augenblick, in dem der Mann seinen Kopf durch die Deckenöffnung steckte, war ich in der hintersten Ecke des Dachbodens verschwunden. Ein Stützbalken des Daches gab mir zusätzlich Schutz, als ich hinter ihm kniete.

Der Kopf des Mannes hatte die Lucke noch nicht erreicht, jedoch schob er eine Laterne durch die Öffnung. Selbst aber machte er keine Anstalten, den Heuboden zu betreten. Geblendet vom Licht der Laterne zog ich meinen Kopf zurück. Meine Bewegung löste erneut ein leises Knarren aus, welches aber gleich wieder verstummte. Nun stieg der Mann doch die Stufen hinauf und hielt für einen Augenblick die Laterne in die Richtung, aus der er das Knarren vermutete. Als der Lichtstrahl über den Boden glitt, schaute er zur Raummitte und auch ich sah Ratten, die über die Bretter des Dachbodens liefen. Ich vernahm ein leises Knarren des Holzes, über dessen Oberfläche sich das Getier bewegte. Auch der Mann beobachtete für einen Augenblick, wie die Ratten den Dachboden durchquerten und ich atmete auf, als er die Suche abbrach.

Erst als die Stimmen im Flur verstummt waren, stieg ich die Leiter wieder herunter. Leise auftretend ging ich über den Flur. Aus dem unteren Geschoss hörte ich immer noch die Stimmen der Männer. Für einen Augenblick wusste ich nicht, was ich tun sollte. In der Hoffnung, dass kein Interesse bestand, das Geschoss, auf dem ich mich befand, ein zweites Mal zu durchsuchen, ging ich zurück in mein Zimmer. Unentschlossen beobachtete ich durch das Fenster die uniformierten Männer im Hof. Der Hof war von vier Seiten umschlossen. Stallungen und Lager bildeten zusammen mit dem Gasthaus eine Einheit. Der Blick auf die angrenzenden Gebäude, Wege und Felder war versperrt. Ich sah Männer, die die Pferde der Gäste aus den Stallungen trieben. Männer, die die Hühner, die frei im Hof liefen, durch ihre Tritte wegscheuchten. Die Uniformierten liefen scheinbar ohne Zusammenhalt im Hof umher. Erst als ihr Befehlshaber nach ihnen rief, sammelten sie sich. Ich beobachtete, wie sie ihre Pferde bestiegen und vom Hof ritten. Erneut verließ ich das Zimmer. Ich sah, dass auch aus den anderen Zimmern weitere Gäste des Hauses kamen und sich im Flur umschauten. Ohne sie eines Blickes zu würdigen, ohne ihre Fragen zu beantworten, ging ich an ihnen vorbei. Das Erdgeschoss war menschenleer. Im Kamin war das Feuer heruntergebrannt, nur die Glut der letzten Holzscheide glomm mit einem schwachen Schein. Auch Gottfried und Adelheid waren nicht zu sehen. An einer der Wände in der Schankstube befand sich ein Regal, von dem Adelheid am Abend zuvor die Becher für den Gerstensaft genommen hatte. In der Hoffnung, sie würde sie bei ihrer Wiederkehr finden, legte ich die letzten Taler, die ich bei mir trug, darauf. Auch in dieser Situation wollte ich niemandem etwas schuldig bleiben und bezahlte meine Unterkunft.

Ohne mich umzudrehen, ging ich zum Haupteingang und verließ die Herberge. Durch dunkle Wolken konnte man das rote Licht der aufgehenden Sonne erkennen. Ich hatte nichts erreicht.

Die Männer in den Uniformen hatten meinen Namen genannt. Sie waren dort gewesen, weil sie mich suchten. Wer hatte sie geschickt? Ich ging durch die schmalen Gassen der Stadt. Je höher die Sonne am Horizont stand, desto mehr Menschen hielten sich in diesen Gassen auf. Ich beobachtete sie, suchte eine Möglichkeit, sie anzusprechen. Ich musste Sara finden. Die Menschen mieden mich. Kaum einer sprach mit mir. Sie zeigten sich ängstlich und wirkten verunsichert. Sie blickten auf die Straße anstatt in mein Gesicht. Das Geschehen in der Herberge hatte sich herumgesprochen. Ich war ein Fremder, dem man besser aus dem Weg ging. Es war die Angst, erkannt und verraten zu werden, die ein Gespräch mit den Menschen im Ort unmöglich machte. Und selbst, als ich jemanden fand, der mit mir sprach, war das Gespräch beendet, sobald ich nach einer Heilerin namens Sara fragte. Zum Abend war ich mir sicher, dass der Grund für die Stürmung der Herberge und die Suche nach meiner Person nur meine Suche nach Sara gewesen sein konnte. Ich wollte die Unschuld einer verurteilten Hexe ermitteln. Ich zweifelte Bartholomeus' Urteil und damit die Urteilsfähigkeit der Kirche an. Bartholomeus hatte gar keine andere Wahl. Wollten er und auch die Kirche ihr Gesicht wahren, so mussten sie den, der sich gegen Gottes Urteil stellte, in Gewahrsam nehmen. Ich hatte, noch bevor ich nach Lichtenau aufbrach, gewusst, sollte man mein Vorhaben verraten, so würde man mir die Verbrüderung mit einer Hexe und somit mit dem Teufel vorwerfen.

Es wies alles darauf hin, dass genau das an jenem Tag geschehen war.

Mit dem Augenblick, in dem mir die Art der Anklage klar wurde, wusste ich, dass ich mich auf den Weg zurück machen musste. Dass ich auch meine Familie in Gefahr gebracht hatte. Ohne auch nur eine Spur von Sara gefunden zu haben, machte ich mich auf den Weg zurück nach Röhrenfuhrt.

Aber ich kam zu spät. In meinem Elternhaus traf ich niemanden an. Ich vermutete, dass man meine Mutter und meinen Bruder in Gewahrsam genommen hatte. Zu diesem Zeitpunkt wusste ich nicht, dass sich meine Vermutung ein paar Tagen später auf grausamste Art bestätigen würde. Ich ging durch das Haus. Auf dem Bett meiner Mutter lag eine schlichte Kette mit einem Amulett, welches schon meine Großmutter trug. So lange ich mich zurückerinnere, hatte sie es getragen. Sie selbst hatte es von meiner Großmutter bekommen. Es war über Generationen im Besitz unsere Familie und sollte nach dem Tod meiner Mutter an die nächste Herrin des Hofes weitergegeben werden. Heute glaube ich, dass meine Mutter bereits zum Zeitpunkt ihrer Festnahme ahnte, was ihr bevorstand. Sie hatte die Kette dort abgelegt, damit ich sie an mich nehmen konnte.

Ich wollte meine Familie nicht in Bartholomeus' Händen belassen. Ich wusste, ich musste irgendetwas tun. Ich ging in die Stallung und suchte nach dem Pferd, aber es stand nicht an seinem Platz. Ich musste zu Fuß in die Stadt gehen. Ich war schnell. Ich lief den Weg entlang, den ich bereits genommen hatte, als ich vor einigen Tagen zu meiner Mutter ging. Damals war der Himmel strahlend blau und Tiere weideten auf den Wiesen. Jetzt aber war es dunkel und Wolken zogen über den Horizont. Der Wechsel zwischen dem Grau der Wolken und dem silbernen Schein des Mondes tauchte die Umgebung in ein düsteres Schattenspiel. Meine Gedanken waren bei meiner Mutter und meinem Bruder und sie trieben mich voran. Ich lief immer schneller. Es war Nacht und als ich die Stadt erreichte, waren die Straßen dunkel. Nicht einmal in den Fenstern der Häuser erkannte man den Schein eines Lichtes. Ich lief über den Marktplatz, vorbei an der großen Dorflinde hinüber zum Rathaus. Ich klopfte verzweifelt und mit ganzer Kraft gegen die Tür. Sie wurde nicht geöffnet.

Ich schaute mich um. Was sollte ich nun machen? Bartholomeus war bei Eckert Frei einquartiert. Mein nächster Weg sollte mich zum Haus des Vogtes führen. Wieder lief ich durch die dunklen Straßen der Stadt. Das Haus stand in einem der Stadtbezirke, in denen man darauf achtete, dass die Straßen sauber waren. In die Armut und Not nicht gelangten. Als ich das Haus endlich erreichte, glaubte ich für einen kurzen Moment, das Licht einer brennenden Kerze in einem der Fenster gesehen zu haben. Auch hier lief ich zur Tür, schlug dagegen und rief Bartholomeus' Namen. Es dauerte lange, bis ich Licht in einem der Fenster sah. Ich hörte nicht eher auf, gegen die Tür zu schlagen, bis eine alte Frau, gekleidet in ein einfaches Leinengewand, die Tür öffnete und mich unwirsch nach meinem Anliegen fragte. Ich war aufgebracht. Ich erklärte ihr, dass ich umgehend mit Bartholomeus sprechen wollte. Sie aber rührte sich nicht. „Es ist mitten in der Nacht. Nichts kann so wichtig sein, dass es das Stören der Nachtruhe des Hausherrn oder seines Gastes rechtfertigt", sprach sie zu mir. Gerade als ich den Weg vorbei an ihrer Seite nehmen wollte, erschien der Schatten eines Mannes im Flur. Er trug kein Licht. In der Dunkelheit konnte ich nicht erkennen, wer es war. In der Annahme, den Hausherrn vor mir zu haben, sprach ich ihn an. Ich bat ihn, mit Bartholomeus sprechen zu dürfen. Aber als er näher kam, erkannte ich, dass es nur einer der Knechte war. Er forderte mich auf, das Grundstück seines Herrn sofort zu verlassen.

Heute weiß ich, wie unüberlegt diese Handlung war. Hätte ich weiter darauf bestanden, mit Bartholomeus oder Eckert Frei zu sprechen, und wäre man auf meine Aufforderung eingegangen, hätten Bartholomeus oder Eckert Frei mich bereits an jenem Tag in Gewahrsam genommen. Aber sie weckten ihren Hausherrn nicht. Der Mann drängte mich zurück und schloss vor mir die Tür. Auf mein erneutes Klopfen reagierte er mit einer Beschimpfung und einer Drohung, dass, wenn ich weiterhin die Nachtruhe störe, er hinauskommen und selbst dafür Sorge tragen werde, dass es wieder ruhig wird. Ich war wütend, stieß mit dem Fuß gegen die Tür, zog dann aber unverrichteter Dinge weiter. Ich ging zurück zu meinem Elternhaus. Als ich die Tür öffnete, war es immer noch dunkel. Ich setzte mich an den Tisch und wollte auf den neuen Tag warten. Ich wollte überlegen, wie ich vorgehen sollte. Welchen Weg ich als nächstes gehen sollte. Es gab zwei Möglichkeiten, zum einen, ich würde noch einmal versuchen, mit Bartholomeus zu sprechen, oder ich suchte, in der Hoffnung, sie kann mir helfen, weiter nach Sara. Mit Bartholomeus zu sprechen schien mir der richtige Weg zu sein. Trotz meines Zornes wollte ich vor ihm kriechen wie ein bettelnder Hund. Ihn um Verzeigung und um Gnade für meine Familie bitten.

Ich wollte früh aufbrechen. Das Haus des Landesvogtes erreichen, noch bevor Bartholomeus und er sich auf den Weg zum Rathaus machen konnten. Aber mein Körper und mein Geist waren erschöpft. Die Augen fielen mir trotz meiner Gegenwehr zu. Als ich erwachte, stand die Sonne bereits weit über dem Horizont.

Voller Eile stürmte ich hinaus. Obwohl ich es besser wusste, lief ich hinüber zum Stall und schaute nach dem Pferd. Aber es stand immer noch nicht an seinem Platz. Wieder musste ich laufen. Noch schneller, als ich es am gestrigen Abend tat, eilte ich in die Stadt.

Ich dachte, ich würde Bartholomeus kennen. Aber ich kannte nicht die Macht, die er tatsächlich besaß. Als ich mich der Stadt näherte, sah ich, dass man außerhalb der Stadtmauern zwei Scheiterhaufen errichtet hatte. Vom weiten war zu sehen, dass man mehrere Personen auf die Scheiterhaufen führte. Ich bekam Angst, dass es meine Familie war, die man dort zu ihrer Hinrichtung führte. Aus der Ferne erkannte ich die Gestalten von drei Frauen und einem Mann. Als man die Feuer entzündete, standen die beiden Frauen auf jeweils einem und der Mann und die dritte Frau gemeinsam auf dem anderen Scheiterhaufen. Ich lief so schnell ich konnte. Als ich die Menschenmenge erreichte, die sich um die Scheiterhaufen versammelt hatte, hatte das Feuer die Körper der Verurteilten bereits erreicht.

Noch heute höre ich, sobald ich die Augen schließe, den entsetzlichen Schrei meiner Mutter und sehe, wie ihr Körper verbrennt.

Ich weiß bis zum heutigen Tage nicht, ob meine Mutter das, was Bartholomeus ihr vorwarf, auch wirklich gestanden hat. Und wenn ja, unter welchen Umständen? Hatte man ihr Schmerzen zugefügt? Hatte sie aus Verzweiflung die Vorwürfe, die man gegen sie ausgesprochen hatte, zugegeben? Ich kann es mir nicht anders erklären. Die Verhandlung hatte nicht lange gedauert. Meine Mutter war nicht einmal drei Tage in Haft, als man ihr Todesurteil vollstreckte. Bartholomeus hatte ihr nicht einmal die Zeit gegeben, sich auf den Tod vorzubereiten. Wenn ich die Dinge ungeschehen machen könnte, würde ich es tun. Wenn ich meine

Mutter zurück ins Leben holen könnte, indem ich mein Leben gäbe, würde ich auch dieses tun.

Ich hatte versagt. Ich hätte an jenem Abend wach bleiben und rechtzeitig den Weg in die Stadt gehen müssen.

Aus der Fassungslosigkeit, in die ich verfiel, als ich erkannte, wer dort auf dem Scheiterhaufen stand, wurden Verzweiflung und Wut.

Man führte aber nicht nur meine Mutter und Kungundt zu ihrer Hinrichtung, nein, an ihrer Seite gingen Adelheid und Gottfried, das Wirtspaar aus dem Gasthof Apollon. Ich hatte sie nicht mehr gesehen. Ich verließ das Gasthaus in der Annahme, sie wären es gewesen, die meine Suche nach Sara angezeigt hatten. Ich sah meine Mutter, Kungundt, Adelheid und Gottfried im Feuer sterben. Aber mein Bruder war nicht dabei. Voller Hoffnung, ihn zu finden, schaute ich mich in der Menschenmenge um. Für einen Augenblick glaubte ich ihn zu erkennen. Aber als ich in seine Richtung ging, stand an der Stelle, an der ich ihn gerade noch zu sehen glaubte, ein mir fremder Mann. In mir keimte die Hoffnung, meinen Bruder aus den Händen der Inquisition zu befreien und ich wollte mehr denn je eine Antwort finden.

Der einzige Anhaltspunkt, den ich hatte, war Sara. Ich musste sie finden. Ich hoffte, in Kungundts Haus weitere Hinweise zu entdecken, die mir bei der Suche nach Sara helfen konnten. Noch bevor das Feuer den Körper meiner Mutter vollständig vernichtet hatte, verließ ich den Platz und machte mich auf den Weg zum Haus der Heilerin.

Das Haus lag in einen Wald weit außerhalb von Röhrenfurth. Es gab einen ausgetretenen Pfad, der direkt zum Haus führte. Aber aus Furcht, man könnte mich erkennen, ging ich durch den

Wald. Ich musste darauf achten, wohin ich trat, jedoch rutschte ich mehr als einmal aus. Das Gewand, welches ich bereits seit fünf Tagen trug, wurde immer unansehnlicher. Aus allen Richtungen glaubte ich eine Gefahr zu erkennen. Immer wieder suchte ich Schutz hinter Baumstämmen oder Sträuchern. Doch es waren Rehe, Füchse oder irgendwelches andere Getier, welches vor mir floh.

Ich erkannte zwischen hohen Bäumen Kungundts Haus und beschleunigte meine Schritte. Für einen Moment sah ich nicht, wohin ich trat. Mein Fuß verkeilte sich unter einem Wirrwarr aus Ästen und ich fiel. Ein Ast hinterließ eine tiefe Wunde. Einen Augenblick blieb ich sitzen und versuchte, die Blutung mit der Hand zu stillen. Als ich merkte, dass ich das nicht schaffte, erhob ich mich und ging auf Kungundts Haus zu. Wo sonst sollte ich Verbandsmaterial finden, wenn nicht im Haus einer Heilerin? Ich war keine zehn Meter entfernt, als eine Frau die Tür öffnete. Sie war ungefähr in meinem Alter. Ihre langen, fast schwarzen Haare fielen ihr offen über den Rücken. Im Gegensatz zu den meisten Frauen trug sie statt eines Kleides Beinlinge und eine Tunika. Um ihre Taille war ein Lederband geschlungen. Ich zögerte einen Moment, ging dann aber weiter auf das Haus zu.

Wer ich sei und was ich wolle, wurde ich von der Frau abweisend begrüßt.

„Dasselbe kann ich Euch fragen. Wer seid Ihr und was macht Ihr im Haus der Heilerin Kungundt?" Mittlerweile hatte ich mich ihr soweit genähert, dass ich ihr direkt in die Augen sehen konnte. Sie waren blau wie der Ozean; eindringlich und ohne Angst hielt sie meinen Blicken stand.

„Ihr befindet Euch auf meinem Boden. Ich bin Kungundts Erbin", erklärte sie.

„Mir ist nicht bekannt, dass Kungundt eine Erbin hatte. Ich habe sie nie davon sprechen hören." Ich war misstrauisch. Häufig schon hatte ich erlebt, dass Vagabunden in verlassenen Häusern Unterschlupf gesucht hatten, und ich wusste, oft waren sie nicht allein. Dass sie von Bartholomeus geschickt war, konnte ich mir nicht vorstellen, aber auszuschließen war es auch nicht. Die Verletzung, die ich mir beim Sturz zugezogen hatte, schmerzte. Meine Tunika war vom Blut rot gefärbt. Immer wieder hielt ich meine Hand schützend vor die Wunde.

„Warum sollte Kungundt mit Euch über ihre Erben sprechen?" Die Frau ließ ihren Blick nicht von meiner Gestalt. Ich spürte ihr Misstrauen mir gegenüber. Ich war überrascht, als sie mir anbot, die Wunde zu reinigen und zu verbinden.

Sie ging ins Haus und kam kurz darauf mit einer Schüssel voll Wasser, einem sauberen Tuch und einer kleinen Flasche zurück. Nachdem sie die Wunde vorsichtig gereinigt hatte, beträufelte sie das Tuch mit einer öligen Flüssigkeit, die sie der Flasche entnommen hatte und wollte mir einen Verband anlegen. „Was beinhaltet die Flasche?" Ich stellte die Frage nicht aus Neugier. Ich musste vorsichtig sein! Ich war auf der Flucht und kannte die Frau nicht.

„Es ist Johanneskrautöl. Es wird die Wundheilung fördern und hilft, eine Verunreinigung des Blutes zu vermeiden." Sorgfältig verschloss sie den Verband.

Wo sie ihr Wissen erlernt habe, fragte ich. In mir wuchs die Hoffnung, die Frau, die ich suchte, gefunden zu haben.

„Meine Mutter gab mir ihr Wissen weiter. Ferner habe ich in den Ländern des Ostens mein Wissen vertieft", beantwortete sie meine Frage.

„Meine Mutter und Kungundt standen sich nah." Ich versuchte, ihr Vertrauen zu gewinnen. Ich erzählte ihr, dass ich

Kungundt versprochen hatte, ihre Unschuld zu beweisen. Dass ich im Gasthaus Apollon nach einer Frau namens Sara fragen sollte und dass uniformierte Männer, nach mir suchend, das Gasthaus gestürmt hatten. Und dass ich in der Frühe meine Mutter, Kungundt und auch das Wirtspaar aus dem Gasthaus Apollon brennen gesehen hatte. Wieder merkte ich, wie nahe mir nicht nur der Tod meiner Mutter ging. Auch Kungundt, Gottfried und Adelheid gegenüber hatte ich ein schlechtes Gewissen.

„Mein Name ist Sara. Kungundt war meine Mutter", stellte die Frau sich vor. „Was war der Grund, aus dem meine Mutter nach mir suchen ließ?"

„Sie wurde angeklagt, dem Teufel ein neugeborenes Kind geopfert zu haben. Durch die Opferung soll sie sich die Gunst des Teufels gesichert haben. Und zusammen sollen sie den Schwarzen Tod in die Stadt geführt haben. Ich versprach, ihr zu helfen, den wahren Grund für das Sterben in Röhrenfurt finden. Eure Mutter hoffte auf Eure Hilfe."

„Meine Mutter hat zu Gott gebetet. Ihr war das Leben heilig! Mit welchem Beweis hat man sie gerichtet?"

„Sie hat unter Schmerz gestanden." Ich fühlte mich schuldig, als ich ihr ins Gesicht schaute. Aber ich wollte ehrlich sein. Ich erzählte ihr, dass ich bei der Verhandlung zugegen gewesen war. Auch den Grund meines Umdenkens erklärte ich ihr und dass ich immer noch entschlossen war, die Wahrheit zu finden.

Nachdem ich geendet hatte, schwiegen wir. Immer wieder sah ich zu ihr herüber und wartete auf eine Reaktion. Sie schaute mich nicht an. Ihre Blicke waren in die Ferne gerichtet. Als meine Blicke den ihren folgten, sah ich, wie die Sonne blutrot hinter den Bäumen verschwand. Erst als dieses Farbenspiel vorüber war, richtete

Sara das Wort an mich. Für die Ehre ihrer Mutter und um weitere Anklagen zu verhindern, wolle sie an meiner Seite stehen.

Wenige Menschen im Ort wussten von Sara. Als Kind half sie ihrer Mutter. Aber nur denjenigen, denen Kungundt vertraute und die ihr Einverständnis hatten, ihr Haus zu betreten, war sie bekannt.

Als Sara Röhrenfurth verließ, war sie jünger als ich es bei meinem Weggang war. Ihre Mutter hatte sie in die Obhut eines Heilers gegeben, der mit ihr durch die östlichen Länder reiste. Es war noch kein Jahr vergangen, seit sie zurückkehrt war.

Es hatte zu dämmern begonnen. Sara bot mir an, im Haus zu nächtigen. Sie holte mir Wasser, sodass ich nach langer Zeit wieder die Möglichkeit bekam, meinen Körper zu reinigen. Aus einer alten Truhe, die unweit der Schlafstätte stand, holte sie eine Tunika. Sie war groß und weit geschnitten. Sie passte weder zu Sara noch zu Kungundt. Um es zu reinigen, nahm Sara mein Gewand an sich und gab mir die Tunika, die sie aus der Truhe genommen hatte. Während wir das Nachtmahl einnahmen, hingen meine Kleider über der Feuerstelle. In der Stube gab es nur ein Bett, welches wir uns, wie Geschwister es tun, teilen wollten. Jedoch als ich am nächsten Morgen erwachte, saß Sara immer noch an dem Tisch, an dem wir am Abend unser Brot gegessen hatten. Es schien so, als hätte sie sich, im Gegensatz zu mir, nicht vom Platz bewegt. Vor ihr lag eine gebundene Handschrift, in der sie vorsichtig blätterte. Ich erkannte, wie ihr Körper die Silhouette des Gewandes zeichnete, welche sich mit jeder Bewegung änderte. Ihre Beine und Füße waren unbedeckt. Sie war eine sehr gepflegte Frau. Ich beobachtete die Bewegung, die sie machte, als sie die Seiten der Handschrift wendete. Es war, als würde sie ein heiliges Relikt berühren. Vorsichtig und ehrfürchtig behandelte sie die

Seiten. Ihre Haare hatte sie am Hinterkopf zusammengebunden, sodass keines ihrer Haare ihr die Sicht versperren konnte. Ihren Kopf hatte sie leicht geneigt und es schien, als hätte sie die Welt um sich herum vergessen. „Ich habe Euch einen Aufguss aus Kräutern gemacht", sprach sie mich an, ohne von ihrem Buch aufzuschauen. Obwohl ich mich bemüht hatte, sie nicht zu stören, hatte sie mich gehört. Ich kleidete mich an und ging zu ihr. Neugierig schaute ich über ihre Schultern auf die Seiten der Handschrift. Sie waren mit Schriftzeichen beschrieben, die ich nie vorher gesehen hatte, und zeigten Darstellungen von Kräutern und Früchten. Sara erklärte mir, dass es arabische Schriftzeichen waren und dass es ein Lehrwerk der orientalischen Medizin war. Der Verfasser lebte vor vielen hundert Jahren und noch heute würde dieses Werk im Orient für die Lehre der Medizin genutzt. Sie suche in der Handschrift nach Stellen, die die Symptome, die ich ihr am vorherigen Tag genannt hatte, erklärten, erläuterte sie mir, ohne den Kopf zu heben. Auf meine Frage, ob sie eine Erklärung für das Sterben gefunden hätte, schüttelte Sara den Kopf. Wir saßen beide schweigend zusammen. Sie in ihre Handschrift vertieft. Und ich? Ich schaute einfach nur durch das Fenster. Es war ruhig, eine Ruhe, die ich seit Tagen nicht mehr erlebt hatte. Aus der Ferne hörte ich das prasselnde Geräusch des Regens, welcher in der Nacht wieder angefangen hatte. Als Sara zu mir sprach, erschrak ich. Mein Herz schlug schnell in der Brust, so tief war ich in meine Gedanken verloren gewesen. In meine Gedanken? Heute erinnere ich mich nur noch an das Prasseln des Regens. Sara schaute mich an und als sie meine Lage erkannte, lächelte sie. „Um die Krankheit zu bestimmen, muss ich mir die Menschen, die erkrankt sind, ansehen. Es gibt zu viele Möglichkeiten."

Dass ich einen Freund habe, der erkrankt sei, erklärte ich ihr. Und dass er, als ich am Tag des Herrn Gast in seinem Haus war, hohes Fieber und starke Schmerzen hatte. Ich schlug vor, nach Anbruch der Dunkelheit zu ihm zu gehen. Und so kam es, dass wir, noch bevor die Nacht anbrach, das Haus verließen.

Ich hatte Röhrenfurth erst vor ein paar Tagen verlassen, aber die Stadt hatte sich verändert. Die Menschen verbrachten ihre Zeit in der Kirche und beteten. Sie hofften auf die Vergebung ihrer Sünden und dass ihnen das Schicksal ihres Nachbarn, ihres Freundes oder ihres Familienmitglieds erspart blieb. Geißler zogen durch die Straßen, ihre Körper von der selbst auferlegten Pein gezeichnet. In dieser Szenerie verkündeten Bußprediger den Untergang unserer Welt.

Das Haus meines Freundes lag abseits der großen Straßen, sodass die Gefahr, erkannt zu werden, mit jedem Schritt, den wir uns dem Haus näherten, geringer wurde. Streunende Hunde und Katzen waren unterwegs, Hühner und anderes Getier hielten sich in der Nähe der Häuser auf. Aber Menschen waren kaum zu sehen.

Wieder war es die Mutter meines Freundes, die uns den Einlass ins Haus gewährte. Mein Freund, ein grausamer Anblick, lag auf dem Bett. Die Laken hatten sich schwarz verfärbt. Sein Geist schien wahrhaftig vom Bösen befallen zu sein. Er krümmte sich unter Schmerzen. Die Nase und Fingerkuppen hatten sich schwarz verfärbt und das Fieber war hoch. Ich erkannte einen sterbenden Mann. Es war mir unerträglich. Ich wagte es nicht, in seiner Nähe zu sein.

Im Gegensatz zu mir hatte Sara keine Berührungsängste. Sie setzte sich an die Seite meines Freundes. Nachdem sie ihn untersucht hatte, bat sie seine Mutter um Wasser. Aus einer Tasche, die sie an einem um die Taille geschnürten Lederriemen befestigt hatte, holte sie ein keines Fläschchen, gefüllt mit einer mir nicht bekannten Flüssigkeit. Einige Tropfen dieser Flüssigkeit träufelte sie in das Wasser. Sara schob ihre Hand unter den Kopf meines Freundes, hob ihn ein Stück in die Höhe und gab ihm das Wasser zu trinken. Lange saß sie an seinem Bett und hielt seine Hand in der ihren. Als wir ihn und seine Familie verließen, hatte sein Herz aufgehört zu schlagen und der Herr hatte seine unsterbliche Seele zu sich geholt. Zurück blieben die Eltern, die ihre ganze Hoffnung in das Leben ihres Sohnes gesetzt hatten und mit seinem Tod in eine ungewisse Zukunft blickten.

Wir hielten uns nicht auf, gingen schweigend durch die Straßen Röhrenfurths. Ich war erschüttert. Immer wieder kehrten meine Gedanken zu meinem sterbenden Freund zurück. Nachdem Sara ihm von der Flüssigkeit gegeben hatte, schien er bis zu seinem Tod ohne Schmerz gewesen zu sein. Er war eingeschlafen und nicht wieder aufgewacht. „Was glaubt Ihr, ist es der Schwarze Tod, der seine Hand nach den Menschen ausstreckt?", unterbrach ich die Stille, die mir unerträglich war. Sie erklärte mir, dass es wahrhaftig so aussah, als würde der Schwarze Tod Röhrenfurth heimsuchen. Die Symptome wiesen darauf hin. Aber irgendetwas passte nicht. Sie wusste nicht was und erbat sich Zeit, um in ihrer Handschrift nach Antworten zu suchen. Wir hatten die Stadt hinter uns gelassen. Sara erzählte mir von den Dingen, die sie auf ihren Reisen in den östlichen Ländern gesehen hatte. Sie sprach von Häusern, in denen Kranke von ausgebildeten Ärzten geheilt und gepflegt wurden, von einem medizinischen Wissen, das weit über den christlichen Glauben hinaus ging. Sie verbrachte einen Großteil ihrer Jahre in diesen Häusern und nahm Einblick in die, wie sie es nannte, einzigartige Welt der Heilung.

In der Art ihres Erzählens erkannte ich ihre Begeisterung für den Weg, den sie gegangen war und, wenn es Gott gefalle, noch gehen wird. Wie es schien, hatte sie ihren Weg gefunden, während ich den meinigen erst zu suchen begann.

Als wir in Kungundts Haus ankamen, war der neue Tag nicht mehr fern. Ohne Verzögerung nahm Sara ihre Handschrift und suchte nach neuen Erkenntnissen. Ich machte mich auf den Weg zu meinem Elternhaus. Seit dem Tag meiner Abreise nach Lindau hatte ich meinen Bruder nicht mehr gesehen. Vielleicht war er auf den Hof zurückgekehrt.

Ich beobachtete das Haus aus der Ferne. Auf dem Hof war niemand zu sehen. Als ich über den Hof ging, waren meine Gedanken für einen kurzen Moment bei meiner Mutter. In meinem Geiste sah ich, wie sie mich nach so langer Zeit begrüßte. Ich sah den Schmutz, der ihren Kleidersaum dunkel verfärbte. Aber auch die Erinnerungen an ihren Tod kehrten zurück. Ich sah, wie die Flammen ihren Körper umschlossen und wieder spürte ich die Fassungslosigkeit und die Verzweiflung, wie ich sie bereits beim Anblick ihres Todes gefühlt hatte. Und ich spürte Hass auf Bartholomeus und die Menschen, die das Feuer entfacht hatten.

Die Tür zum Haus stand offen. Ich ging hinein. Die Feuerstelle war benutzt. Ich schaute mich im Haus um. Peter aber war nicht dort. Als ich zur Schmiede herüber sah, glaubte ich einen Schatten zu erkennen. Immer auf der Hut, es könnte mich jemand überraschen, ging ich hinüber und öffnete vorsichtig die Tür. In der Schmiede war es kalt. Licht und Schatten teilten sich den Raum. Ich horchte. Eine unheimliche Stille beherrschte den Raum. Ich ging in die Richtung, in der ich den Schatten zu sehen geglaubt hatte. Es war tatsächlich der Schatten meines Bruders. Vor ihm lag ein umgekippter Schemel. Der Schuh war nicht geschnürt und hatte sich von seinem Fuß gelöst. Eine Seite seines Beinkleides hing lose über den verbliebenen Stumpf seines Beines. Die Tunika bedeckte ohne Bindung seinen Oberkörper. Über sein Gesicht zogen das Licht und der Schatten ziehender Wolken, die ihren Weg durch die Fensteröffnungen gefunden hatten. Die Schlinge um seinen Hals war fest zugezogen. Peter hing an einem Balken unweit des Amboss, auf dem er einst das Eisen schlug. Wie versteinert stand ich da. Ich hatte das letzte Mitglied meiner Familie verloren. Noch heute ist der Vorwurf ein Teil meines Lebens. Auch wenn ich nicht die Hand war, die ihm den Strick reichte, so bin ich doch schuldig. Durch mein Handeln verlor auch er seine Zukunft. Ein Leben ohne die helfende Hand der Familie war ihm nach seiner Erkrankung nicht möglich gewesen. Wäre ich nicht nach Lichtenau gegangen, hätte er wenigstens die Möglichkeit eines Lebens gehabt. Ich nahm ihn ab und begrub ihn unter dem Apfelbaum. Ich legte ihn zu seiner Frau und seinem Sohn.

Ich war aufgewühlt. Hass auf mich, Bartholomeus und die Welt schwollen in mir an.

Ich weiß nicht, wie lange ich an den Gräbern meiner Familie stand. Als ich wieder bei Sara war, begann es zu dämmern. Die Wut, die in mir tobte, klang selbst nach Saras Zuspruch nicht ab. Mehr denn je wollte ich mich gegen Bartholomeus' Rechtsempfinden stellen.

Sara hatte einen Aufguss aus Kräutern gemacht. Nach und nach beruhigte ich mich. Aber mir schien es, als wäre mit dem Tod meines Bruders meine ganze Welt und auch die Hoffnung, die ich hatte, zusammengebrochen. Nur mit Mühe konnte ich Saras Worten folgen. Sie erzählte mir, dass sie den Grund ihrer Zweifel erkannt hatte. Auf ihrer Reise erlangte sie das Wissen, dass der Schwarze Tod ein Dämon mit vielen Gesichtern ist. Einige dieser Gesichter ähnelten dem, was wir an jenem Tage sahen. Der Kopf und die Glieder schmerzen. Der Mensch scheint vom Teufel besessen, er redet wirr, hat Angstzustände. Die Körpertemperatur steigt. Selbst das Absterben der Finger und der Nase zeugt vom Schwarzen Tod. Aber dennoch war sie sich nicht sicher gewesen, ob es wirklich der Schwarze Tod war, der Röhrenfurth heimsuchte. Denn es gab Ungleichheiten zwischen dem, was wir sahen und dem, was sie über den Schwarzen Tod zu wissen glaubte. Der Schwarze Tod wird oft begleitet von Geschwülsten, die den Körper auf grausamste Art entstellen. Dieses jedoch war bei keinem der Erkrankten im Ort aufgetreten. Aber noch entscheidender war die Zeitspanne, in der der Schwarze Tod seine Opfer peinigt. Von den ersten Zeichen bis zum Tod des Erkrankten benötigt der Schwarze Tod etwa acht Tage. Aber das erste Mal, dass ich meinen bereits erkrankten Freund besuchte, lag länger zurück.

„Vielleicht haben die Menschen in Röhrenfurth Gott derart erzürnt, dass er ihnen die Bürde des langsamen Sterbens auferlegt", suchte ich eine Antwort auf diese Unstimmigkeit.

Sara entgegnete, dass sie nie erfahren habe, dass der Schwarze Tod länger als acht Tage seine Opfer sterben ließ. Sie hatte den Tag genutzt, um in ihrer Handschrift eine Antwort auf die Frage zu suchen, welche Krankheit dem Schwarzen Tod so ebenbürtig ist. Es gebe nur eine, klärte sie mich auf. Es sei das Antoniusfeuer, eine Verunreinigung des Roggenkorns. Auch in seiner Hand stirbt der Mensch unter großen Qualen. Die Zeichen der Erkrankung stehen denen des Schwarzen Todes in nichts nach. Der Schmerz, die Übelkeit, die Verwirrtheit des Geistes sind genauso

Merkmale der Vergiftung durch das Mutterkorn wie das Sterben der Gliedmaßen und letztlich der Tod.

Sara war sich sicher. Wir hatten die Ursache des Leides und des Sterbens gefunden. Nun suchten wir den Beweis, der Saras Theorie erhärtete. Wir wollten beweisen, dass es nicht der Schwarze Tod war, der die Menschen sterben ließ, sondern das Antoniusfeuer – eine Vergiftung durch das Mutterkorn.

Am nächsten Morgen suchten wir den Müller in Röhrenfurth auf. Das Wasser stand hoch. Der Regen der letzten Wochen hatte aus dem kleinen, dahinplätschernden Bach einen rauschenden Fluss werden lassen. Sara und ich gingen an seinem Ufer entlang. Als wir uns der Mühle näherten, hörten wir lachende Kinderstimmen und sahen, wie die Großeltern, der Müller selbst mit seiner Frau und einige der Knechte im Schatten einer großen Eiche saßen. Sie waren beim Essen und einem jeden schien es zu schmecken. Es war ein idyllisches Familienbild. Als man uns kommen sah, stand der Müller auf und kam auf uns zu. Er war ein Mann, an dessen Körperbau man die harte Arbeit in der Mühle sah. Er fixierte mich von oben bis unten. Sein Gesicht zeigte keine Reaktion. Ich kann nicht sagen, ob er mich willkommen hieß oder am liebsten wieder vom Hof jagen wollte. Als er jedoch zu Sara hinübersah, konnte ich ein vorsichtiges Lächeln auf seinem Gesicht erkennen. Seine Frau Mathilda begrüßte Sara wie eine alte Freundin. Ich erfuhr, dass sie sich bereits seit Kindertagen kannten. Sie bot uns zu essen und zu trinken an. Im Gespräch erfuhr ich, dass die Familie des Müllers zu denen gehörte, die Kungundt auch in ihrem Haus empfangen hatte. Nachdem Sara mich vorgestellt hatte, sprachen sie mir ihr Beileid aus. Sie erklärten mir, dass auch sie dem derzeitigen Geschehen in Röhrenfurt fassungslos gegenüberstanden.

Während des Essens trug Sara unsere Vermutungen vor. Sie erklärte das Aussehen und die Wirkung des verunreinigten Getreides. Der Müller jedoch widersprach unserem Verdacht. Das Getreide, welches er gemahlen hatte, sei rein gewesen. Man würde das reine Korn vom unreinen Korn durch ein Sieb trennen. Ich sprach ihn auf die vergangene Ernte an und gab den Hinweis, dass es vielleicht die Not ist, die die Menschen auch das verunreinigte Korn essen ließ. Der Müller bestand darauf, dass er den Menschen nie schaden würde. Und auch seine Frau sprach zu Sara von ihrer Gottesfurcht und beschwor, dass weder sie noch ihr Ehegatte unrecht gehandelt hätten. Sara beschwichtigte ihre Freundin. Sie sei in der Hoffnung, das Korn zu sehen, gekommen und es liege ihr fern, ihre Freunde einer bösen Tat zu bezichtigen. Natürlich sei das nicht unser Anliegen erklärte auch ich. Einen Augenblick schwiegen wir. Es war der Müller selbst, der anbot, das Getreide zu sehen. Gemeinsam gingen wir zur Mühle. Er erklärte, dass nur noch selten jemand kam und um das Mahlen des Korns bat. Die Vorräte seien erschöpft und ein jeder warte auf die nächste Ernte. Für jeden Scheffel, welchen man zur Mühle bringe, danke er Gott. Denn auch ihm würden irgendwann die Vorräte ausgehen. Als wir die Mühle betraten, stand der Mühlstein still. Knechte waren dabei, das Gebäude zu reinigen. Der Müller führte uns in eine dunkle Ecke des Raumes. Hier lagen wenige mit dem feinen weißen Mehl des Roggenkorns gefüllte Säcke. Es war sein Eigentum. Tatsächlich würden auch ihm irgendwann die Vorräte ausgehen, war mein erster Gedanke. Aber der Zeitpunkt lag noch in weiter Ferne. Er öffnete einen dieser Säcke und gewährte Sara einen Blick. Das Mehl war von einer großen Reinheit. Sara fand nichts, was auf eine Vergiftung durch das Mutterkorn hinwies. Wir verließen die Mühle ohne Ergebnis.

Wir waren erst ein Stück gegangen, als uns Reiter entgegenkamen. Als sie uns erblickten, trieben sie ihre Pferde zum Galopp an. Es dauerte einen Augenblick, aber dann erkannte ich die Uniform, die sie trugen. Sara und ich bewegten uns vom Pfad, den wir gingen, weg und suchten Schutz im angrenzenden Wald. Ich wies Sara an, uns zu trennen. So liefen wir in entgegengesetzte Richtungen. Der Wald bot keinen Schutz. Die Bäume waren gefällt, nur noch die übriggebliebenen Stümpfe zeugten von ihrer imposanten Größe. Und so war es für die Reiter, die mit schnellem Tempo näherkamen, ein Leichtes, mir zu folgen. Ohne auf meinen Weg zu achten, lief ich in die Richtung, in der ich das rauschende Wasser des Flusses zu hören glaubte. Ich lief schnell. Schneller als es mein Körper gewohnt war. Vor mir sah ich einen umgekippten Baumstamm, dessen verzweigte Äste mir ein Versteck sein sollten. Erschöpft ließ ich mich zwischen diesen Ästen fallen. Sie zerrissen mir die Haut, aber der Schmerz drang nicht in meinem Kopf. Ich lag schwer atmend hinter den Baumstamm, umgeben von einem Gewirr aus Ästen. Als ich hören konnte, wie meine Verfolger immer näher kamen, zwang ich mich zur Ruhe. Ich hörte Äste unter dem Gewicht der Pferde und ihrer Reiter brechen. Es dauerte auch nicht lange, da konnte ich sie von meinem Versteck aus erkennen. Mir war, als wären es dieselben Männer, die in Lichtenau das Gasthaus nach mir abgesucht hatten. Ich drückte meinen Körper dichter an den Stamm. Ich wagte kaum zu atmen. Mein Körper zitterte. Ich hörte die Stimmen der Reiter, die mein Versteck fast erreicht hatten.

Ich machte eine ungeschickte Bewegung. Ein Ast brach. Und einer der Reiter entdeckte mich. Ich wollte aufspringen, mich aus dem Geäst befreien. Aber noch bevor ich soweit war, hatten die Männer mich umzingelt. Sie nahmen mich in Gewahrsam und brachten mich zurück nach Röhrenfurth. Sara habe ich seit jenem Tag weder gesehen noch gesprochen.

Es war nicht Bartholomeus, der vor mir auf dem Richterstuhl saß. Es war Abt Joachim, der aus Hersfeld gekommen war, um seinen Freund zu unterstützen. Bartholomeus saß zu seiner Rechten. Eckert Frei, Bernhard Schilling und Pater Josef waren ebenfalls anwesend. Sie waren nicht nur die Zeugen dieser Verhandlung, sie waren auch die Zeugen, die gegen mich sprachen.

Ich sah Bartholomeus ins Gesicht und senkte meinen Kopf auch vor keinem der anderen Anwesenden.

Ich spürte die Spannung, die zwischen uns lag. Ich spürte, wie der Hass in mir aufstieg, als ich an den Tod meiner Mutter und meines Bruders dachte und mir der Schuld, die Bartholomeus an ihrem Tod trug, bewusst wurde.

Man warf mir die Verbrüderung mit der Hexe Kungundt vor. Man unterstellte mir, im Auftrag des Teufels zu handeln. In seinem Auftrag hätte ich Bartholomeus' Vorgehensweise ausgekundschaftet. Als Beweis gaben sie meine Mutter an. Ihr wurde die Unzucht mit Satan und die Zeugung seines Sohnes vorgeworfen. Sie gaben an, dass ich nur so lange im Verborgen handeln konnte und Bartholomeus´ Vertrauen gewinnen konnte, weil Satan persönlich mein Erzeuger war. Bezeugt wurde diese Anklage von der Kirche selbst, unter deren schützendem Schirm Bartholomeus und Pater Josef handelten. Eckert Frei und Bernhard Schilling gaben an, von einem glaubhaften Zeugen, dessen Sterben ebenfalls mir zuzuschreiben sei, die Aussage aufgenommen zu haben, die meine Enttarnung möglich gemacht hatte.

Ich leugnete die mir vorgeworfene Tat und verteidigte mich mit der Erklärung, Gottes Gerechtigkeit unterstützen zu wollen, mit seiner Hilfe das Sterben aufhalten zu wollen. Ich berichtete von den Erkenntnissen, die ich bis zu diesem Zeitpunkt gesammelt hatte. In der Hoffnung, sie zu schützen, sprach ich Saras Namen nicht aus. Ich sprach von der Verunreinigung des Korns und rechtfertige das Handeln der Heilerin Kungundt. Auch die Unzucht mit dem Teufel, die man meiner Mutter vorwarf, versuchte ich mit ihrer Gottesfurcht zu widerlegen. Die Ankläger begründeten ihre Verurteilung und ihren Tod mit dem Geständnis, welches sie abgegeben hatte. Als ich an Bartholomeus´ Verhörmethoden dachte, schwoll erneut die Wut in mir an. Vor meinen Augen tauchten die Bilder der Hinrichtung meiner Mutter, Kungundts, Gottfried´ und Adelheids auf. Ich zwang mich zur Ruhe, denn das Handeln, welches man im Zorn vollzieht, kann nicht von Gott gegeben sein. Bereits mit dem Schuldspruch gegen meine Mutter hatten sie mich schuldig gesprochen. Wie aber sollte ich meine wahre Herkunft, meinen wahren Vater bezeugen, wenn die Zeugen, die ich hatte, verstorben waren? Ich wusste, dass mein Leben ein willkürliches Ende finden würde.

Mein Tod würde das Schwert sein. Eine Gnade, die mir Bartholomeus zugestand. Gegen das Versprechen der Abkehr vom Bösen und der Mahnung an die Menschen, die da kommen würden, gestand er mir die Bitte zu, meine Geschichte zu Papier zu bringen. Aber ich kann und will nicht gestehen, wessen ich nicht schuldig bin.

Ich schreibe diese Zeilen in der Hoffnung, dass man sie lesen wird. Es ist mein Anliegen, der Nachwelt nicht als Ketzer, Hexer oder gar als Sohn des Teufels in Erinnerung zu bleiben. Aber darüber hinaus möchte ich jeden ermuntern, nicht blindlings einem Redner zu folgen, nur weil er euch nach dem Munde redet. Lasst euch nicht entmündigen und schaut hinter die gesprochenen und geschriebenen Worte.

Denn der Satan selbst nimmt immer wieder die Gestalt eines Engels des Lichts an und verführt den Menschen mit falschen Versprechungen.

Kapitel II

Ich war entsetzt und fasziniert zugleich. War es wirklich ein Teil der Geschichte meiner Familie, von der Linhart dort schrieb?

Ich fühlte mich Linhart nah und wurde zornig, als ich erfuhr, wie chancenlos er gewesen war. Auf wen ich meinen Unmut projizierte, stand schnell fest. Eckert Frei, Bernhard Schilling, Pater Josef und Bartholomeus waren die Personen, gegen die sich mein Zorn richtete. Aber das, was ich in den Händen hielt, war nur die eine Sicht der Geschehnisse. Die Geschichte eines Mannes, den ich nicht kannte. Es war eine Geschichte, von der ich nicht wusste, ob sie tatsächlich passiert war.

Die nächsten Tage verbrachte ich damit, in der Bibliothek meiner Großeltern, im Internet und auch in den Archiven der Stadt zu recherchieren. Ich suchte nach Hinweisen, die die Geschehnisse, von denen Linhart erzählte, bestätigten oder entkräfteten.

Es dauerte Monate, bis ich genügend Informationen hatte, dass ich euch folgende Geschichte erzählen kann:

Es war im späten Frühjahr 1597. Die Nacht war dunkel. Anstelle von Sternen erhellten Blitze den Himmel. Eberhart durchquerte den Wald, ohne auf einen Pfad zu achten. Er wusste instinktiv, dass er sich beeilen musste. Auch seine Mutter hatte ihn ermahnt, dass er keine Zeit hatte, dass seine Frau vor der Niederkunft stand. Da die Blutungen und die Schmerzen zu stark waren, konnten sie es nicht alleine schaffen. Aus diesem Grund hatte sie ihn losgeschickt, Kungundt zu holen.

Er durchquerte den Fluss.

Sein Sohn war in Gefahr, marterte es ihn. Er musste sich beeilen. So lange und so oft hatte er auf einen Erben gehofft. Bis zum heutigen Tag hatten seine Frauen ihm drei Töchter geboren. Aber nun würde es endlich ein Sohn sein, das hatte Kungundt ihm versichert.

Zweimal musste er seine Frau zu Grabe tragen. Beide starben im Kindbett und ließen ihn mit den Mädchen allein.

Lotte aber war jung. Sie diente als Magd auf seinem Hof. Nach dem Tod seiner zweiten Frau wurde sie von seiner Mutter für das Haus eingeteilt. Vor nicht einmal einem Jahr hatte er sie zur Frau genommen und nach der Vermählung dauerte es nicht lange, da wurde sie schwanger.

Endlich hatte er die kleine Lichtung erreicht. Aber er wusste, dass ihm immer noch ein langer Fußmarsch bevorstand. In der letzten halben Stunde hatte der Regen etwas nachgelassen, doch in der Ferne konnte man bereits ein weiteres, sich schnell näherndes Gewitter erkennen. Eberhart beschleunigte seine Schritte, immer auf der Hut, nicht auf dem feuchten Waldboden auszurutschen. Und entgegen allen Erwartungen und trotz der Schwierigkeiten, die ihm das Wetter bereitete, erreichte er das Haus der Heilerin.

Das Haus stand, umwachsen von alten Baumbeständen, in der Nähe eines kleinen Tümpels. Jetzt in der Dunkelheit hatte dieser Ort etwas Unheimliches. Noch gespenstiger wurde die Szenerie durch die grellen Blitze und den unheilvollen Donner. Aus der Ferne glaubte er ein Licht zu erkennen und fing an, nach der Heilerin zu rufen.

Vollkommen außer Atem erreichte Eberhart das Haus. Mit ganzer Kraft hämmerte er gegen die hölzerne Tür.

„Kungundt, öffnet die Tür!" Aber nichts geschah. Auch das Licht, das er eben noch gesehen hatte, war erloschen.

„Kungundt, es ist soweit, meine Frau liegt danieder!" Es rührte sich nichts.

Immer wieder hämmerte er gegen das Holz der Tür, aber das Innere des Hauses schien ausgestorben.

„Kungundt, macht auf! Meine Weib ...." Eberhart lief zum Fenster und spähte in die dunklen Räume. Dort! Im Schein eines Blitzes schien es, als würden sich Schatten in der Dunkelheit bewegen.

„Kungundt, hört Ihr nicht, mein Weib liegt danieder. Mein Sohn ..."

Durch das Fenster war plötzlich ein kleines Licht zu erkennen.

„Haltet ein, ich öffne Euch die Tür", ertönte die Stimme einer Frau. Es dauerte einen kleinen Augenblick und Kungundt öffnete die Tür. Mit einem groben Leinentuch bekleidet stand sie Eberhart gegenüber.

„Kungundt, mein Weib. Ihre Niederkunft hat begonnen, sie braucht Eure Hilfe."

„Euer Weib ist noch weit vor ihrer Zeit, seid Ihr Euch sicher, dass sie niederkommt?"

„Ihr Rock ist rot vom Blut, sie und meine Mutter drängten mich zur Eile."

„Dann lass uns gehen." Kungundt ging zurück ins Haus, kam aber bald darauf wieder zur Tür. Sie hatte sich Beinlinge übergezogen und das Leinengewand mit einer Kordel in Höhe der Taille geschnürt. Sie drängte sich an Eberhart vorbei, denn auch sie wusste, wenn er Recht hätte und Lotte wirklich vor der Geburt stünde, durften sie keine Zeit verlieren. Das Kind kam viel zu früh. Es würde schwach sein, der Körper noch nicht ausgebildet. Die Gefahr, dass es starb, noch bevor es das Licht der Welt erblickte, war groß. Auch Lotte, die junge Mutter, schwebte in Lebensgefahr.

Kungundt ging voran. Ihr Tritt war sicher, der feuchte Boden schien ihr nichts auszumachen. Für Eberhart hatte es den Anschein, als würden ihre Füße kaum den Boden berühren. Sie führte ihn Wege entlang, die er bisher nicht kannte. Nur mit viel Mühe konnte er ihr folgen. Und es schien, als wäre auch die Zeit Kungundts Verbündete, denn die Sonne hatte ihren höchsten Punkt noch nicht erreicht, als er in der Ferne seinen Hof erblickte.

Schon von draußen konnten sie Lottes Schreie hören. Eberhart und Kungundt rannten über den Hof und betraten eilig das Haus. Eberharts Mutter kam ihnen entgegen. In den Händen hielt sie eine Schüssel aus Keramik, gefüllt mit vom Blut getränktem Wasser.

„Geh, bevor es zu spät ist!", begrüßte sie ihren Sohn.

Eberhart drängte sich an ihr vorbei und öffnete die Tür zur Kammer mit einem hastigen Stoß. Was er sehen musste, ließ ihm das Herz stocken. Der Raum war abgedunkelt und wurde nur vom Schein einiger Kerzen erhellt. Ein Wassertrog mit warmem Wasser und ein Weidenkorb mit einer Decke waren an das Bettende gestellt. Nach Luft ringend lag Lotte in ihrem Bett, ihr Gesicht war schmerzverzerrt, ihre Stirn vom Schweiß ganz nass und das Laken von ihrem Blut durchnässt. Ihren Ehemann nahm sie nicht wahr, denn kaum hatte er den Raum betreten, setzte erneut eine Wehe ein, ihr Atem ging schneller, ihre Muskeln verkrampften sich und ein Schrei hallte durch den Raum. Kungundt versetzte Eberhart einen Stoß, sodass er die Tür freigab. Sie eilte an ihm vorbei hin zu der gebärenden Frau.

„Ruhig atmen, … atme ruhig und entspanne deine Muskeln!" Sie tastete Lottes Bauch ab. „Es ist noch zu früh, das Kind hat sich noch nicht gedreht", erklärte sie die Situation.

„Tut etwas!", beschwor sie der werdende Vater.

Kungundt öffnete eine aus Leder gefertigte Tasche, holte kleine Beutel mit Kräutern und Behälter mit Flüssigkeiten hervor und stellte alles auf eine kleine Nachtkommode.

„Wir müssen das Kind wenden und herausholen", offenbarte sie ihre Absicht.

Auch Eberharts Mutter hatte den Raum wieder betreten. Sie hatte frisches Wasser und frische Tücher geholt. Nun drängte sie ihren Sohn in Richtung Ausgang. „Bete, der Herrgott möge uns gnädig sein!", forderte sie ihn auf, bevor sie die Tür schloss.

Eberhart saß auf der Türschwelle, er fühlte sich hilflos, so hilflos, wie sich ein Mann in seiner Stellung nie fühlen sollte. Er konnte nichts tun, außer hier draußen zu warten und zu beten. Und das tat er, er betete zu Gott, er möge seinem Sohn und seiner Frau die Kraft geben, die er bei sich selbst zurzeit nicht fand.

Noch immer hörte er die Schreie seiner Frau. Er hörte, wie seine Mutter und Kungundt versuchten, sie zu beruhigen. Doch dann, ganz plötzlich, wurde es still im Haus.

Eberhart ging zur Tür und öffnete sie einen Spalt. Aber noch bevor er das Zimmer betreten konnte, kam seine Mutter ihm entgegen und drängte ihn wieder rücklings weg von der Tür. Er weigerte sich, auch nur ein Stück zurückzuweichen. Als er endlich im Zimmer stand, lag Lotte in ihrem blutverschmierten Bett. Noch immer konnte er den Schmerz auf ihrem Gesicht erkennen. Aber dennoch hatte sie sich verändert. Ihre Augen waren weit aufgerissen und ihr Blick starr zur Decke gerichtet, ihr Atem war zum Stillstand gekommen, jedes Leben war aus ihrem Körper gewichen. Es dauerte einen Moment, bis er begriff, was er dort sah. Zum dritten Mal musste er seine Frau zu Grabe tragen.

Aber dieser Schockzustand dauerte nur einen Augenblick. Da war ja noch sein Sohn. Wo war das Kind? Hastig schaute er sich im Raum um, aber von seinem Sohn war nichts zu sehen. Er drehte sich zu Kungundt um und sah, wie sie eine Schneide aus einer mit Flüssigkeit gefüllten Schale nahm und sich wieder seiner Frau zuwandte. Vorsichtig öffnete sie Lottes Bauchdecke und zog das tote Kind hervor.

„Was tut Ihr da, Ihr entreißt unseren Sohn dem Mutterleib!"

„Lotte und Euer Sohn sind tot. Gott hat sie genommen. Die Seele Eures Sohnes muss befreit werden, um in sein Reich überzutreten."

„Nein, das kann nicht sein! Gott war es, der mir meinen Sohn schenkte. Er würde ihn nicht zu sich holen, noch bevor er den Schoß seiner Mutter verlässt."

„Gott hat seine Hand nach Lotte und Eurem Sohn ausgestreckt. Er hat sie von ihren Leiden erlöst und sie zu sich geholt."

„Nein, nicht Gott! IHR habt sie getötet. Ihr habt meinen Sohn dem Teufel geopfert. ... IHR SEID EINE HEXE!"

Selbst das gute Zureden seiner Mutter half nicht. Wutentbrannt schlug er auf Kungundt ein und zerrte sie schließlich ins Freie.

Auch die Mägde und Knechte des Hofes bekamen mit, was sich im Haus ihres Herrn zutrug. Sie hatten sich vor dem Haus versammelt und als Eberhart Kungundt aus dem Haus und in Richtung Stadt trieb, gingen viele mit ihm. Als sie den Marktplatz erreichten, hatten sich immer mehr Menschen ihrem Zug angeschlossen.

„Sie ist eine Hexe", erklärte Eberhart, „sie steht mit dem Teufel im Bunde, sie hat ihm meinen Sohn geopfert. Ich habe es mit meinen eigenen Augen gesehen. Sie hat ihn dem Schoß meines Weibes entrissen und seine Seele dem Teufel ausgehändigt."

Die Mägde und Knechte, die ihr Brot bei Eberhart verdienten, bezeugten und unterstützten die Aussage ihres Arbeitgebers durch laute Rufe.

Auf dem Dorfplatz versammelten sich immer mehr Menschen.

„Auch mein Heim hat sie betreten. Sie hat mein Weib mit einem Bann belegt", rief einer der Dorfbewohner. Sein Körper war ausgemergelt, die Knochen schienen einzig von einer ledrigen Haut gehalten zu werden. „Verflucht hat sie sie. Ihre Glieder faulen ab. Sie redet wirr. Ihr Geist weigert sich, ihren sterbenden Körper zu verlassen.

Die Vorwürfe, die man gegen Kungundt erhob, wurden immer mehr und die Rufe nach Vergeltung immer lauter.

Eckert Frei, der Voigt der Gemeinde, Bernhard Schilling, der Ortsvorstand, und Pater Josef befanden sich im Amtshaus. Durch die geöffneten Fenster konnten sie die Anschuldigungen der aufgebrachten Menschen hören. Um zu verhindern, dass man Kungundt den Strick um den Hals legte, eilten sie ins Freie. Als sie den Dorfplatz betraten, zerrte man die Frau in die Richtung der großen Dorflinde. Die Sonne verschwand gerade hinter den Häusern, und jetzt in der Dämmerung wirkte dieser Baum noch bedrohlicher, als er es bereits bei Tageslicht tat. Seine mächtigen Äste streckte er wie knochige Hände in den Himmel. Jeder hier auf dem Platz kannte seine Bedeutung. Jeder wusste von den Urteilen, die unter seiner Krone gesprochen wurden und von den Hinrichtungen, auf die dieser Baum seine Schatten warf. Auch dieses Mal hatte man bereits einen Strick über einen seiner Äste geworfen, bereit, die Hexe ihrer scheinbar gerechten Strafe zuzuführen.

„Haltet ein!" Eckert Frei war sich seines Standes bewusst und das zeigte er auch. Er schritt über den Platz und sprach mit bestimmendem Ton.

„Ich habe gesehen, wie die Atmung meines Sohnes stoppte, als sie ihn dem Leib meiner Frau entriss", verteidigte Eberhart das Verhalten der Dorfbewohner. „Ich habe gesehen, wie sie die Seele meines Sohnes dem Teufel übergab."

„Es war nicht der Teufel, der mich führte, es war Gott, der deinen Sohn zu sich holte", verteidigte sich Kungundt. Noch immer drängte Eberhart sie in Richtung Platzmitte. Pater Josef, Eckert

Frei und Bernhard Schilling hatten Mühe, sich ihren Weg durch die Menschenmenge zu bahnen.

„Warum sollte Gott meinen Sohn zu sich holen, noch bevor er seinen ersten Atemzug tat?" Eberhart war aufgebracht.

„Sie hat nicht nur die Seele dieses Kindes in die Hand des Teufels gegeben, es ist noch keinen Vollmond her, da hat sie ihm auch meine Frau übergeben!", tönte es aus der Menge.

„Es war Gott, der die Seelen zu sich holte", versuchte sich Kungundt erneut zu schützen. Glaubt mir doch, wir sind hier, um Euch zu helfen."

„Ihr seid des Teufels. Ihr habt Leid über unser Dorf gebracht." Noch immer drängte man sie in die Richtung des Baumes. Noch immer versuchte sie, sich flehend zu rechtfertigen. Der erste Stein flog durch die Luft und traf sie an der Stirn. Sie schrie und versuchte verzweifelt, sich vor ihren Angreifern zu schützen.

„Ihr gebt zu, dass Ihr nicht allein seid", unterbrach Pater Josef die Anschuldigungen.

„In der Nacht der heiligen Walpurga war sie auf dem Hexenberg. Sie und die anderen tanzten um den steinernen Altar. Sie riefen den Teufel an und opferten das Blut der Unschuldigen!", rief eine junge Frau.

Wieder überschlugen sich die Beschuldigungen und die Rufe nach Vergeltung wurden lauter. Alles sprach und rief durcheinander.

„Gesteht und Gott wird Euch vergeben. Gebt mir die Namen Eurer Brüder und Schwestern und er wird Euch in seinem Reich willkommen heißen!", forderte Pater Josef sie auf, ihre Sünden zu gestehen.

Mittlerweile hatte man Kungundt unter die Dorflinde gedrängt und ihr das Seil um den Hals gelegt.

„Haltet ein!" Es war Eckert Frei, der sich neben Kungundt gestellt hatte und nun mit befehlendem Ton die Menge davon abhielt, das Seil anzuziehen. „Haltet ein! Es ist nicht an uns zu richten! Gott allein hat das Recht, über diese Frau das Urteil zu sprechen. Ist sie schuldig, wird die Inquisition sie überführen. Noch heute werde ich einen Boten nach Frankfurt entsenden. Dort übergab man am heutigen Tag eine Hexe dem Feuer. Der Großinquisitor Bartholomeus hat sie der Hexerei überführt und das wird auch mit diesem Weib geschehen. Keine Hexe ist es wert, dass wir uns vor Gott versündigen." Der Voigt befahl, Kungundt in Gewahrsam zu nehmen. Nachdem er, Bernhard Schilling und Pater Josef sich ins Rathaus zurückgezogen hatten, diktierte er eine Bittschrift an Bartholomeus. Er bat darum, dass er ihnen bei der Überführung und Verurteilung der Hexe Kungundt zur Seite stehe. Nachdem die Bittschrift geschrieben war, rief er einen Boten zu sich, der diese Bittschrift auf dem schnellsten Wege an Bartholomeus weiterreichen sollte.

Der Weg durch seine Stadt war ein einziger Albtraum. Pater Josef fühlte Zorn. Wie konnte es soweit kommen? Wie hatte die Hexe mit ihren Anhängern es geschafft, unbemerkt zu arbeiten? Er ging durch die Straßen. Er sah Menschen, deren Körper von Schwäche, Hunger und Krankheit gezeichnet waren. Sie saßen in den Eingängen ihrer Häuser. Viele waren nicht in der Lage, ihrer Arbeit nachzugehen oder sie trugen die leblosen Körper ihrer Angehörigen aus dem Haus. Die Gassen, durch die er ging, hatten sich verändert. Es schien so, als hätten sie sich ihren Bewohnern angepasst. Sie waren schmutzig, es stank nach Fäkalien und Tod.

Er war unterwegs gewesen, um die Menschen, die dem Tode nahe waren, auf die Begegnung mit Gott vorzubereiten. Am heutigen Tag waren es drei gewesen. Die Sonne ging gerade unter. Seine Schritte wurden schneller. Es war nicht nur die Tatsache, dass E-ckert Frei und Bernhard Schilling auf ihn warteten, nein, er wollte einfach nur aus diesen dunklen, verdreckten und stinkenden Gassen heraus. Sie mussten Bartholomeus' Ankunft besprechen. Sie mussten alles für den Empfang und die Unterbringung des Inquisitors vorbereiten. Er hatte sich für den heutigen Abend angekündigt.

Wie erwartet, waren Eckert Frei und Bernhard Schilling bereits anwesend, als Pater Josef das Rathaus betrat. Es wurde hergerichtet, als käme der König persönlich. Eckert Frei und Bernhard Schilling überwachten die Reinigung der einzelnen Zimmer. Pater Josef hatte noch nie so viele Menschen gleichzeitig im Rathaus gesehen. Sie liefen scheinbar ohne Plan durcheinander. Aber wenn man sie genauer beobachtete, erkannte man, dass jeder für sich sehr wohl planmäßig arbeitete. Und wenn Bernhard Schilling und Eckert Frei ihnen nicht ständig eine andere Aufgabe zuweisen oder die Aufgaben miteinander koordinieren würden, hätten die Tätigkeiten der Helfer auch harmoniert.

Es wurde immer später. Pater Josef, Eckert Frei und Bernhard Schilling waren in den großen Saal gegangen, um dort auf ihren Gast zu warten. Eckert Frei hatte dafür gesorgt, dass man etwas zu essen brachte. Während er aus dem Fenster in die Dunkelheit blickte, wurde angerichtet.

Es regnete. Zwei Männer kamen auf das Rathaus zu. Der eine gekleidet in eine Mönchkutte. Bartholomeus, wie Eckert Frei annahm, ging voran. Ihm folgte ein weiterer Mann, der etwas zurückfiel, als er an der alten Dorflinde, die auf dem Platz vor dem Rathaus stand, vorbeiging. Eckert Frei forderte Pater Josef und Bernhard Schilling auf, zur Begrüßung des Inquisitors mit ihm zum Vordereingang zu gehen.

Eckert Frei wollte Bartholomeus zum großen Saal führen, aber dieser bestand darauf, auf Linhart zu warten. Man begrüßte Bartholomeus. Eckert Frei, Pater Josef und Bernhard Schilling hatten die einfache Herkunft von Bartholomeus' Begleiter erkannt. Aber erst, nachdem Bartholomeus Linhart als sein Schüler vorgestellt hatte, sahen sie sich gezwungen, auch ihm die Hand zu geben.

Im Amtszimmer war der Tisch inzwischen gedeckt. Als sie sich gesetzt hatten, begann Bartholomeus die Einzelheiten der Verhandlung zu erläutern. Linhart war der erste, der sich, nachdem Eckert Frei das Essen eröffnet hatte, etwas nahm. Bartholomeus war mit seinen Ausführungen beschäftigt und achtete nicht auf ihn, Eckert Frei und Bernhard Schilling umso mehr. – Nicht nur, dass sie sich den Tisch mit diesem Mann teilen mussten, nun nahm er sich zu essen, noch bevor sie es taten.

Bartholomeus führte das Gespräch, ohne dass er vom Essen nahm. Eckert Frei nahm weniger, als es sein Hunger verlangte. Er wollte standesgemäß auftreten und Bartholomeus durch Etikette beeindrucken. Diesem jedoch war das augenscheinlich egal. Pater Josef und Bernhard Schilling dagegen ließen es sich schmecken.

Der Abend war weit fortgeschritten. Irgendwann bot Eckert Frei Bartholomeus ein Zimmer in seinem Haus an. Für Linhart wollte er ein Zimmer in einer Gaststube besorgen. Aber Bartholomeus bestand darauf, dass Linhart im selben Haus wohnte wie er.

Eckert Frei hatte, wenn er Bartholomeus beherbergen wollte, gar keine andere Wahl, als auch Linhart ein Zimmer zu geben.

Kapitel III

Voller Angst, man könnte ihr etwas Schlimmeres antun, saß Kungundt in ihrer Zelle. Sie hoffte, dass dieser Albtraum bald ein Ende hatte, dass die Anschuldigungen, die man gegen sie erhob, fallen gelassen würden und sie nicht lange in diesem Raum verbringen musste. Hier war es dunkel, nur ein kleines Fenster spendete etwas Tageslicht. Der Boden war mit Stroh bedeckt, das im Laufe der Zeit feucht geworden war und bereits anfing zu schimmeln. Und als wenn das noch nicht genug war, roch es im ganzen Zellentrakt unangenehm nach Urin und anderen menschlichen Ausscheidungen.

Noch immer war sie schockiert von dem, was geschehen war. Menschen, denen sie immer beigestanden hatte, wollten sie töten. Sie verstand ihren Zorn. Sie suchten einen Grund, einen Schuldigen für ihr Leid. Immer mehr Menschen waren in den letzten Wochen krank geworden und starben unter entsetzlichen Schmerzen. Zu dem Schmerz und dem Tod ihrer Angehörigen kam der Hunger. Und es sah danach aus, als würde die Ernte auch in diesem Jahr dürftig ausfallen. Der Regen ließ das Korn bereits jetzt auf den Feldern verderben. In den Speichern waren die Vorräte aufgebraucht. Die Menschen waren verzweifelt.

Kungundt betete, aber selbst dieses Gebet nahm ihr nicht die Angst vor dem neuen Tag. Durch die Mauern konnte man das Heulen des Windes hören und durch das Fenster den mit schwarzen Wolken bedeckten Himmel erkennen. Die Stunden vergingen nur sehr langsam. Plötzlich und für Kungundt vollkommen unerwartet wurde die Tür geöffnet. Ein großer, breitschultriger Mann betrat die Zelle. Mit hartem Unterton und ohne ein Wort des Widerspruches zu dulden, forderte er sie auf, ihm zu folgen. Sie befanden sich in den Kellergewölben des Rathauses. Sie kamen an schweren Türen vorbei, hinter denen man vereinzelt und wie aus weiter Ferne das Weinen und die verzweifelten Schreie von Menschen hörte.

Kungundt konnte und wollte sich nicht vorstellen, was hinter diesen Türen geschah. Sie hatte Angst. Vor einer großen hölzernen Tür blieb ihr Begleiter plötzlich stehen und schlug mit der Faust dagegen. Es dauerte einen Moment, aber dann öffnete eine alte Frau die Tür und Kungundt wurde in den Raum geführt. Es war noch eine zweite Frau in dem Raum und wie es aussah, hatte man bereits auf sie gewartet. Ohne ein Wort der Begrüßung forderte man Kungundt auf, sich zu entkleiden und zu reinigen. Das Wasser, welches man ihr gab, war kalt und so schmutzig, dass man den Boden des Eimers nur noch schwach erkennen konnte. Nachdem Kungundt nur zögerlich mit dem Wasser ihre Haut benetzte, nahm eine der Frauen ihr den Lappen aus der Hand, tauchte ihn in das dreckige und stinkende Wasser und wusch ihren Körper wie eine Mutter ihr ungezogenes Kind.

Nachdem sie die Prozedur des Reinigens hinter sich hatte, forderte man Kungundt auf, auf einem Hocker in der Mitte des Raumes Platz zu nehmen. Die Frau, die ihr vor ein paar Minuten die Tür geöffnet hatte, holte aus einem kleinen Kästchen ein Messer und fing an, ihr das Haar vom Kopf zu entfernen.

Es war nur ein kurzer Schnitt, der tiefer als gewollt in ihre Haut drang. Kurz aufschreiend und mit einem Ruck wollte Kungundt ihren Kopf aus der Hand der Frau befreien, aber kaum hatte sie ihre Nackenmuskeln angespannt, zwang die Hand der Frau sie wieder in die Ausgangsposition.

Aber nicht, dass man ihr ihre langen Haare bis auf die Haut abschnitt, war das Schlimmste, was man ihr in diesem Raum antat, sondern vor den Augen des Mannes, der sie zu diesen Frauen geführt hatte, wurden ihr die Haare am gesamten Körper entfernt. Die Scham wurde genauso kahlgeschoren wie die Achsel und das Haupt. Kungundt fühlte sich zutiefst gedemütigt.

Man gab ihr ein einfach geschnittenes Gewand aus grobem Leinenstoff, welches sie aus Angst vor weiteren Repressionen unaufgefordert überzog.

Sie fühlte sich sehr unwohl. Der Stoff kratzte auf der Haut und da, wo die Klinge des Messers ihr die Haut zerschnitten hatte, färbte er sich in einem dunklen Rot.

Nachdem sie angekleidet war, führte der Mann sie hinaus. Wieder gingen sie einen dunklen Gang entlang. Vor einer der Türen blieb er erneut stehen. Wieder klopfte er. Gleich darauf wurde geöffnet.

In der Mitte des Raumes, in den man sie führte, stand ein großer Tisch. Pater Josef, Eckert Frei, Bernhard Schilling und ein junger Mann, dessen Gesichtszüge sie zu kennen glaubte, aber nicht zuordnen konnte, saßen hinter diesem Tisch. Kungundt erkannte, dass der Mann, der ihnen die Tür geöffnet hatte und den sie Bartholomeus nannten, die Verhandlung führen würde. Er war groß, viel größer als sie. Wollte sie ihm in die Augen sehen, musste sie ihren Kopf in den Nacken legen. Auch ihr zierlicher Körper wirkte neben seinem fast zerbrechlich. Bartholomeus trug die Kutte eines Mönches. Aber von der Güte und der Freundlichkeit, die den Gottesdienern zugeschrieben wurde, war auf seinem Gesicht nichts zu erkennen. Als er auf sie herab sah, waren seine Augen kalt und die Gesichtszüge ausdruckslos.

Kungundt wusste nicht, was sie erwartete. Umso mehr fürchtete sie sich vor dem, was ihr nun bevorstand. Schon so oft hatte sie von den Inquisitionsgerichten und von ihren erbarmungslosen Verhörmethoden gehört. Grausame Methoden, die man mit der Arglist des Teufels entschuldigte.

Bartholomeus ließ sie auf die vier Evangelien Gottes schwören und begann ohne Umschweife mit dem Verhör.

Aus welchem Ort sie komme und wer ihre Eltern seien, war die ersten Fragen, die er ihr stellte. Erneut wanderte Kungundts Blick durch den Raum, bis er an Pater Josef zur Ruhe kam. „Pater Josef, Ihr wisst, wer ich bin und wer meine Eltern waren. Ihr kennt mich. Ich bin ein gottesfürchtiger Mensch. Und auch Ihr, Eckert Frei und Bernhardt Schilling, ich stand Euch und Euren Familien zur Seite, wann immer Ihr mich brauchtet. Ich habe Eure Kinder zur Welt gebracht, habe Eure Wunden gepflegt."

„Ja, wir kennen dich und auch das wird in das Protokoll aufgenommen, genau wie die Antworten, die Ihr auf die Fragen Bartholomeus' gebt." Es war Eckert Frei, der ihr emotionslos, ohne sie eines Blickes zu würdigen, antwortete. Mit gesenktem Kopf saß er am Tisch und führte das Protokoll der Verhandlung. „Beantwortet die Fragen und wenn Ihr ohne Schuld seid, werden wir, noch ehe der Abend anbricht, den Weg zu unseren Weibern antreten."

„Ihr wisst, weswegen Ihr hier vor uns steht?", begann Bartholomeus erneut mit der Befragung.

„Nein, ich bin mir keiner Schuld bewusst, die eine derartige Tortur erlaubt", antwortete Kungundt. Sie war unsicher und sie konnte die Angst, die ihren Herzschlag beschleunigte, kaum unterdrücken. Aber das wollte sie diesen Männern nicht zeigen. Sie bemühte sich, selbstbewusst aufzutreten.

„Ihr seid beschuldigt, das Leben der Bäuerin Lotte und ihres ungeborenen Sohnes dem Teufel geopfert zu haben. Man hat gesehen, wie die Atmung des Jungen stoppte, als Ihr ihn dem Leib der Bäuerin entnahmt. Sagt, war es der Teufel, der Euch die Anweisung gab, die Seele des Kindes an Euch zu reißen und sie ihm zu überstellen?"

„Es war nicht der Teufel, der mich führte. Es war Gott, der das Kind zu sich holte", verteidigte Kungundt ihre Unschuld.

„Warum sollte Gott ein unschuldiges Kind zu sich holen, noch bevor es seinen ersten Atemzug tat?"

„Es war Gott, der die Seelen der Mutter und des Kindes zu sich holte." Kungundt bestand mit Nachdruck auf ihrer Unschuld. „Ich musste das Kind aus dem Leib der Mutter holen, um seine Seele zu befreien. Nur befreit kann sie zu Gott zurückkehren."

„Ihr seid des Teufels, Ihr habt Leid über unser Dorf gebracht", unterbrach Pater Josef das Verhör. „Ihr habt Satan die Seelen unschuldiger Menschen geopfert. Ihr seid der Grund, dass der Schwarze Tod Röhrenfurth heimsucht." Bartholomeus ignorierte Pater Josefs Anschuldigung und noch bevor Kungundt zu den Anschuldigungen des Paters Stellung nehmen konnte, fuhr er mit dem Verhör fort. „War es Eure Mutter, die Euch dem Teufel darbot? Hat sie Euch die Hexerei gelehrt?"

„Meine Mutter war eine ehrbare Frau. Genau wie ich lagen ihr das Leben und das Wohlergehen der Menschen im Ort am Herzen. Sie hat mich nie dem Teufel dargeboten. Sie war nie der Hexerei mächtig."

„Ihr bezeugt, dass es das Werk der Hexen gibt. Wo seid Ihr diesen begegnet?"

„Ich bezeuge nicht! Nie bin ich einer Hexe begegnet."

„Warum glaubt Ihr, fürchten sich die Menschen im Ort vor Euch?"

„Ihr kennt mich." Erneut wanderten Kungundts Blicke von Pater Josef über Eckert Frei und Bernhard Schilling. „Ihr wisst, dass sich niemand vor mir fürchtet." Immer noch hoffte sie, jemand würde für sie sprechen. Aber keiner machte Anstalten, sich für sie einzusetzen. Sie fühlte sich hilflos und Bartholomeus schutzlos ausgeliefert. Einem Mann, den sie zuvor nicht gekannt hatte. Sie merkte, dass er es mit seiner geschickten Art, Fragen zu stellen, schaffte, ihr Dinge zu unterstellen und sie in eine Ecke zu drängen, in der sie nicht stehen wollte.

„Habt Ihr an einem Ort von Hexenwerk sprechen gehört?", setzte Bartholomeus seine Befragung fort.

Es dauerte einen Moment, bis sie ihre Gedanken wieder gesammelt hatte und auf die Frage antwortete: „Sehr wohl habe ich gehört, dass es Hexenwerk ist, dass der Regen das Getreide auf den Feldern verdirbt. Und auch habe ich gehört, dass die Menschen durch den bösen Zauber der Hexen erkranken. Ich habe erlebt, wie Kinder, noch bevor sie den Leib ihrer Mutter verließen, den Tod fanden."

„Ihr gebt zu, dass Ihr dabei wart, als der Teufel die Seelen unschuldiger Kinder an sich nahm. Ihr standet ihm zur Seite, Ihr halft ihm, seine Macht zu stärken?"

„Ich begleite das Kind auf seinem Weg ins Leben. Ich nehme der Mutter die Angst und den Schmerz der Geburt. Aber es gibt Fälle, in denen das Kind und auch die Mutter die Anstrengung der Geburt nicht überleben."

„Glaubt Ihr, dass es Gott ist, der das Leben schenkt? Dass Gott es ist, der den Weg des Lebens bestimmt?"

„Ich glaube, dass es Gott ist, der durch seine Barmherzigkeit den Menschen das Vorrecht des Lebens gibt."

„Warum handelt Ihr gegen den Willen Gottes? Ihr sagt selbst, dass er es ist, der die Geburt und das Leben schenkt. Er ist es, der der Mutter und dem Kind in der Stunde der Geburt und in ihren Schmerzen beisteht. Er ist es, der das Kind auffordert, seinen ersten Atemzug zu tun. Warum maßt Ihr Euch an, ihm ebenbürtig zu sein? Wer gibt Euch die Macht, der Mutter den Schmerz zu nehmen, den Gott ihr in der freudigen Erwartung des neuen Lebens gab? Wer, wenn nicht der Teufel?"

„Ich gelobe, es ist nicht der Teufel. Es sind Kenntnisse so alt wie die Menschheit. Meine Mutter lehrte sie mich, wie sie sie von ihrer Mutter erlernt hat. Sie lehrte mich, den Menschen ihr Leid annehmbar zu machen. Von ihr lernte ich die Wunde zu heilen, die den Tod in Begleitung hat."

„Es ist Gott, der das Leben in seiner Unausweichlichkeit gibt. Er bestimmt die Schmerzen, das Leid und den Tod des Menschen. Wer außer Luzifer selbst kann Euch die Kraft geben, den Willen unseres Herrn zu brechen? Ihr opfertet die Bäuerin und die Unschuld ihres ungeborenen Kindes dem Leibhaftigen, um sich seiner Gunst sicher zu sein."

„Nein! Nie würde ich gegen den Willen unseres Herrn handeln. Er führt mich, wann immer ein Mensch mich braucht. In seinem Namen helfe ich den Menschen. Ich lindere ihre Schmerzen, nehme ihnen das Fieber. Ich helfe ihrem Körper und ihrer Seele bei der Gesundung. Gott gab uns das Wissen, die Einzigartigkeit seiner Schöpfung zu erkennen und uns nutzbar zu machen. Er zeigte uns Pflanzen, die den Schmerz lindern. Pflanzen, die Blutungen stillen. Pflanzen, die den Erkrankten gesunden lassen. Von ihm lernten wir, wie man die Wunde schließt, die nicht aufhört zu bluten."

„Ihr sagt, Ihr seid unschuldig. Ihr leugnet aber nicht, dass Ihr Euch gegen den Willen unseres Herrn stellt. Ihr haltet die Seelen der Menschen gefangen, obwohl Gott sie zu sich ruft. Wer außer Luzifer kann Euch gelehrt haben, den von Gott vorgegebenen Weg umzukehren? Durch die Sünden, die Ihr und Euresgleichen begehen, erzürnt Ihr unseren Herrn und bringt das Verderben in diese Welt. Ihr habt den Weg unseres Herrn verlassen. Ihr bringt Satan Opfer dar, um sich seiner Gunst sicher zu sein. Ihr opfert die Unschuld der Kinder. Ihr verlängert das Leiden derer, die in Gottes Reich Gnade fänden. Ihr Leid führt sie weg von Gottes Weg in die Hand Satans."

Das Verhör dauert bereits mehrere Stunden. Kungundt kam als selbstbewusste Frau, gab ihre Antworten mit direktem Blick. Aber mit jeder Minute, die verging, wurde sie unsicherer. Die Sprache ihres Körpers ändert sich. Die Schultern, die stolz gestrafft waren, sanken nach Stunden des Verhörs immer weiter herab. Ihr Blick, der zu Beginn Bartholomeus' Blick eisern standhielt, streifte hilfesuchend durch den Raum. Die Gesten ihrer Hände, die ihre Worte führten und unterstützten, wirkten mit jeder Antwort, die sie gab, hilfloser.

Bartholomeus hatte ein neues Opfer gefunden und Linhart sprach kein Wort. Er wollte ihr helfen, nur wie sollte diese Hilfe aussehen?

„Wir sollten die Befragung hier beenden. Sonst werden wir es sein, die sich vor dem Herrn verantworten müssen. Der Tag des Herrn hat bereits begonnen." Es war Pater Josef, der Linhart, ohne es zu ahnen, unterstützte. Linhart schaute zu Bartholomeus und sah, dass dieser einen Vorwand suchte, mit dem Verhör fortzufahren, aber auch er musste sich den Grundsätzen der Kirche fügen.

„So sei es", bestätigte Bartholomeus das Verlangen des Paters. An Kungundt gewandt sprach er weiter: „Die Barmherzigkeit Gottes gibt Euch diesen einen Tag, um über Eure Sünden nachzudenken."

Es war der schlimmste Tag in Kungundts bisherigem Leben gewesen. Sie hatte sich Bartholomeus hilflos ausgeliefert gefühlt. Sie war mit den Nerven am Ende. Sie war müde und vollkommen erschöpft. Aber bevor sie sich in das viel zu feuchte Heu zum Schlafen legte, wollte sie ein Gebet sprechen. Sie wollte Gott danken, dass er ihr die Kraft gegeben hatte, Bartholomeus' Angriffe bis zuletzt über sich ergehen zu lassen, ohne die Hoffnung auf ein gutes Ende zu verlieren.

Kapitel IV

Der Tag des Herrn war vorüber. Draußen dämmerte es noch, als sie aus einem Albtraum erwachte. Für einen Augenblick schien alles so real. Sie spürte, wie ihr Körper vor Angst zitterte, schmeckte den Schweiß auf ihren Lippen und spürte den Herzschlag, der ihre Brust schmerzen ließ. Sie erinnerte sich an die Bilder ihres Traumes. Sie fühlte die Flammen, die ihre Haut verbrannten, hörte, wie man ihren Namen rief, sie eine Hexe nannte. Sie wollte nicht wieder einschlafen.

Aber es waren nicht nur die Albträume und die Angst vor dem, was ihr noch bevorstand, die ihr zu schaffen machten. Die Nacht war kalt geworden und das dünne Leinengewand, das man ihr gegeben hatte, spendete kaum Wärme. Die Beine dicht an ihren Körper gepresst und die Arme um die Knie geschlungen, saß sie an der Wand ihres Gefängnisses und malte sich die schrecklichsten Momente des kommenden Tages aus.

Heute Nacht waren sie zu zweit in der Zelle. Eine junge Frau, Kungundt schätzte ihr Alter auf keine achtzehn Jahre, lag in der anderen Ecke des Raumes. Ihr Körper war von der Pein der Befragungen in der Folterkammer gezeichnet. Im schwachen Licht des Mondes konnte Kungundt erkennen, dass das Blut des Mädchens ihr Gewand an vielen Stellen rot gefärbt hatte. Kungundt wollte sich nicht ausmalen, was man ihr angetan hatte. Aber mit jedem schmerzhaften Seufzer, der über die Lippen des Mädchens drang, wuchs die Angst in ihr, ihr könnte dasselbe bevorstehen.

Von draußen hörte sie, wie sich die schweren Schritte des Wärters der Zelle näherten. Mit einem lauten, knarrenden Geräusch öffnete sich die Zellentür. Noch immer war es so dunkel, dass man den Mann nur als dunkle Gestalt erkennen konnte. Er war breitschultrig und von großer Statur. Als er den Raum betrat, begleitete ihn ein unangenehmer Geruch. Es war eine Mischung aus gebrautem Weizen, Schweiß und anderen Körperflüssigkeiten. In dem Moment, in dem er die Tür öffnete, wurde auch die junge Frau wach. Ängstlich und mit einer Ahnung von dem, was ihr bevorstand, verkroch sie sich in die äußerste Ecke des Verlieses. Der Mann aber hatte kein Erbarmen, er ging auf die Frau zu, packte sie am Arm und zerrte sie in Richtung Tür.

„Na komm schon! Warum sollen nur die edlen Herren der Inquisition ihren Spaß haben. Auch unsereins will sein Vergnügen."

Das Mädchen versuchte sich aus den Händen des Mannes zu befreien, aber alles Wehren und Flehen half nicht. Im Gegenteil, bei jedem Versuch sich zu befreien, wurde der Mann erbarmungsloser. Er schleppte sie hinaus auf den Gang. Die Tür fiel mit einem lauten Knall ins Schloss und nachdem er diese verschlossen hatte, konnte Kungundt hören, wie sich seine Schritte entfernten. Sie hörte noch lange das verzweifelte Flehen des Mädchens. Und auch die schmerzverzerrten Schreie, die sie in der Ferne ausstieß, durchdrangen die Mauern des Kerkers.

Die ersten Sonnenstrahlen erhellten bereits wieder den Raum, als der Mann das Mädchen zurück in die Zelle brachte. Als Kungundt sich ihr näherte, lag sie weinend und von Schmerzen gekrümmt wie ein Fötus im Leibe seiner Mutter auf dem strohbedeckten Boden der Zelle. Kungundt versuchte alles, um das Mädchen wieder zu beruhigen und zu trösten, aber sie wusste, dass man das, was man ihr angetan hatte, weder durch Worte oder Trost noch durch Taten wieder gutmachen konnte.

Es verging keine Stunde, da hörte man erneut die Schritte des Wärters, der sich pfeifend ihrer Tür näherte. Nur dieses Mal war er nicht allein, ihm folgte ein junger Mann. Als er den Jungen anwies, das Mädchen zu holen, hatte auch er kein Erbarmen. Er ergriff das geschwächte Mädchen und gemeinsam brachten sie es erneut zum Verhör.

Die Stunden vergingen, ohne dass irgendetwas passierte. Kungundt saß auf den kalten Boden ihrer Zelle. Jedes Geräusch, das sie hörte, ließ sie aufschrecken. Aber erst am Abend öffnete sich die Tür erneut. Die beiden Wärter brachten das Mädchen zurück in die Zelle. Es war ein schlimmer Anblick. Das Gewand zerrissen, der Körper geschunden und vollkommen apathisch lag sie auf dem Stroh. Es schien fast so, als hätte ihre Seele den Körper bereits verlassen. In ihren Augen konnte Kungundt die Hoffnungslosigkeit und den Wunsch nach Erlösung lesen. Sie wusste nicht, wie sie dem Mädchen helfen sollte.

Am nächsten Morgen wiederholten sich die Vorgänge, nur mit dem Unterschied, dass dieses Mal auch Kungundt zum Verhör geholt wurde. Der Wärter führte sie aber nicht hinauf in den Raum, in dem sie vor zwei Tagen ihre Unschuld beteuert hatte, sondern er führte sie weiter hinab in das Kellergewölbe. Vor einer großen eisernen Tür befahl er ihr, stehen zu bleiben. Kungundt spürte instinktiv, dass das, was sich hinter dieser Tür verbarg, ihre Lage nicht verbessern würde. Ängstlich schaute sie auf die Tür, aber noch machte ihr Begleiter keine Anstalten, diese zu öffnen. Sie wurde immer nervöser und mit jeder Minute, die verging, wurde ihre Angst größer.

Erst als Bartholomeus, Pater Josef, Eckert Frei, Bernhard Schilling und Linhart den Gang entlangkamen, öffnete ihr Begleiter die Tür.

Kungundt betrat einen großen Raum und was sie dort sah, versetzte sie in Panik. Sie wusste genau, wo sie sich befand. Die Wände waren von Werkzeugen bedeckt, deren Bedeutung sie sich nicht vorzustellen wagte, und in der Mitte des Zimmers stand ein langer, hölzerner Tisch, an dessen Ende sich ein Seil um eine Winde wand.

Bevor Bartholomeus mit seiner Befragung begann, wies er auf die Folterinstrumente, eine Geste, die Kungundt auch ohne Worte verstand. „Gesteht Ihr", begann er die peinliche Befragung, „wird der Herr Euch seine Gnade erweisen, denn die Qualen der Befragung werden auch trotz Luzifers Hilfe zur Tortur."

„Ich habe nichts zu gestehen. Gott ist mein Zeuge. Die Taten, die Ihr mir vorwerft, liegen nicht in meiner Schuld", versuchte Kungundt ihn erneut von ihrer Unschuld zu überzeugen.

„Ihr bestreitet also immer noch, die Seelen von Lotte und ihrem ungeborenen Kind Luzifer übergeben zu haben, um mit dessen Hilfe den Schwarzen Tod in diese Stadt zu lassen?"

„Bei Gott! Nie würde ich derartiges tun. Ich helfe den Menschen mit der mir von Gott übertragenen Gabe des Heilens. Nie habe ich mich gegen unseren Herrn gestellt. Er war es, der mich den Umgang mit den Kräutern lehrte, die ich den Menschen gab, um ihnen Heilung zu verschaffen."

„Ihr behauptet, Gott ist Euch erschienen und unterrichtete Euch in der heilenden Kunst, einer Kunst, die nur dem Arzt mit seiner umfangreichen Kenntnis des menschlichen Leids obliegt."

„Er ist nicht mir erschienen, es war vor langer Zeit, dass er uns die heilende Kraft seiner Schöpfung lehrte."

„Ihr glaubt also, Ihr und Euresgleichen seid würdig, dass unser Herr herabsteigt und zu Euch spricht. Ist es nicht eher so, dass es der Teufel ist, dessen Lehren Ihr folgt?"

„War es nicht Jesus, der Lahmende wieder gehend und Blinde wieder sehend machte. Und das nur durch die Gabe des Handauflegens?"

„Schweigt!" Bartholomeus war empört. „Schweigt! Wie könnt Ihr es wagen, den einzigen Sohn unseres Herrn der Hexerei zu beschuldigen."

„Nein!", rief Kungundt. Kaum hatte sie den Satz ausgesprochen, wurde ihr bewusst, dass sie sich immer weiter in ihr Unglück redete. „Nein, nie würde ich dergleichen wagen. Ich wollte Euch begreiflich machen, auch er heilte mit dem Beistand seines Vaters."

„Ihr sprecht von Gottes Sohn als von Euresgleichen. Aber Ihr werdet es nicht schaffen, uns zu blenden, denn der Sohn unseres Herrn würde sich nie mit Satan einlassen. Wer außer Euch gehört noch zum Bund der Hexen?"

„Nein, wir sind keine Hexen. Wir wollen mit unseren Kenntnissen der Heilung den Menschen helfen. Wir stehen nicht mit dem Teufel im Bunde, wir heilen mit Gottes Unterstützung." Kungundt wollte nicht gestehen, sie hatte nichts Unrechtes getan.

Auf Bartholomeus' Anweisung hin traten zwei Männer an ihre Seite. Es waren dieselben Männer, die ihre Mitinsassin aus dem Verließ geholt und sie in einem Zustand der Hoffnungslosigkeit zurückgebracht hatten.

Noch bevor Kungundt begriff, was sie vorhatten, stand der ältere der beiden vor ihr und begann, ihr Gewand zu öffnen. Den Blick nicht von ihrem Gesicht lassend und ohne die geringsten Anzeichen von Mitleid streifte er ihr Kleid über ihre Schultern, sodass es langsam zu Boden glitt. In der Absicht, ihre Scham und die Brust zu verdecken, riss Kungundt ihre Arme hoch. Aber noch bevor sie ihr Ziel erreichten, ergriff der jüngere der Männer ihre Handgelenke und verhinderte so ihr Vorhaben. Vollkommen ausgeliefert stand sie nun dem Älteren gegenüber. Dieser ließ seinen Blick vom Gesicht zur Brust der Frau gleiten. Langsam fuhr er mit seinen Fingern über ihre Haut, er berührte ihre Schulter, ihre Brust und mit den Blicken folgte er den Bewegungen seiner Hände. Er suchte nach Malen, die Kungundt als Hexe überführen sollten. Es dauerte auch nicht lange, da fand er, was er suchte. Es war ein kleiner tiefschwarzer Fleck in ihrer Achselhöhle. Auf sein Nicken hin kam Bartholomeus auf die vollkommen verstörte Frau zu und untersuchte den Fleck genauer. Nachdem er ihn gründlich in Augenschein genommen hatte, nahm er eine Nadel und durchstach mit der Spitze ihre Haut. Kungundt versuchte schreiend, sich ihrem Peiniger zu entziehen, aber gegen den festen Griff ihres Wächters hatte sie keinen Erfolg. Aus der Wunde rann das Blut in einem feinen Fluss über die Seite ihres Oberkörpers, aber bereits im Bereich der Taille wurde er schwächer.

„Der Zauber, mit dem Ihr Euren Körper zu schützen versucht, ist schwach", erklärte Bartholomeus die Situation. „Das Blut der Unschuld fließt in großen Mengen, während das des Bösen einer Hexe innen bleibt."

Ohne zu verstehen, was Bartholomeus mit seiner Aussage feststellte, schaute Kungundt ihn an. Es dauerte einen Augenblick, aber dann begriff sie, dass sie bereits als Hexe verurteilt war.

Ihr Wärter schob sie weiter in den Raum. Als sie sah, wohin er sie drängte, versuchte sie erneut, ihre Arme aus seinen Händen zu befreien. Aber egal, wie sehr sie sich wehrte, er führte sie zu dem Tisch aus Holz und steckte ihre Daumen in eine Vorrichtung aus Metall, die sich auf diesem Tisch befand. Kungundt fühlte einen leichten Druck, als man die Schrauben anzog. Aber der Versuch, ihre Daumen zu befreien, blieb erfolglos.

„Gesteht, von der Macht des Teufels verführt zu sein und Gott wird Euch von der Pein des Schmerzes verschonen. Er wird Euch gnädig sein und Euch Eure Sünden vergeben." Bartholomeus' Worte duldeten keinen Widerspruch.

„So glaubt mir doch, ich habe nichts zu gestehen. Gott ist mein Zeuge." Kungundt war verzweifelt. Sie hatte ihre Unschuld noch nicht einmal zu Ende beteuert, da gab Bartholomeus den Männern ein Zeichen und die Daumenschrauben wurden weiter angezogen. Nur ein kleines Stück, aber es reichte schon. Kungundt fühlte den unangenehmen Druck, der auf ihre Knochen einwirkte.

„Sagt mir, wie lange ist es her, dass Ihr des Teufels Verlockungen verfielt?", fragte Bartholomeus kalt.

„So glaubt mir doch, der Teufel steht nicht an meiner Seite." Wieder wurden die Schrauben angezogen, aber Kungundt wollte nicht gestehen. Sie war unschuldig und ihr Glaube würde sie erlösen, da war sie sich sicher.

„Es war also nicht der Teufel selbst, der Euch verführte. Welchem seiner Diener habt Ihr Euch dargeboten?"

Dieses Mal wurden die Daumenschrauben bereits enger gezogen, noch bevor sie zur Antwort ansetzen konnte. Der Schmerz war heftig, aber noch trotzte sie ihm.

„Gott ist mein Zeuge, niemals habe ich mich dem Teufel oder seinen Dienern dargeboten, weder aus freien noch aus unfreien Stücken."

„Kränkt es Euch, dass nicht der Teufel selbst Euch begehrt, sondern seine Helfer es waren, denen Ihr dienen musstet? Habt Ihr aus diesem Grund Mensch und Tier verflucht?"

„Mensch und Tier! Nie würde ich Gottes Schöpfung verfluchen!" Kungundt war entsetzt.

„Wart Ihr in der Hoffnung, der Teufel selbst würde Euch seine Gunst erweisen, wenn Ihr ihm Lotte und ihren unschuldigen Sohn darbietet?"

Wieder wurden die Schrauben enger gezogen. Dieses Mal jedoch mit so einer Kraft, dass Kungundt vor Schmerzen aufschrie.

„Nein, Gott ist mein Zeuge, nie würde ich Derartiges tun!" Kungundt schaute sich immer wieder hilfesuchend um. „Ich wollte sie und ihr Kind retten. Ihr den Schmerz nehmen. Und als sie und das ungeborene Kind starben, musste ich das Kind aus dem Schoß seiner Mutter befreien. Ich habe die Seele des Knaben gerettet. Erst als sein Körper den Schoß seiner Mutter verließ, konnte seine Seele den Weg zu unserem Herrn finden."

Zu Kungundts Erstaunen deutete Bartholomeus ihrem Peiniger an, die Daumenschrauben etwas zu lösen. Sie fühlte, wie der Schmerz nachließ. Für einen kleinen Augenblick hatte sie die Hoffnung, dieser Spuk hätte ein Ende.

„Ihr sagtet es selbst, Ihr botet die Seele des Knaben Eurem Herrn dar. War es nicht so, dass Ihr die unschuldige Seele des Knaben dem Teufel darbotet?"

Kaum hatte Bartholomeus diese Anschuldigung ausgesprochen, wurden die Daumenschrauben noch fester als zuvor angezogen. Der Schmerz war so heftig, das Kungundt für einen kurzen Augenblick in die Knie ging, aber ihre Peiniger stellten sie wieder auf die Beine.

„War es Gottes Wille, dass die Bäuerin und ihr Kind verstarben?" Bartholomeus' Stimme wurde lauter und bedrohlicher. „Nein, Ihr schicktet die Seelen der Unschuld nicht zu Gott, Ihr schicktet sie in die Arme des Teufels."

„Es war Gottes Wille. Er war es, der die Seelen zu sich holte", wiederholte Kungundt unter Schmerzen. Tränen rannen über ihre Wangen und ihre Knie zitterten, sodass sie kaum Halt gaben.

„So stelltet Ihr Euch, bei dem Versuch, der Bäuerin und ihrem Sohn zu helfen, gegen den Willen des Herrn." Bartholomeus' Stimme duldete keinen Widerspruch.

„Ich helfe den Menschen. Ich nehme ihnen den Schmerz und geleite das Kind ins Leben." Kungundt war verzweifelt.

„Es ist der Wille Gottes, der den Menschen von seiner Pein erlöst und es ist Gottes Wille, der das Kind ins Leben führt!" Bartholomeus war gefühlslos. „Wenn es Gottes Wille war, dass die Bäuerin und ihr Sohn starben, wer gab Euch die Kenntnisse, die die Qualen der Bäuerin und ihres Sohnes andauern ließen, um so ihren Geist von Gottes Barmherzigkeit abzukehren und dem Teufel darzubieten?"

„Aber nicht den Teufel hat sie um Hilfe angefleht. Zusammen haben wir gebetet und Gott und seine Engel um Genesung ersucht."

„Gott und seine Engel? Warum betet Ihr zu seinen Engeln und nicht zu unserem Herrn?"

„Die Welt ist groß, Gottes Augen können nicht überall sein, so baten wir auch seine Engel um Hilfe."

„Welcher Engel kann so mächtig sein und sich dem Willen Gottes widersetzen, welcher Engel, wenn nicht Luzifer?" Noch bevor Kungundt antworten konnte, wies Bartholomeus ihren Peiniger an, die Schrauben noch weiter anzudrehen. Kungundt spürte, wie die Knochen in ihren Daumen unter der Last des Druckes zerbrachen. Noch einmal lehnte sie sich auf und beteuerte ihre Unschuld. Aber Bartholomeus ließ die Daumschrauben weiter anziehen.

„Wem dient Ihr?"

Kungundt wollte, dass die Schmerzen endlich ein Ende hatten. Aber mit jedem Wort, welches Bartholomeus sprach, wurden die Schrauben weiter angezogen.

„Es ist Luzifer, dem Ihr dient!" Bartholomeus' Anschuldigung war endgültig. „Ihr opfertet Lotte und ihr Kind, um Luzifer zu huldigen. Ihr blendet die Menschen, indem Ihr ihnen vorgebt, in Gottes Namen zu handeln. Ihr und Euresgleichen erzürnen unseren Herrn!" Noch während Bartholomeus diese These, die eigentlich schon eher als Feststellung formuliert wurde, aussprach, wurden die Daumschrauben weiter angezogen, sodass, in der Hoffnung, man würde sie wieder lösen, Kungundt keinen anderen Ausweg sah, als die Anschuldigungen zu bestätigen. Verzweifelt und unter Schmerzen gestand sie ihre Schuld.

Bartholomeus hatte es wieder geschafft. Er hatte des Teufels Brut erkannt und überführt. Aber erst, wenn Kungundt brannte, hatte er es auch geschafft, den Teufel und seine Anhängerschaft zu schwächen. Hier auf Erden hatte er für Gott gesprochen. Aber Gott selbst würde es sein, der nach Kungundts Tod über sie richten würde. Um sich auf die Begegnung mit dem Herrn vorzubereiten, hatte Bartholomeus Kungundt sieben Tage gegeben. Sieben Tage, in denen man ihr die Gnade erwies, sich mit Gott zu versöhnen.

Kapitel V

Der Anschlag am Kirchentor, die Aufforderung zur Bekanntgabe vermeintlicher Hexen und Hexer hatte Wirkung gezeigt. Die Kerker waren voll. Pater Bartholomeus richtete sich auf eine lange Zeit in Röhrenfurth ein.

Aber noch bevor Bartholomeus sich auf die nächste Verhandlung vorbereiten konnte, bekam er eine Bittschrift aus der Abtei in Hersfeld. Der Abt schrieb, dass er Bartholomeus in einer wichtigen Angelegenheit sprechen wolle und ihn am folgenden Tag erwarte. Unterschrieben war diese Bittschrift mit dem Namen Joachim. Er war der Abt des Klosters und ein langjähriger Freund von Bartholomeus. Die Abtei in Hersfeld war die Abtei, in der sich Bartholomeus seinerzeit als Novize auf sein Gelübde vorbereitet hatte. Er und Joachim kannten sich seit jenen Jahren. Ihre Wege trennten sich, als Bartholomeus beschloss, das Klosterleben hinter sich zu lassen und sich vor Ort um die Gefolgschaft des Teufels zu kümmern, während Joachim sein Schicksal hinter den Mauern des Klosters sah.

Da der Abt ausdrücklich Bartholomeus sehen wollte, gestattete Bartholomeus Linhart, die Zeit bis zu seiner Rückkehr bei seiner Familie zu verbringen.

Bartholomeus' Aufenthalt in Röhrenfurth war für Abt Joachim ein Geschenk des Himmels. Immer wieder hatte man ihm von Ungläubigkeit und Gottlosigkeit im Norden des Landes berichtet. Von Hexen und Hexern, die dort ihr Unwesen trieben, ohne dass jemand da war, der die Gläubigen vor den Untertanen des Teufels schützte. Bartholomeus war der richtige Mann für diese Aufgabe. Abt Joachim und Bartholomeus saßen zusammen und besprachen ihre Vorgehensweise, als ein junger Novize sie unterbrach.

„Aus Röhrenfuhrt ist ein Gesandter gekommen, der wichtige Neuigkeiten bezüglich Bartholomeus' Begleiter hat", entschuldigte er die Unterbrechung.

Auf Bartholomeus' Frage, was für Neuigkeiten so wichtig sein konnten, dass sie ein Grund wären, ein Gespräch zwischen ihm und dem Abt zu unterbrechen, wusste der Novize keine Antwort. Er erklärte, dass der Bote beharrlich darauf bestand, dass es wichtig sei und er sofort mit Bartholomeus sprechen müsse.

Mit dem Einverständnis des Abtes unterbrach Bartholomeus widerwillig das Gespräch. Er und der Novize gingen durch die Gänge des Klosters. Die Stille des Abends war den Gebeten der vorbeigehenden Mönche gewichen. Als der Novize eine Tür öffnete und Bartholomeus den Raum betrat, erkannte er Eckert Frei, der an einem der Fenster stand und, wie es schien, auf ihn wartete. Als er Bartholomeus kommen hörte, drehte er sich um und ging zielstrebig auf ihn zu. Er wollte Bartholomeus mit einem Handschlag begrüßen. „Sei gegrüßt, Pater Bartholomeus!"

Ohne auf die ausgestreckte Hand seines Gegenübers zu reagieren, erwiderte Bartholomeus die Begrüßung. Im Gegensatz zu E-ckert Frei ohne Anzeichen irgendwelcher Emotionen.

„Ich hatte bis zum heutigen Tag keinen Anlass, das Kloster zu betreten. Nie hätte ich mir dieses Gemäuer so prachtvoll vorgestellt." Mit einer übertriebenen Geste deutete der Landesvogt auf das Inventar des Zimmers.

„Seit Ihr gekommen, um mir das zu sagen?" Bartholomeus interessierte sich nicht für die Begeisterung seines Gegenübers. Er war verärgert, dass der Landesvogt es gewagt hatte, sein Anliegen so hochzuspielen, dass er das Gespräch mit dem Abt unterbrechen musste. „Welches Eurer Anliegen kann so wichtig sein, dass Ihr mich hier im Kloster behelligt?"

„Es geht um Euren Begleiter. Wie mir zu Ohren gekommen ist, ein Sohn Röhrenfurths. So ist es nicht verwunderlich, dass er mit den Hexen im Ort kooperiert und gemeinsam mit der Gefolgschaft des Teufels einen Plan ausarbeitet, um die von Euch überführte Hexe Kungundt vor ihrer gerechten Strafe zu erretten."

„Mit welchem Beweis stützt Ihr diese Behauptung?" Bartholomeus zeigte sich erbost über die Anschuldigungen gegen seinen Schüler.

„Es gibt einen Zeugen mit gutem Leumund. Er hat heute in der Frühe eine Aussage gemacht. Er erklärte, es selbst gehört zu haben, dass Linhart, seine Mutter und weitere Personen aus dem Ort zugunsten von Kungundt sprachen. Dass Linhart und seine Mutter am gestrigen Tag bei der Hexe waren, um einen Plan zu schmieden, Kungundt aus der Hand der Gerechtigkeit zu befreien. Am heutigen Morgen brach Linhart nach Lichtenau auf, um sich dort die Unterstützung weiterer Hexen zu holen."

„Was beweist den guten Leumund des Anklägers? Wie ist sein Name?"

„Er ist mir persönlich bekannt. Er fürchtet sich vor der Rache des Teufels und bittet darum, im Verborgenen zu bleiben. Er berichtet, dass Linhart und seine Mutter Kungundt in ihrer Zelle besuchten. Gemeinsam suchen sie einen Weg, Kungundt ihrer gerechten Strafe zu entziehen. Sie wollen uns mithilfe der schwarzen Magie und mit der Unterstützung des Teufels dazu bringen, die Hexe von ihren Ketten zu befreien. Ich selbst traf Linhart, noch bevor mein Zeuge ihn des Verbundes mit dem Teufel beschuldigte. Die Richtung, die er ging, führt nach Lichtenau. Ich habe angeordnet, Linharts Mutter in Gewahrsam zu nehmen und mich umgehend auf den Weg gemacht, um Euch über die Ereignisse, die sich in Röhrenfurth zutrugen, zu unterrichten. Über den genauen Ort, an dem sich Linhart aufhält, konnte mein Zeuge nichts sagen, es ist ein Gasthaus, dessen Namen er vorher nie gehört hatte und der wieder in Vergessenheit geriet, nachdem Mutter und Sohn über ihn sprachen."

„Pater Bartholomeus, Ihr seid ein erfahrener Mensch. Sind Euch an dem Verhalten Eures Begleiters je Zweifel gekommen?" Es war der Abt, der Bartholomeus gefolgt war und sich, nachdem er Bartholomeus' Zwiespalt erkannte, in das Gespräch einmischte.

„Er stand stets an meiner Seite. Hat über jede Verhandlung Protokoll geführt. Jedoch habe auch ich Veränderungen in seinem Verhalten erkannt. So versuchte er wahrhaftig, Zweifel in mir zu schüren. Es war eine Frau und er versuchte, mir den Schmerz dieser Hexe als Beweis ihrer Unschuld zu erklären. Ich aber sagte ihm, dass der Herrgott die Seinen schützt und der Schmerz ihnen nichts anhaben kann. Ich war mir sicher, seine Zweifel beseitigt zu haben."

„Euer Glaube ist stark. Stärker als die List des Teufels", sprach der Abt.

„Ich hatte ihm einst das Leben gerettet. Er ging Jahre an meiner Seite."

„Es war der Teufel selbst, der Euren Begleiter in Euer Leben sandte. Sein Ziel war es, Euch auszukundschaften. Eure Schwächen zu suchen. Um Euch mit der List eines Vertrauten dazu zu verleiten, den rechten Weg zu verlassen."

Mit jedem Wort, das der Abt zu ihm sprach, wurde Bartholomeus' Zorn auf Linhart größer.

„Auch ich, Bernhard Schilling und Pater Josef kennen Linhart von Kindesbeinen an. Bereits als Knabe war er im Zwiespalt mit den Worten, die Pater Josef sprach. Ebenso wie bei seiner Mutter war die Freundschaft zu Kungundt immer stark gewesen." Eckert Frei tat alles, um Linhart zu diskreditieren.

Als am Tag des Herrn Linharts Mutter so stolz über ihren Sohn gesprochen hatte und es Eckert Frei bewusst wurde, dass es der Sohn des Schmiedes war, dem er die Hand gab und den er in seinem Haus beherbergte, war er fassungslos gewesen. Wie konnte es sein, dass ein einfacher Mann, der als Tagelöhner seinen Unterhalt verdiente, der auf der Straße die Nacht verbrachte, nun an der Seite eines so wichtigen Mannes stand, wie es Pater Bartholomeus aufgrund seiner kirchlichen Macht war? Wie konnte es sein, dass er diesem Emporkömmling die Hand geben musste?

Eckert Frei glaubte nicht an das Werk der Hexen. Aber sollte es zu seinem Nutzen sein, würde er persönlich das Feuer des Scheiterhaufens entfachen, auf dem sein Gegner stand.

Unschlüssig lief Bartholomeus im Raum auf und ab. Er war aufgebracht. In ihm brodelte die Wut. Sollte er den Anschuldigungen gegen Linhart Glauben schenken?

„Soll es so sein, dass mein Schüler tatsächlich dem Teufel dient und mit mir den Weg teilte, um sich der Verteidigung des Guten in den Weg zu stellen, so will ich sein Ankläger sein."

„Im Namen des Königs bin ich berechtigt, Euch meine volle Unterstützung zu versichern. Ich werde Euch Männer zur Verfügung stellen, die Linhart und seine Gefährten in Gewahrsam nehmen und Eurer Gerechtigkeit zuführen", bot Eckert Frei seine Unterstützung an.

„Ihr sagtet, Ihr habt Linharts Mutter in Gewahrsam genommen. Ich will sie noch heute zu den Vorwürfen befragen."

„Mein Freund, ich habe Euer Pferd bereits satteln lassen", gab Abt Joachim Bartholomeus seine Zustimmung zur Abreise. „Das Gespräch, welches wir begannen, werden wir beizeiten fortsetzen. Ich werde Euch zur Seite stehen."

Kapitel VI

Die Hände schützend an ihren Körper gepresst, lag sie in ihrer Zelle. Kungundt war erschöpft, sie sehnte sich nach Schlaf. Aber sie wusste, sobald sie die Augen schließen würde, würden die Albträume kommen. Sie hatte Angst. Hatte sie wirklich das Richtige getan? Sie hatte Sara in das Geschehen hineingezogen und so in Gefahr gebracht. In ihren Träumen sah sie ihre Tochter vor Bartholomeus stehen. Er ließ sie auf den Scheiterhaufen führen und sie musste das Feuer entzünden, das ihre Tochter qualvoll sterben ließ.

Plötzlich hörte sie die Schritte des Wärters, die sich ihrer Zelle näherten. Er war nicht allein. Wieder jemand, der sich gegen die Vorverurteilungen seiner einstigen Freunde zur Wehr setzen muss, dachte Kungundt. Sie setzte sich aufrecht hin und wartete, was da kommen würde. Sie hörte, wie die Schritte zum Stillstand kamen. Kurz darauf wurde die Tür aufgeschlossen. Der Wärter schubste jemand in ihre Zelle. Mit zusammengekniffenen Augen schaute Kungundt in die Richtung, aus der die Gestalt in den Raum stolperte. Es dauerte einen Augenblick, bis sie in der Dunkelheit die Person erkannte, die man ihr als Zellengenossin gegeben hatte. Es war Linharts Mutter, die hilflos in ihre Richtung fiel.

Nachdem die Frauen sich begrüßt hatten und Linharts Mutter sich beruhigt hatte, erzählte sie Kungundt, was in der Zwischenzeit geschehen war. Dass man sie, kurz nachdem Linhart fort war, verhaftet habe. Dass sie nicht wisse, wo Peter sei und sich Sorgen mache.

Es vergingen Stunden, bis die Tür wieder geöffnet wurde und sie gemeinsam hinausgeführt wurden. Man brachte sie in den

Verhörraum, in dem Kungundt vor ein paar Tagen ihre Schuld zugegeben hatte. Aber heute war es nicht Kungundt, die man zu Bartholomeus führte, sondern Linharts Mutter. Kungundt stellte man abseits des Tisches. Sie sollte zusehen, was man ihrer Freundin antat. Auch Linharts Mutter musste zu Bartholomeus hochschauen. Auch ihr flößte er Angst ein. Aber sie hielt der Befragung lange stand. Sie bestand auf ihrer Unschuld, der von Linhart und auch von Kungundt. Und nicht nur das. Sie bezichtigte die Kirche, sich mit der Jagd auf unschuldige Männer und Frauen gegen die Gebote Gottes zu stellen. „Ihr habt meinen Sohn unter dem Vorwand des Glaubens vom Weg unseres Herrn weggeführt", klagte sie Bartholomeus an. „Aber Gott sieht das Gute im Menschen und er wird Linhart in seinem Tun unterstützen."

„Ich will Euch glauben, dass Euer Gott Linhart in seinem Tun unterstützt. Aber wer ist Euer Gott? Zu wem betet ihr, wenn nicht zu dem Gott, durch dessen Güte ich Linhart einst half?" Bartholomeus sprach ruhig. Er nahm seinen Blick nicht von Linharts Mutter.

„Wie Kungundt auch bete ich zu einem gerechten und weisen Gott."

„Ihr gebt zu, zu Kungundts Gott zu beten?"

Noch bevor Linharts Mutter auf Bartholomeus' Frage antworten konnte, mischte sich Kungundt in das Verhör ein und sprach beschwörend zu ihrer Freundin: Sie solle darauf achten, was sie in der Bartholomeus' Gegenwart sagte. Sie selbst war schuldig gesprochen, dem Teufel zu dienen und Bartholomeus war auf dem besten Wege, auch Linharts Mutter in die Ecke zu drängen, aus der es kein Entrinnen gab. Linharts Mutter war aufgebracht und so von ihrer Aussage überzeugt, dass sie drauf und dran war, sich ins Verderben zu stürzen. Sie wollte die Hilfe ihrer Freundin nicht. Sie wollte für ihre Ansichten einstehen, egal, was kommt. Bartholomeus schaute ihr ins Gesicht, als hätte er die kurze Unterbrechung nicht mitbekommen. Auch Linharts Mutter schaute ihrem Gegenüber mit festem Blick ins Gesicht und bezeugte: „Ja. Der Gott, zu dem Kungundt und auch ich beten, ist der einzig wahre Gott."

„Zu welchem Gott betet Linhart? Ist es der Eure?"

„Ja! Ich bin mir sicher, Linhart betet zu dem einzig wahren Gott."

„Ihr gebt zu, dass Ihr und Linhart zu Kungundts Gott betet, einem Gott, den wir bereits als Satan identifiziert haben." Trotz ihres Widerstandes war es für Bartholomeus ein leichtes, ihre Aussagen in seinem Sinn zu lenken. Immer wieder konfrontierte er Linharts Mutter mit ihren eigenen Antworten. Und obwohl er sie bereits dazu gebracht hatte, die Antwort zu geben, die sie als Anhängerin des Teufels überführte, gönnte er ihr keine Ruhe. Denn viel wichtiger als die Suche nach der Gottlosigkeit der Frauen war für ihn die Antwort auf die Frage nach Linharts Verbleib. Aber noch bevor er Linharts Mutter dazu befragte, befahl er den Wärtern, die sich im Raum befanden, Kungundt zur Streckbank zu führen, sie darauf festzuschnallen und das Seil stramm zu ziehen. Er wollte eine schnelle Antwort und die bekam er auch. Als Linharts Mutter ihre Freundin hilflos auf der Schreckbank liegen sah, begann ihr Widersand zu brechen und sie nannte Bartholomeus den Namen der Gaststätte, in der Linhart auf Sara warten sollte.

Nachdem Bartholomeus hatte, was er wollte, gab er Eckert Frei zu verstehen, dass er ein paar seiner Männer nach Lichtenau schicken solle, um Linhart in Gewahrsam zu nehmen.

Kapitel VII

Der Versuch, Linhart in Gewahrsam zu nehmen, war gescheitert. Und wieder war es der Teufel, der seine Hand im Spiel hatte. Der Hauptmann, der den Versuch geleitet hatte, Linhart zu verhaften, entschuldigte sein Versagen mit der Aussage: „Der Teufel selbst war es gewesen, der sich schützend vor Linhart stellte."

Bartholomeus, Eckert Frei und Pater Josef saßen zusammen. Die Stimmung war angespannt. Bartholomeus ließ erkennen, dass er mit dem Ausgang der nächtlichen Aktion alles andere als zufrieden war. Trotz der Beteuerung des Hauptmannes, keine Möglichkeit gehabt zu haben, Linhart zu ergreifen, machte er ihn für den Ausgang der Aktion verantwortlich. „Der Teufel agiert durch den Menschen. Er selbst wird es nicht gewesen sein, der unser Vorhaben vereitelte", klagte er den Soldaten an.

Der Mann war lange in den Diensten des Grafen und somit auch in Eckert Freis Diensten gewesen. Aber trotz der Beteuerung, sich nicht gegen seinen Herrn gestellt zu haben, hatte Eckert Frei keine Skrupel, auch ihn ohne große Verhandlung schuldig zu sprechen und abführen zu lassen.

„Ihr seht, die Gefahr ist groß. Der Teufel steht mit seiner ganzen Macht Linhart zur Seite. Wir müssen handeln. Wir müssen zeigen, dass Gott mächtiger ist und er hinter unserem Handeln steht. Der Teufel ist listig, aber er braucht seine Anhängerschaft, um auf Erden zu agieren. Kungundt und Linharts Mutter haben gestanden, die Menschen durch Zauber geblendet zu haben. Und dass die Hausherren des Gasthauses Apollon dem Teufel bei Linharts Flucht zur Seite standen, ist durch Augenzeugen belegt." Eckert Frei wusste, dass Bartholomeus gegen seinen Vorschlag, die Hinrichtung der Inhaftierten so schnell wie möglich auszuführen, nichts einzuwenden hatte. Denn auch Bartholomeus wollte Fakten schaffen. Bartholomeus wollte Linhart zeigen, dass er keine Chance hätte. Bereits vor dem Gespräch wusste Eckert Frei, dass er auch Bernhard Schilling und Pater Josef auf seiner Seite hatte. „Um Linhart zu schwächen, müssen wir Stärke zeigen. Die Hexen haben ihre Buhlschaft mit dem Teufel gestanden. Wir müssen sie eilends dem Feuer übergeben."

Sie waren sich einig. Kungundt, Linharts Mutter, Adelheid und Gottfried sollten schnellstmöglich hingerichtet werden. Pater Josef bestand jedoch darauf, dass den Verurteilten die Gnade einer Gelegenheit zur Versöhnung mit Gott zustand. Eckert Frei und Bartholomeus gaben dem Pater einen Tag, um die Verurteilten zu überzeugen, sich von der Seite des Teufels zu lösen und mit Gottes Vergebung zu sterben.

Kungundt und Linharts Mutter saßen zusammen mit Gottfried und Adelheid in der Zelle und warteten. Das Wirtspaar war am frühen Morgen gebracht worden. Sie erzählten, was sich in Lichtenau zugetragen hatte. Als Kungundt und Linharts Mutter erfuhren, dass die Männer es nicht geschafft hatten, Linhart oder Sara in Gewahrsam zu nehmen, atmeten sie erleichtert auf. Es war nicht die Hoffnung auf den Beweis ihrer Unschuld, der sie aufatmen ließ. Für sich selbst hatten sie keine Hoffnung mehr. Sie hatten gestanden. Sie würden sterben. Alles, was sie für sich tun konnten, war zu beten, dass Gott ihnen die Gnade eines schnellen Todes erwies. Aber die Tatsache, dass sie ihre eigenen Kinder in Gefahr gebracht hatten, dass auf sie vielleicht dasselbe Schicksal wartete, war für die beiden Mütter unerträglich. Die Tatsache, dass Sara und Linhart frei waren, beruhigte sie daher wenigstens ein bisschen.

Aber irgendwann war auch das Gebet, das sie sprachen, vorbei. Sie wollten nicht mehr beten. Nicht mehr in der Zelle sitzen, in der sie nichts anderes tun konnten als zu beten.

Hätte jemand sie gefragt, was sie fühlten, als die Tür geöffnet wurde und Pater Josef ihre Zelle betrat, hätten Kungundt, Linharts Mutter, Gottfried und Adelheid geantwortet: Angst, Unsicherheit und Erleichterung. Angst vor dem, was ihnen nun bevorstand. Unsicherheit, wie sie sich gegenüber dem Pater verhalten sollten und Erleichterung, dass es nicht Bartholomeus war, der den Raum betrat. Die Erleichterung war aber nur von kurzer Dauer. Denn ohne Umschweife erklärte Pater Josef den Anlass seines Kommens. Dass es bereits der nächste Tag sein werde, an dem sie sterben würden.

„Legt die Beichte ab, gesteht Eure Sünden und Gott wird Euch verzeihen! Kehrt zurück zu seinem Glauben und das Leid wird erträglich sein." Pater Josef stand vor den Verurteilten. Er würde sich nie zu ihnen ins Heu setzen. Auf dem Boden war es schmutzig und man konnte allerlei Getier erkennen.

Auch wenn sie sich bereits mit ihren Tod abgefunden hatten, war die plötzliche Erkenntnis, wie nahe sie ihm standen, ein Schock.

„Der Herr weiß, dass wir zu ihm beten", sprach Kungundt. Sie schaute Pater Josef nicht an. Ihr Blick war auf Adelheid und Gottfried gerichtet. Adelheid hatte ihren Kopf an Gottfried' Schulter gelehnt. Sie war blass, starte unentwegt auf die Wand, während ihr Körper zitterte. Gottfried versuchte sie zu beruhigen, aber auch ihm sah man die Angst an.

„Ihr seid geblendet. Gott würde nicht zulassen, dass ihr Leid über den Menschen bringt. Es ist der Teufel, der euch führt." Pater Josefs Worte waren einfühlsam gesprochen. Er war wirklich bemüht, Kungundt, Linharts Mutter, Adelheid und Gottfried zu überzeugen, dass es nicht der richtige Weg war, auf dem sie sich befanden.

„Über wen haben wir Leid gebracht? Kungundt hat den Menschen selbst ohne Aussicht auf ein Entgegenkommen geholfen. Ihr habt mehr als einmal von ihren Heilkünsten profitiert." Linharts Mutter war verzweifelt. Ihre Stimme war laut, als sie zu Pater Josef sprach. Kungundt schaute zu ihr herüber und deutete mit einer Handbewegung an, dass sie sich wieder beruhigen sollte. Sie wollte vor niemandem Schwäche zeigen.

„Es war allein die Gnade Gottes, die mich genesen ließ."

„War es Gott, der Euch die Kräuter reichte, die Euer Fieber senkten und Eure Schmerzen linderten?" Linharts Mutter hatte sich beruhigt, aber ihre Nerven waren zum Zerreißen angespannt.

„Es war wahrhaftig Gott, der Euch genesen ließ", sprach Kungundt. Dieses Mal fixierte sie Pater Josef mit einem festen Blick. Sie wollte seine Reaktion erkennen. „Gott gab mir das Wissen, den Menschen heilend zur Seite zu stehen. Ich gab Gottes Wissen an Euch weiter. Es ward mir von Gott gegeben, dessen bin ich mir sicher."

Pater Josef schaute auf sie herab. Er überlegte, mit welchen Worten er ihre Schuld erklären sollte. Wollten diese Frauen sich bekehren lassen oder war die Macht des Teufels so stark, dass sie ihre Schuld nicht sehen konnten?

Es war Adelheid, die ihn aus seinen Gedanken riss: „Pater Josef, sprecht für mich das Gebet. Mit meinem Glauben habe ich mich nie gegen unseren Herrn gestellt. Sollte ich vom Weg abgekommen sein, geschah es nicht aus freien Stücken."

Pater Josef wandte sich Gottfried und Adelheid zu. „Dann lasst uns beten." Mit Abscheu kniete er sich zu Gottfried und Adelheid ins Heu. Leise sprachen sie das Gebet, das Gott gnädig stimmen sollte.

Kungundt und Linharts Mutter schwiegen. Im Gehen sagte Pater Josef zu ihnen, dass er auch für sie das Gebet sprechen werde.

Als man Kungundt, Linharts Mutter, Gottfried und Adelheid zum Scheiterhaufen führte, begann es wieder zu regnen. Zusammen hatten sie in der Nacht gebetet. Und sie hatten gewartet.

Es war früh. Der Morgen hatte noch nicht begonnen, als man ihnen neue Gewänder und einen Eimer mit frischem Wasser brachte. Ein Wärter stand im Raum.

„Als wenn wir auch nur einen Meter weit kommen würden", sprach Kungundt zu Linharts Mutter. Beide schauten sie hinüber zum Wärter, der mit starrem Gesichtsausdruck zusah, wie sie sich entkleideten, wuschen und das neue Gewand anlegten.

Als sie aus der Zelle geführt wurden, warteten Bartholomeus, Eckert Frei und Bernhard Schilling vor der Tür. Die Wärter nahmen die Gefangenen in ihre Mitte. Wie Schwerverbrecher waren ihre Hände und auch ihre Füße in Ketten gelegt. Linharts Mutter wünschte sich, noch einmal ihre Söhne sehen zu können. Sie wollte ihnen Mut machen. Ihnen sagen, dass alles wieder gut werde. Sie glaubte an Gott, an ein Leben im Jenseits und bis zur letzten Nacht hatte dieser Glaube ihr Kraft gegeben. In der letzten Nacht jedoch war die Angst vor dem Sterben größer als dieser Glaube gewesen. Sie fürchtete sich vor den Schmerzen, vor den Qualen, die sie nun durchleben würde.

Kungundt ging es nicht besser. Auch sie zeigte sich nach außen hin selbstsicher und mit tiefem Glauben. Aber in ihrem Inneren brodelte es. Immer wieder fragte sie sich: Wenn es einen Gott gibt, wie konnte er zulassen, dass man sie verurteilte? Sie hatte immer geglaubt, mit seiner Fürsprache den Menschen zu helfen. Sie wollte nicht an Gottes Tun zweifeln. Sie sagte sich, dass er seine Gründe haben und er auf sie warten werde, dass er ihr diese Gründe bald erklären werde.

Sie gingen durch die Gänge des Kellergewölbes. An den Wänden hingen Fackeln und erhellten ihren Weg. Sie gingen langsam, keiner sprach ein Wort. Kungundt und Linharts Mutter hielten sich genauso an den Händen, wie es Gottfried und Adelheid taten. Weder Kungundt noch Linharts Mutter konnten bei ihnen irgendeine Regung auf das, was kommen wird, erkennen. Auch sie hatten sich mit dem Tod abgefunden. Sie waren sich in diesem Augenblick sicher, immer in Gottes Sinn gehandelt zu haben. Sie glaubten fest daran, dass Gott sie in seinem Reich willkommen heißen wird.

Man führte sie auf den Hof. Dort stand ein Pferdegespann mit Leiterwagen. Dieser sollte sie zur Hinrichtungsstätte fahren. Bartholomeus, Eckert Frei, Bernhard Schilling und Pater Josef ritten vor dem Gespann. Mehrere Wachen standen daneben und dahinter.

Jeder hing seinen Gedanken nach, versuchte, seine Angst zu beherrschen.

Die Straßen, durch die man sie führte, füllten sich mit Menschen. Sie liefen hinter dem Gespann her. Sie riefen durcheinander. Sie beschimpften die zum Tode Verurteilten. Es gab einige, die keine Schuldgefühle hatten, als sie mit Steinen nach ihnen warfen.

Bartholomeus hatte Anweisung gegeben, das Gespann durch die Hauptstraße der Stadt zu führen. Er wollte, dass jeder die Strafe wahrnahm, die ihn erwartet, wenn er sich gegen die Kirche und gegen den Glauben stellt.

Kungundt und Linharts Mutter schauten sich in der Menge um. Sie sahen Menschen, die einst ihre Freunde gewesen waren. Menschen, die sie vor ein paar Tagen noch mit einem Lächeln gegrüßt hatten. In den meisten Gesichtern konnte man nicht erkennen, ob sie dem Konvoi aus Überzeugung, aus Pflichtgefühl folgten oder aus der Angst, als Sympathisanten der Hexen dazustehen. Vereinzelt ertönten Rufe, die das Urteil umgehend vollstreckt sehen wollten. Ein keiner Junge lief dem Wagen hinterher. Gerade als er den Dreck, den er in seinen Händen trug, in den Wagen werfen wollte, holte seine Mutter ihn ein und hielt ihn davon ab. Sie stoppte den Jungen, indem sie ihre Hände um seinen Körper legte. Die beiden standen auf der Straße und schauten der Prozession nach, die sich langsam dem Scheiterhaufen näherte. Kungundt glaubte Tränen im Gesicht der Frau zu erkennen. Kungundt kannte sie. Die Schwangerschaft der Frau war weit fortgeschritten. Als Kungundt das letzte Mal nach ihr gesehen hatte, hatte sie den Zeitpunkt der Geburt auf drei Wochen bestimmt.

Kungundt schaute auf die Eisen, die sie um ihre Handgelenke trug. Es waren die letzten Minuten vor ihrem Tod. Sollte sie sich Sorgen machen, Angst haben oder wenigstens irgendetwas fühlen? Ihr Kopf war leer. Sie schaute auf ihre Freundin. Linharts Mutter hatte die Szene zwischen dem Jungen und seiner Mutter beobachtet. Auch sie kannte die beiden. Schon lange bevor die Frau erwachsen geworden war, kam sie mit ihrem Vater zur Schmiede. Auch ihr Sohn, den sie jetzt fest in ihren Armen hielt, war von den groben Werkzeugen, mit denen man das Eisen schlug, fasziniert. Die Mutter nahm die Hand ihres Sohnes und zog ihn weg von der Menschenmenge. Fast zerrte sie ihn in die nahe gelegene Gasse. Linharts Mutter fragte sich: Wo waren ihre Söhne? Ging es ihnen gut?

Der Wagen fuhr über holprige Straßen hinaus aus der Stadt. Adelheid hatte wieder angefangen zu beten. Sie und ihr Mann saßen eng beieinander und versuchten, sich gegenseitig die Angst zu nehmen.

Die hoch aufgeschütteten Scheiterhaufen, die man bereits in der Ferne sah, schienen sich mit hohem Tempo auf die Verurteilten zuzubewegen.

Sie erreichten ihr Ziel gegen Mittag.

Einer der Wärter forderte sie auf, sich zu erheben und vom Wagen zu steigen. Er führte sie vor Bartholomeus. Während dieser sie noch einmal aufforderte, sich einzugestehen, dass sie dem Teufel dienten, standen Eckert Frei, Bernhard Schilling und Pater Josef an seiner Seite. Die Blicke der Verurteilten glitten immer wieder über die Scheiterhaufen. Sie sprachen nicht, weder zu Bartholomeus noch zu einem der ihren.

Widerstandslos ließen sie sich auf die Scheiterhaufen bringen. Als man sie festband und das Feuer entzündete, beteten sie zu Gott um die Gnade einer schnellen Erlösung.

Kapitel VIII

Im Gasthaus Apollon war niemand gewesen, als Sara dort ankam. Sie war mehrere Tage unterwegs gewesen und erst zurückgekehrt, als ein Bote, geschickt von Gottfried und Adelheid, sie darum bat. Sie wartete. Doch als nach einiger Zeit noch immer niemand kam, der ihr sagen konnte, was passiert war, verließ sie das Gasthaus wieder. Sie ging durch den Ort und erfuhr, dass mehrere Männer Gottfried und Adelheid aus der Stadt geführt hatten, dass man im Ort nach jemandem gesucht hatte, der im Apollon zu Gast gewesen sein sollte.

Sara kannte Gottfried und Adelheid bereits seit vielen Jahren. Damals kam sie von einer langen Reise und war auf dem Weg zu ihrer Mutter. Sie hatte kein Geld. Sie wollte die Nacht nicht im Freien schlafen und fragte im Apollon, ob sie die Nacht in den Stallungen verbringen durfte. Sie bot ihre Hilfe an, die Adelheid auch gerne annahm. Aber anstatt sie im Stall zwischen den Pferden, Kühen und Schweinen schlafen zu lassen, gab Adelheid ihr ein Bett, eine Schüssel mit Wasser und frische Kleidung. Mit den Jahren hatte sich zwischen ihnen ein Vertrauen aufgebaut, welches Sara sonst nur zu ihrer Mutter hatte.

Sara wusste nicht, was wirklich geschehen war. Jeder schilderte die Abläufe im Gasthaus so, wie er sie aus der Ferne wahrgenommen oder von anderen gehört hatte. Sie fand niemanden, der tatsächlich dabei gewesen war. Sara machte sich Sorgen. Wohin hatte man die beiden gebracht? Wieso hatte man sie weggebracht?

Der Bote, den Gottfried und Adelheid zu ihr geschickt hatten, hatte berichtet, dass ein Mann aus Röhrenfurt sie suche. Röhrenfurth war ihre Geburtsstadt gewesen. Dort hatte sie die Jahre ihrer Kindheit verbracht. Außer ihrer Mutter lebte dort niemand mehr, der ihr wichtig war. Sie besuchte ihre Mutter selten. Sie hatte sich ihr eigenes Leben aufgebaut. Sie arbeitete genau wie ihre Mutter als Heilerin. Die Zeiten waren schwierig. Überall im Land wurden Menschen wie sie und ihre Mutter verfolgt. Nur das Vertrauen in die Menschen, denen sie half, hielt sie davon ab, das Land wieder zu verlassen, in die Länder zu gehen, in denen man die Arbeit einer Heilerin zu schätzen wusste. Ihre Mutter und sie waren sich einig gewesen, dass sie sich nicht in Röhrenfurt niederließ. Stattdessen wollte sie in Lichtenau versuchen, Fuß zu fassen. Was ihr mit Gottfried' und Adelheids Hilfe auch gelang.

Der Mann, von dem man ihr erzählte, kam aus Röhrenfurth. Hatte ihre Mutter ihn geschickt? Aber warum hatte man nach ihm gesucht und, als sie ihn nicht fanden, Gottfried und Adelheid mitgenommen? Die einzige Möglichkeit, einen Grund für die Vorfälle zu finden, bestand darin, nach Röhrenfurth zu gehen.

Die Pferde, die in Gottfried' und Adelheids Stallungen gestanden hatten, waren verschwunden. Sara vermutete, dass man die Tiere, nachdem man Gottfried und Adelheid in Gewahrsam genommen hatte, herausgeholt und gestohlen hatte. Ihr blieb nichts anderes übrig, als den Weg zu Fuß zu gehen.

Der Weg über die Straßen war gefährlich. Sara wollte fernab der Straßen durch den Wald gehen. Mittlerweile war es dunkel geworden. Sara beschloss, bis zum Morgengrauen im Gasthaus zu bleiben.

Saras Nerven waren angespannt, sie konnte kein Auge zuma-
chen. Es drängte sie zu wissen, was los war. Sie wusste, dass es
ein stundenlanger und anstrengender Fußmarsch werden würde.
Sie packte das wenige, das sie in der Herberge zu essen finden
konnte, zusammen und verließ mitten in der Nacht die Stadt.

Am frühen Abend erreichte Sara das Haus ihrer Mutter. Es war
leer. Wieder wartete sie die ganze Nacht, aber ihre Mutter kam
nicht nach Hause. Sara beschloss, in die Stadt zu gehen, vielleicht
konnte ihr dort jemand weiterhelfen.

Auf ihrem Weg nach Röhrenfurth glaubte sie den Grund zu
wissen, warum ihre Mutter nach ihr schicken ließ. So viele Menschen waren krank. Ihre Mutter würde alle Hilfe brauchen, die sie
bekommen konnte, um ihnen zu helfen.

Bereits aus der Ferne konnte sie die vier hohen Holzhaufen erkennen. Sie türmten sich vor den Mauern der Stadt zu hohen Ber-
gen auf. Sara erkannte Männer und Frauen, wie sie sich um die
Scheiterhaufen versammelt hatten. Sie hörte Stimmen und auch,
wenn sie nicht hören konnte, was sie sagten, es waren aggressive
Stimmen. Sara ging weiter. Die Verurteilten fuhren in einem Leiterwagen bis vor die Scheiterhaufen. Dort mussten sie vom Wagen steigen, hielten kurz vor einem breitschultrigen Mann und

wurden dann weiter zu den Scheiterhaufen geführt. Sara wollte nicht glauben, was sie sah. Sie erkannte ihre Mutter, Linharts Mutter, Gottfried und Adelheid. Sie blieb stehen. In ihrem Kopf schien alles chaotisch durcheinander zu laufen. Sie konnte keinen klaren Gedanken fassen. Sie blieb einen Moment regungslos stehen. Dann aber begann sie, ohne ihr Handeln zu überdenken, in Richtung der Scheiterhaufen zu laufen. Sie hatte bereits mehr als die Hälfte der Strecke zurückgelegt, als sie plötzlich gestoppt wurde. Es war Mathilda, die Frau des Müllers, die sich ihr in dem Weg stellte.

„Halt! Bleib stehen!"

Sara blieb erschrocken stehen. Jedoch wollte sie Mathildas Bitte ignorieren und sofort weiterlaufen. Sie deutete ihrer Freundin mit einer abwehrenden Geste an, ihr Platz zu machen. Aber noch bevor sie weiterlaufen konnte, drängte ihre Freundin sie in den nächstgelegenen Hauseingang. „Sara! Bleib stehen!", wiederholte Mathilda ihre Aufforderung. „Hier in Röhrenfurth ist es auch für dich gefährlich. Die Inquisition hat bestimmt, dass ein jeder zu verraten ist, der der Zauberei und Hexerei mächtig ist. Es reicht der Verdacht. Und es wird Menschen geben, die dich wiedererkennen. So wie ich. Sie werden wissen, dass du Kungundts Tochter bist, dass auch du das Wissen und die Kraft hast zu heilen. Sie werden dich genauso verraten, wie sie es bei deiner Mutter taten."

Von Wut gepackt versuchte Sara, sich aus den Griffen ihrer Freundin zu befreien. „Lass mich gehen! Ich will zu ihr. Sie hat nichts getan, was diese Strafe rechtfertigt."

„Keiner hat es verdient. Und ich bin nicht die einzige, die auf deiner Seite steht. Aber wir alle wissen, dass niemand die Feuer löschen wird. Ganz egal, welche Tatsachen für ihre Unschuld sprechen."

Sara und Mathilda zuckten erschrocken zusammen. Man hörte einen lauten Schrei. Als sie in die Richtung schauten, aus der dieser Schrei kam, erkannten sie, dass der erste Scheiterhaufen entzündet wurde. Die Flammen fanden ihrem Weg durch das Holz und der erste Rauch stieg auf. Hilflos mussten Sara und Mathilda mit ansehen, wie ein Scheiterhaufen nach dem anderen entzündet wurde. Mathilda hatte die Arme um den Körper ihrer Freundin gelegt und hielt sie schützend fest. Als die Flammen den Körper ihrer Mutter erreichten, brach Sara weinend zusammen.

Sara war sich sicher, der heutige Tag würde der schlimmste Tag in ihrem Leben sein. Der Tod und die Art des Sterbens ihrer Mutter hatten sich in ihrem Kopf eingebrannt und würden sie nicht wieder loslassen. Sie hatte lange in der Gasse gestanden. Hatte zugesehen, wie das Feuer brannte. So lange, bis nur noch ein Haufen Asche auf den Tod ihrer Mutter hinwies. Erst dann machte sich Sara auf den Weg zum Haus ihrer Mutter.

Ihre Gefühle waren eine Mischung aus Hass und Verzweiflung. Sie und ihre Mutter hatten es sich zur Angewohnheit gemacht, sich nach jedem Besuch so voneinander zu verabschieden, als gebe es kein Wiedersehen. Sie hatten sich nie im Zorn voneinander getrennt.

Sie und ihre Mutter hatten gewusst, dass das Arbeiten als Heilerin gefährlich war. Immer wieder hatten sie von Hinrichtungen gehört. Ihre Mutter war davon überzeugt, dass es nicht nur der Mensch selbst ist, der für derartiges Handeln verantwortlich ist, sondern dass es Hunger, Not und Krankheit waren. Dass die Menschen in diesen Zeiten jemanden brauchten, der ihnen sagt, was sie tun müssen, damit Gott wieder anfängt, sie zu lieben. Damit er dafür sorgt, dass die Ernte auf den Feldern wieder satt macht und die Kuh im Stall Milch gibt. Sie erklärte Sara, dass die Männer, die umherzogen und zu den Menschen sprachen, das Talent hatten, den Menschen ihre Überzeugungen als die einzig wahre darzulegen.

Kungundt hatte ihre Tochter gebeten, dass, wenn sie es sein sollte, die vor dem Richter stehen würde, Sara nicht die Schuld bei den Menschen suchen solle, sondern bei ihrer Not. Es waren Worte, die ernst gesprochen wurden. Aber jetzt, da sie Realität waren, klangen sie wie blanker Hohn.

Als Sara im Haus ihrer Mutter war, durchsuchte sie die Truhen, Regale, Fläschchen und Kästchen. Sie wusste nicht, wonach sie suchte. Vielleicht nach einer Erklärung oder wenigstens einem Hinweis, warum ihre Mutter auf diese Art sterben musste.

Sie sah den Mann, der auf das Haus zukam, schon, als der noch auf jeden Ast am Boden achtete. Sara beobachtete, wie er immer wieder, wenn auch nur für einen kurzen Moment, seinen Blick von seinen Füßen löste und sich suchend umsah. Dann schien er gefunden zu haben, was er suchte. Seine Augen waren auf das Haus ihrer Mutter gerichtet und seine Schritte wurden schneller. „Passt auf die Schritte auf, die Ihr tut", sagte Sara zu sich selbst. Und genau in diesem Moment passierte es. Der Mann stolperte und fiel, begleitet von einem lauten Fluch, zu Boden. Sara konnte sich gegen das Gefühl, das ihre Mundwinkel zu einem Lächeln verzog, nicht wehren.

Kurz nachdem der Mann wieder stand, öffnete sie die Tür und stellte sich in den Rahmen. Der Mann war verletzt. Er presste seine Hand an seinem Unterleib. Sein Gewand färbte sich an der Stelle rot, auf der seine Hand lag. Erst jetzt schien auch er sie zu sehen. Für einen Augenblick blieb er stehen, setzte dann aber seinen Weg zielstrebig fort.

„Wer seid Ihr? Und was wollt Ihr hier?", begrüßte Sara den Mann, dessen Blutung schlimmer zu sein schien, als es aus der Ferne ausgesehen hatte. Mittlerweile hatte sich das Blut weiter über sein Gewand verteilt. Sara ließ ihn nicht aus den Augen.

„Dasselbe kann ich Euch auch fragen. Wer seid Ihr und was macht Ihr im Haus der Heilerin Kungundt?", fragte der Mann. Er hatte sich ihr mittlerweile so weit genähert, dass sie ihm ins Gesicht sehen konnte. Er war blass. Seine Kleidung war nicht nur vom Blut verschmutzt und der Geruch, den sein Körper ausströmte, war der eines hart arbeitenden Mannes.

„Ihr befindet Euch auf meinem Boden. Ich bin Kungundts Erbin", erklärte Sara.

„Mir ist nicht bekannt, dass Kungundt eine Erbin hatte. Ich habe sie nie davon sprechen hören", antwortete der Mann.

„Warum sollte Kungundt mit Euch über ihre Erben sprechen?" Sara beobachtete jede kleine Geste, die er tat. Nach einem kurzen Moment glaubte sie zu wissen, dass er ihr nicht gefährlich werden würde. Die Wunde war zu tief und zu schmerzhaft, als dass er sich gegen sie stellen konnte. Durch einen Eid hatte sie sich dazu verpflichtet, den Menschen, die Heilung brauchten, zu helfen. So bot sie ihm an, die Wunde zu versorgen.

Sara konnte sich kaum noch an Linhart, den Sohn des Schmiedes, erinnern.

Sie saßen zusammen und Linhart erzählte ihr von den letzten Tagen ihrer Mutter. Vom ersten Verhör, der Folter, bis hin zu dem Zeitpunkt, an dem Bartholomeus es geschafft hatte, ihren Widerstand zu brechen. Er erzählte ihr auch, dass ihre Mutter unter Schmerzen den Pakt mit dem Teufel gestanden hatte. Sara glaubte zu erkennen, dass er Reue fühlte, als er ihr erklärte, dass er bei der Verhandlung auf der Gegenseite gestanden hatte. Und ohne zu wissen warum, glaubte sie ihm, als er beteuerte, dass ihre Mutter ihm zuletzt vertraut hatte, auch wenn er zuvor auf der falschen Seite gestanden hatte. Sara kannte ihre Mutter. Für sie verdiente jeder Mensch eine zweite Chance. Aber sie war nicht ihre Mutter. Wieder spürte sie, wie die Wut in ihr aufstieg. Linhart beendete seinen Bericht mit dem Hinweis, dass er die Unschuld der Menschen, die am heutigen Tage starben, beweisen wollte.

Es war spät geworden. Die Sonne ging unter. Der Himmel zeigte ein Farbspiel, das Sara von jeher faszinierte. In ihre Gedanken versunken beobachtete sie, wie sich die Wolken blutrot verfärbten und die Sonne hinter dem Horizont verschwand. Es war still, ihr Gegenüber wagte nicht, sie anzusprechen.

„Wie kann ich Euch trauen? Wo Ihr doch zugebt, auf der Seite der Inquisition gestanden zu haben, als man meine Mutter folterte?" Sara erkannte, dass er die Antwort auf diese Frage erst suchen musste.

„Ihr vertraut mir, indem Ihr Eurer Mutter vertraut." Es klang unsicher, als würde der Sprecher selbst nicht an diese Worte glauben.

Diese Antwort hatte nichts Vertrauenerweckendes. Aber sie wollte den Tod ihrer Mutter nicht als gerecht stehen lassen. Auch sie wollte ihre Unschuld beweisen. „Für die Ehre meiner Mutter werde ich Euch vertrauen. Ich werde Euch bei der Suche nach dem tatsächlichen Grund des Sterbens zur Seite stehen. Aber wenn es nicht der Schwarze Tod ist, der die Menschen sterben lässt, wer dann? Hat meine Mutter einen Verdacht ausgesprochen, als Ihr mit ihr gesprochen habt?"

„Nein, sie konnte mir keinen Verdacht nennen."

„Wonach soll ich suchen?", fragte Sara. Sie sprach eher mit sich selbst, als dass sie von Linhart eine Antwort erwartete. Im Gegensatz zu Linhart wusste Sara nur, dass die Menschen in Röhrenfurt krank wurden und starben. Außerhalb des Ortes sprach man tatsächlich vom Schwarzen Tod. „Wie sterben die Menschen? Ist es ein langsamer oder ein schneller Tod? Haben sie Schmerzen? Verändern sie sich?" Dieses Mal waren die Fragen direkt an Linhart gerichtet.

„Sie sterben unter entsetzlichen Schmerzen. Die Gliedmaßen verfaulen am Körper und Luzifer raubt ihnen den Verstand", erzählte Linhart von den Erfahrungen, die er im Ort gesammelt hatte.

„Und Ihr seid Euch sicher, dass meine Mutter nicht an den Schwarzen Tod als Grund dieses Sterbens glaubte?", fragte Sara, denn diese Symptome wiesen auf den Schwarzen Tod hin.

„Eure Mutter beteuerte, den Schwarzen Tod nicht nach Röhrenfurt geführt zu haben."

„So werden wir zwei Fragen klären. Ist es wahrhaftig der Schwarze Tod, der Röhrenfurth heimsucht? Und wenn ja, wer hatte ein Interesse, ihn in die Stadt zu führen?"

Sara behandelte Linhart wie einen Gast. Sie gab ihm zu essen, zu trinken und ein Bett. Doch sie selbst konnte nicht schlafen. Sie dachte an ihre Mutter und an die Dinge, die sie erfahren und gesehen hatte. Ihre Gedanken wanderten zurück zu dem Tag, an dem ihre Mutter sie fortgab. Und auch der Tag, an dem sie ihre Mutter nach einer langen Reise wiedersah, kam ihr ins Gedächtnis. Es war vor nicht einmal einem Jahr gewesen, dass sie bei ihrer Mutter vor der Tür stand und um Einlass bat. Die Zeit hatte sie verändert und ihre Mutter hatte sie nicht erkannt. Erst als sie ihren Namen nannte, öffnete sie ihre Arme. In den letzten Jahren war Sara an vielen Orten gewesen. Sie hatte viele Männer und Frauen in den Feuern der Inquisition sterben sehen. Sie kannte die Gefahr, in die sich die Menschen selbst brachten. Es war einfach, seinen Nachbarn zu denunzieren. Nur ein kleiner Fehltritt, ein falsches Wort, eine Geste oder eine Andeutung konnten aus einem Freund einen Feind machen. Und wenn es nicht der Hass, die Missgunst oder die Angst waren, die einen auf die Anklagebank brachten, war es die Suche nach einem Schuldigen. Die Menschen suchten eine Erklärung für ihre Not. Da starb ein Mensch trotz der Mühen und der Gefahr, die du als Heiler auf dich genommen hattest und du wirst der Opferung für schuldig gesprochen.

Sara lauschte auf das leise Schnarchen des Mannes, der im Bett ihrer Mutter schlief. Bis die Sonne wieder aufging, würden noch

Stunden vergehen. Sara ging zu ihrer Tasche und holte eine hölzerne Kiste heraus. Sie war kunstvoll geschnitzt und aus teurem Edelholz. Sara hatte sie auf ihrer langen Reise erstanden und immer wie einen Schatz gehütet. Aber wichtiger und wertvoller als die Kiste selbst war für Sara ihr Inhalt. Es war ein gebundenes Buch aus feinem Papier. In diesem Buch befanden sich Aufzeichnungen über die heilende Kraft vieler Pflanzen, Anleitungen zur Wundversorgung und eine Auflistung der bekanntesten Krankheiten, ihrer Symptome und die Art ihrer Heilung. In diesem Buch zu blättern, war für Sara keine Pflicht oder eine Notwendigkeit. Für sie hatte das Lesen selbst etwas Heilsames.

Als der Morgen kam, war Sara kein Stück weitergekommen. Es gab mehrere Krankheiten, bei denen die Erkrankten die Symptome aufwiesen, die sie aus Linharts Schilderung kannte.

Linharts Schnarchen war einer ruhigen Atmung gewichen. Aus den Augenwinkeln sah sie, dass er wach war und sie ansah. „Ich habe Euch einen Aufguss aus Kräutern gemacht." Sara hatte ihm eine alte Tunika hingelegt, die sie in einer der Truhen gefunden hatte. Sie vermutete, dass sie einst als Bezahlung gedient hatte und ihre Mutter sie in der Hoffnung, dass sie ihr irgendwann einmal von Nutzen sein könnte, in die Truhe gelegt hatte. Und nun hatte sie ihren Nutzen gefunden. Sie passte nicht perfekt, aber sie war sauber.

Linhart saß ihr schweigend gegenüber. Die Fenster waren geöffnet und er lauschte, wie der Regen prasselnd auf die Erde fiel.

„Um die Krankheit zu bestimmen, muss ich mir die Menschen ansehen, die erkrankt sind. Es gibt zu viele Möglichkeiten." Linhart wurde aus seinen Tagträumen gerissen und erschrak, als Sara ihn ansprach.

Linhart musste nicht lange überlegen. Er kannte jemanden, der die Symptome dieser Krankheit aufwies. Wenn er nicht gestorben war, war es eine Möglichkeit. „Am Tag des Herrn besuchte ich einen Freund, der erkrankt war. Seine Mutter wird uns helfen und uns zu ihm lassen."

Der Zustand des Freundes hatte sich verschlechtert. Er war dem Tod näher als dem Leben. Sara untersuchte die Wunden an seinen Gliedern, fühlte seine heiße Stirn und fragte seine Mutter nach weiteren Symptomen, die aufgrund des fortgeschrittenen Zustandes nicht mehr zu erkennen waren. Sie erfuhr, dass es ganz harmlos angefangen hatte. Der Kranke fühlte sich nicht gut, klagte über Kopf- und Gliederschmerzen. Aber mit jedem Tag, der verging, wurde es schlimmer. Er wurde unruhig, bekam Durchfall und Fieber. Die Tage vergingen, der Schmerz in den Gliedern wurde stärker und auch das Gesicht begann zu schmerzen. Vor ein paar Tagen schwollen seine Finger, das Gesicht und auch die Füße an und färbten sich nach weiteren Tagen schwarz. Mit jedem Tag, der verging, wurden nicht nur die Schmerzen unerträglicher, auch das Fieber stieg. Die Mutter vertraute Sara an, dass sie zu Gott betete, er möge ihren Sohn bald erlösen. Linhart hatte sich abseits gestellt. Der Blick auf seinen Freund war von Saras Körper verdeckt. Er bekam es nicht mit, als Sara der Mutter versprach, dass ihr Sohn es schon bald überstanden haben würde. Auch als sie ihm zu trinken gab und sein Freund schon bald danach die Augen schloss, wurde er nicht misstrauisch. Sara und

Linhart blieben so lange bei der Familie, bis die Atmung des jungen Mannes zum Stillstand kam. Sara und die Mutter beteten und auch Linhart sprach ein leises Gebet für seinen Freund.

Für die Eltern war der Tod ihres Sohnes das Ende. Sie waren alt, hatten weder die Kraft noch die Möglichkeit, sich ihren Lebensunterhalt durch Arbeit zu verdienen. Ihr Sohn sollte sie im Alter ernähren, so wie auch sie ihre Eltern ernährt hatten. Sie sahen keinen Ausweg. Ihr Sohn würde die letzte Ölung erhalten. Sie würden ihn zu Grabe tragen. Und wenn die Seele ihres Sohnes in Sicherheit war, würden sie sich das Leben nehmen. Sara und Linhart ahnten beim Verlassen des Hauses nichts von dem Vorhaben und selbst wenn sie es gewusst hätten, hätten sie keine Argumente gehabt, die stärker waren als die Angst der Alten vor der Zukunft.

Kapitel IX

Sara und Linhart verließen das Haus. Der Weg durch die Stadt war ein stiller Weg, sie hingen ihren Gedanken nach. Als sie die Stadtmauern verließen, begrüßte sie das feine Licht der aufgehenden Sonne. Die Strahlen stahlen sich durch einen Vorhang aus dunklen Wolken. Die Wege und Wiesen waren feucht, die Luft klamm und es war noch immer viel zu kalt für diese Jahreszeit. Saras Schritte wurden immer schneller. Sie wollte zurück nach Hause. Sie hatte eine Vermutung, woran die Menschen starben. Um ihr nachzugehen, brauchte sie ihre Handschrift. Erst als Linhart sie ansprach, wurden ihre Schritte wieder langsamer. „Was glaubt Ihr, ist es der Schwarze Tod, der seine Hand nach den Menschen ausstreckt?", unterbrach er ihre Gedanken. Sara erklärte ihm, dass es wahrhaftig so aussah, als würde der Schwarze Tod Röhrenfurth heimsuchen. Dass die Symptome darauf hinwiesen. Aber irgendetwas passte nicht. Sie wusste nicht was und wollte in ihrer Handschrift nach Antworten suchen. Linharts Frage nach der Herkunft des Buches beantwortete sie mit der Geschichte ihres Lebens. Sie erzählte ihm von ihren Reisen und von ihrer Ausbildung zur Heilerin.

Als sie an Kungundts Haus ankamen, stand die Sonne bereits über dem Horizont. Die Wolken waren weniger geworden und ein leichter Nebel sammelte sich in den Lichtungen des Waldes. Sie betraten das Haus und ohne sich weiter um Linhart zu kümmern, nahm Sara ihre Handschrift, setzte sich an den kleinen Tisch vor dem Fenster und suchte nach dem Text, der ihre Vermutung bestätigen sollte.

Linhart stand für einen Augenblick unschlüssig im Raum, aber dann verließ er Sara. „Ich werde das Haus meiner Eltern aufsuchen. Seit meinem Aufbruch nach Lichtenau habe ich meinen Bruder nicht mehr gesehen. Nun, wo meine Mutter nicht mehr ist, werde ich es sein, der sich um ihn kümmern wird."

Als Linhart den Hof seiner Eltern erreicht hatte, durchsuchte er das Haus und die Scheune. Als Peter auf die Rufe seines Bruders nicht antwortete, ging er hinüber in die Schmiede. Der Raum war kalt. Linhart dachte für einen Moment an seinem Vater. Er erinnerte sich an ihn als an einen großen Mann, der mit einem schweren Hammer immer wieder auf das Eisen schlug. Aber das war lange her. Die Schmiede war seit Langem nicht mehr genutzt worden.

Das Licht, das durch die Fenster schien, schaffte es nicht, den Raum vollständig zu erhellen. Es schien gerade so hell, dass Linhart erkennen konnte, dass sich eine feine Staubschicht über die Werkzeuge an der Wand gelegt hatte. Auch die feinen Spinnweben, die dort zu sehen waren, wo einst das Feuer brannte, waren von Staub und Schmutz schwer und zerrissen.

Es dauerte einen Moment, bis Linhart den Körper seines Bruders in der Dunkelheit erkannte und einen weiteren Moment, bis ihm klar wurde, dass sein Bruder tot war.

An dem Tag, an dem Linhart wieder in sein und in das Leben seiner Mutter trat, hatte Peter seinen Bruder bereits erkannt, noch bevor er und seine Mutter auf der Kirchenbank Platz genommen hatten. Doch im Gegensatz zu seiner Mutter hätte er ihn lieber ignoriert. Die Menschen im Ort erzählten, dass es Linhart war, der den Inquisitor Bartholomeus begleitete. Aber erst in dem Moment wusste er, dass die Gerüchte wahr waren. Peter bekam von den Worten, die Pater Josef sprach, nicht viel mit. Er beobachtete jede noch so kleine Geste seines Bruders. Er sah gut aus. Sein Körper war nicht von Hunger und Krankheit gezeichnet.

Der Gottesdienst war vorbei gewesen. Peter und seine Mutter hatten sich bereits von Pater Josef verabschiedet und standen in der Nähe der großen Dorflinde. Peters Mutter schaute sich suchend um, es schien, als hätte sie Linhart unter den vielen Menschen noch nicht entdeckt und für einen Moment hoffte Peter, dass sie es auch nicht tun würde.

Aber dann entdeckte sie ihn. Peter ignorierte den Versuch seines Bruders, ihm die Hand zu geben. Er hatte gute Gründe, den Gruß seines Bruders nicht zu erwidern. Er brauchte beide Hände, um sich auf die Krücken, die seinem Körper Halt gaben, zu stützen. Seine Krücken! Ein Besitz, den er liebend gerne zurückgeben würde. Er verfluchte sie, genauso wie er die Krankheit und die Frau verfluchte, die ihm das angetan hatte. Im Gegensatz zu seiner Mutter war er sich sicher, dass man mit Kungundt die richtige Frau in Gewahrsam genommen hatte. Egal, wie seine Mutter darüber dachte. Er beneidete Linhart um die Position, die er bei der Verurteilung dieser Hexe einnahm.

Peter wollte nach Hause, er hatte genug von Linhart und den Menschen um sich herum. Er wollte alleine sein. Er forderte seine Mutter zum Gehen auf. Peter hatte sich bereits zum Gehen abgewandt, als Linhart seiner Mutter versicherte, vorbeizuschauen, sobald Bartholomeus ihm die Möglichkeit gebe.

Sie waren noch nicht weit gegangen, als Eckert Frei sie ansprach. Neben ihm standen Bernhard Schilling und Pater Josef. Der Landesvoigt erkundigte sich bei Peter und seiner Mutter nach ihrem Befinden. Er sprach ihnen sein Beileid zum Tod von Peters Vater aus. Und auch den Tod von Peters Frau und seines Kindes bedauerte er sehr. Er erkundigte sich nach der Schmiede und bot seine Hilfe an, sollten sie diese irgendwann einmal benötigen. Innerlich stieg in Peter die Wut auf, als er die leeren Floskeln des Landesvogtes hörte. Er und Bernhard Schilling waren die letzten, die ohne eigenen Nutzen ihre Dienste anboten. Sie wollten etwas ganz anderes, da war sich Peter sicher. Und er hatte sich nicht geirrt. Nachdem Eckert Frei seine Manierlichkeiten hinter sich gebracht hatte, kam er zu dem eigentlichen Grund für seine Höflichkeit.

„Ihr spracht sehr lange mit Linhart, Bartholomeus' Schüler, ist er Euch bekannt?" Das war für Eckert Frei sicherlich die interessanteste Frage dieser Unterhaltung.

Als seine Mutter antwortete, konnte Peter den Stolz in ihrer Stimme hören.

Eckert Frei schaute zu Linhart hinüber. Er hatte ihn nicht erkannt. Hatte sich in den paar Tagen, in denen Bartholomeus und Linhart im Ort waren, keine Gedanken gemacht. Er wäre nie auf die Idee gekommen, dass irgendjemand aus dem Ort eine derartige Stellung einnehmen könnte. „Ihr könnt wahrhaftig stolz auf Euren Sohn sein. Er trägt an Bartholomeus' Seite eine große Verantwortung."

„Ja, aus ihm ist ein angesehener, stattlicher junger Mann geworden. Sein Vater wäre stolz auf ihn", erwiderte Peters Mutter.

Peter stand daneben und sagte kein Wort. Mit jedem Lob, das seine Mutter für seinen Bruder sprach, wurde seine Verbitterung größer.

Die Tage vergingen. Und dann kam der Tag, auf den seine Mutter gewartet hatte. Sie hatte für den letzten Silberling Haferkorn und Mehl gekauft. Den ganzen Vormittag hatte sie gekocht und das Haus geputzt. Und als dann die Mittagszeit nahte, hatte sie sich ihr gutes Kleid übergezogen und saß nun am Fenster und wartete ungeduldig auf Linhart. Peter saß in der Nähe der Feuerstelle und beobachtete seine Mutter. Sie wirkte voller Hoffnung. Der Schmerz über den Verlust ihrer Familie schien vergessen. Mit jedem Augenblick, der verging, hasste er Linhart mehr.

Sein Beinstumpf hatte sich wieder entzündet. Seine Mutter reinigte die Wunde und wechselte den Verband jeden Morgen, aber die Entzündung war in den letzten Tagen heftiger geworden.

Er hatte Schmerzen und wie in den letzten Tagen sprach auch heute seine Mutter nur von Linhart. Von den Erwartungen, die sie an ihn hatte. Sie hoffte, er würde bleiben und für die Ernährung der Familie sorgen. Sie sprach es nicht aus, aber er glaubte es zu fühlen. Für seine Mutter war er zu einer Last geworden. Aber was sollte er machen? Wie sollte er sich und seine Mutter ernähren? Nachdem Kungundt ihm das Bein vom Körper getrennt und ihn dadurch geschwächt hatte, war er nicht mehr in der Lage, in der Schmiede zu arbeiten. Er und seine Mutter sparten jeden Silberling, den sie hatten. Sie aßen wenig. Seine Mutter ging von Hof zu Hof, um ihre Arbeitskraft anzubieten. Es gab

Tage, da hatte sie Glück. Aber ihre Bezahlung war selten ein Silberling. Oft brachte sie nur etwas Obst oder Gemüse mit nach Hause. Aber auch die anderen Menschen wurden krank. Sie hungerten und mussten das, was sie hatten, zusammenhalten. Die Aussicht, dass sich jemand eine zusätzliche Arbeitskraft leistete, schwand mit jedem Tag.

Peter beobachtete seine Mutter. Immer noch sah sie erwartungsvoll aus dem Fenster. Wie ein kleines Kind, das auf ein Mitbringsel seines Vaters wartet, ging es Peter durch den Kopf.

„Habt keine Furcht, er wird schon kommen", sagte er verärgert.

„Peter, ich bitte dich, begegne ihm mit Anerkennung und Brüderlichkeit. Er ist dein Bruder und will dir nichts Böses."

„Ich werde ihm mit soviel Respekt und Anerkennung begegnen, wie ich es will!"

Es wurde wieder still. Aber nur so lange, bis seine Mutter sich übereilt vom Stuhl erhob und zur Tür lief. Peter stützte sich auf seine Krücken und ging zum Fenster. In der Ferne konnte er die kleine Gestalt erkennen. Sie näherte sich dem Hof und wurde mit jeder Minute größer. Sein Bruder überquerte den Hof, schaute sich nach allen Seiten um. An den Gräbern unterm Apfelbaum blieb sein Blick für einen kurzen Moment haften.

Peter konnte hören, wie seine Mutter Linhart begrüßte und kurz darauf sah er, wie sie auf ihn zuging und ihn mit einer Umarmung empfing. War es die Freude seiner Mutter oder war es Linhart selbst, der die Verbitterung darüber weiter anschwellen ließ?

Seine Mutter führte Linhart ins Haus.

Und dann stand er in der Tür. Groß, gesund und mit erhobenem Kopf.

Peter hatte zwischenzeitlich am Tisch Platz genommen. Er war gereizt. Als Linhart sich auf den Platz ihres Vaters setzte, konnte er sich nur mit Mühe beherrschen. Er hätte seinen Bruder am liebsten des Hauses verwiesen. Als Linhart auch noch erklärte, dass er ja nur gekommen sei, um zu helfen, hätte er lachen können. Na klar, Linhart hilft, während der verkrüppelte Bruder unnütz im Haus sitzt, ging es ihm durch den Kopf und Peter merkte, dass er immer zorniger wurde. Als das Gespräch zwischen Linhart und seiner Mutter auf Kungundt zu sprechen kam und seine Mutter Kungundts Unschuld verteidigte, hatte er genug. Er sprang erzürnt vom Stuhl auf, ohne an die Konsequenzen zu denken. Fast hätte er das Gleichgewicht verloren. Aber noch bevor Linhart nach ihn greifen konnte, hatte er sich wieder gefangen. Er nahm seine Krücken und verließ ohne ein Wort das Haus.

Er war erbost. Was fiel Linhart ein? Er tauchte nach all den Jahren einfach wieder auf. Der Weg zu den Gräbern seiner Familie fiel Peter schwer.

Als er bei ihnen stand, beruhigte er sich ein bisschen und der Gedanke an Linharts Dasein wurde durch die Erinnerung an seine Frau und seinem Sohn verdrängt. Die Hochzeit mit Lore war von seinem und ihrem Vater arrangiert worden. Er hatte sie als seine Frau geschätzt. Sie war seiner Mutter eine gute Hilfe gewesen. Für ihn jedoch war sie einfach nur anwesend. Dass er sie auch liebte, spürte er erst nach ihrem Tod. Auch heute fehlte ihm jemand, mit dem er reden konnte, der zuhörte, wie es seine Frau einst tat. Die Liebe zu seiner Frau war genau das Gegenteil zu der Liebe, die er für Horst, seinen Sohn fühlte. Ihn liebte er vom ersten Atemzug an. In seinen Erinnerungen sah er den kleinen, schmächtigen Jungen, der erfolglos versuchte, den schweren Hammer, mit dem sein Vater das Eisen schlug, anzuheben. Und wieder dachte er an Kungundt, die gegen den Willen Gottes sein Leben rettete, während sein Sohn und seine Frau starben. Er wünschte sich, er wäre gestorben, so wie es Gottes Plan war. Dann wäre er heute bei seiner Frau und seinem Sohn. Er verachtete die ganze Welt. Aber als Sohn hatte er seiner Mutter gegenüber eine Verantwortung. Allein diese Verantwortung war der Grund, dass Peter zurück ins Haus ging. Er spielte die Rolle des hoffnungsvollen und liebenden Bruders den ganzen Abend lang. Er hörte zu, wie seine Mutter und Linhart den Plan fassten, Kungundt in ihrer Zelle aufzusuchen, um zusammen mit ihr einen Weg zu finden, ihre Unschuld zu beweisen und sie aus dem Gefängnis zu befreien.

Als Peter von diesem Plan erfuhr, brodelte es in seinem Inneren wie ein Vulkan, der auszubrechen drohte. Er hasste diese Frau. Sie war es, die für all das Leid verantwortlich war. Seine Mutter aber glaubte es immer noch nicht. Sie wollte zu ihr und nach einer Möglichkeit suchen, ihr zu helfen. Und Linhart! Er half ihr dabei. Sein Bruder hatte einige Silbermünzen dabei gehabt und ihrer Mutter versprochen, diese dem Wärter zu geben, sobald er ihnen die Tür öffnete.

Linhart und seine Mutter verließen schon vor Sonnenaufgang das Haus. Peter stand vor dem Haus und schaute ihnen lange nach. Erst als er sie am Horizont nicht mehr sah, ging er zurück ins Haus und wartete. Und da die Zeit verging, ohne dass sie wiederkamen, war Peter sich sicher, dass es funktioniert hatte. Der Wärter hatte die Silbermünzen genommen.

Peter ärgerte sich. Er war wütend auf sich selbst. Nach dem Tod seines Vaters war er das Familienoberhaupt. Warum hatte er es seiner Mutter nicht einfach verboten? Er war auf seine Mutter wütend, die das Offensichtliche nicht sehen wollte. Auf seinen Bruder, der plötzlich vor der Tür stand und den umsorgenden Sohn spielte, auf Kungundt, die die Schuld an den ganzen Übel trug, und auf die Ungerechtigkeit, mit der ihn Gott strafte.

Linhart und seine Mutter hatten das Pferd und den Wagen genommen. Peter blieb nichts anderes übrig, als zu Hause zu warten. Er ging in die Schmiede. Alle Werkzeuge hatten ihren Platz und bis auf eines lagen oder hingen sie auch dort. Es war der Hammer, der nicht auf seinem Platz lag. Wieder kamen die Bilder: Er war in der Schmiede und sein Sohn versuchte diesen schweren Hammer zu heben. Der Hammer war fast genauso groß gewesen wie sein Sohn es war. Er hatte es nicht geschafft, ihn auch nur ein Stück weit hochzuheben. Gestützt auf seinen Krücken, schaffte es auch Peter kaum, ihn anzuheben. Er war wirklich schwer. Mutlos ließ er ihn wieder fallen. Mit einen lautem Aufschlag fiel er in seine Ausgangsposition zurück. Peter schaute sich um, er wusste nicht, wie es weitergehen sollte. Immer noch fühlte es sich nicht richtig an, sein Erbe an Linhart abzutreten und darauf zu hoffen, dass er und ihre Mutter auf dem Hof bleiben durften.

Erst zur Mittagszeit kamen Linhart und ihre Mutter aus Röhrenfurth zurück. Während seine Mutter aufgeregt im Zimmer umherlief und von ihrem Plan berichtete, Linhart nach Lichtenau zu schicken, stand Peter unbeteiligt im Türrahmen.

„Glaubt Ihr wirklich, dass Ihr das Richtige tut, wenn Ihr diese Frau verteidigt?" Peter und seine Mutter waren allein. Peter wollte sie dazu bringen, es sich noch einmal zu überlegen. Er hatte in Kungundt eine Schuldige gefunden, aber er wusste, dass Kungundt für seine Mutter fast so etwas wie eine Schwester war und sie zu ihr stehen würde. So gab er schon bald den Versuch auf, seine Mutter von Kungundts Schuld zu überzeugen.

Seine Mutter und er verabschiedeten sich von Linhart. Ihre Mutter hatte ihm das Pferd angeboten, er aber hatte es dagelassen. „Für Peter. Er ist darauf angewiesen", hatte er großzügig gesagt und sich zu Fuß auf den Weg gemacht.

Irgendwann ging seine Mutter wieder den alltäglichen Dingen nach. Peter war immer noch gereizt. Unter einem Vorwand nahm er Pferd und Wagen und fuhr nach Röhrenfurth. Er wusste nicht, warum er fuhr oder was er in Röhrenfurth tun sollte. Erst unterwegs war er sich sicher, er wollte das Vorhaben seines Bruders und seiner Mutter verhindern. Als er das Haus des Landesvogtes in der Ferne erblickte, stand die Sonne hoch am Himmel. Es stand in der vornehmsten Gegenden der Stadt. Die Straße war gesäubert. Ein unterirdischer Kanal führte das Abwasser weit weg von den Häusern. Aus den Augen und fernab der Nasen der Anwohner. Das Haus des Landesvogtes war groß. Aufwendig gestaltetes Fachwerk zierte den Giebel. Der Trägerbalken über die Eingangstür war mit einer Inschrift versehen.

Es war das erste Mal, dass Peter ein so herrschaftliches Haus betrat. Einer der Bediensteten hatte ihm die Tür geöffnet. Nun wartete er im Eingangsbereich darauf, dass Eckert Frei ihn empfing. Er hatte sich mit der Aussage angemeldet, dass er wichtige Informationen über seinen Bruder habe. Er musste nicht lange warten und Eckert Frei kam ihm entgegen.

„Was genau ist so wichtig, dass Ihr damit zu mir kommt?", begrüßte er ihn.

„Es geht um meinen Bruder Linhart. Ich weiß nicht, ob Ihr mir Glauben schenkt, aber Linhart ist aufgebrochen, um die Hilfe zu holen, die Kungundt aus ihrem Verließ befreien wird."

Jeder im Ort kannte Eckert Freis Hochmut. Peter war sich sicher, ihn auf seiner Seite zu haben. Eckert Frei war sich selbst der Nächste und er machte keinen Hehl aus seiner Meinung, dass niemand, der unter seinem Stand war, das Recht hatte, mit ihm an einem Tisch zu sitzen. Die Beschuldigungen, die Peter gegen Linhart aussprach, waren in seinem Sinne.

„Erzählt mir mehr!", forderte der Landvogt Peter auf und führte ihn in seine Schreibstube, „ich will Eure Aussage aufnehmen."

Aus Peter sprach die Wut und ohne über die Konsequenzen nachzudenken, erzählte er Eckert Frei alles, was dieser wissen wollte.

„Was genau meint Ihr, wenn Ihr sagt, er ist aufgebrochen, die Hilfe zu holen, die Kungundt befreien wird?"

„Linhart ist nach Lichtenau aufgebrochen, um dort im Gasthaus Apollon die Hilfe zu holen, die Kungundt aus ihrem Verließ befreien wird."

„Woher habt Ihr diese Informationen?"

„Meine Mutter und Linhart waren am frühen Morgen bei Kungundt und besprachen ihre Flucht. Nach ihrer Rückkehr erzählten sie mir von ihrem Vorhaben."

„Besprachen sie mit Euch, welchen der Hexen und Hexer Linhart im Apollon treffen soll?"

„Ich habe den Namen Sara erfahren."

„Hat man Euch gesagt, woran Euer Bruder diese Sara erkennt?"

„Meine Mutter sprach, sie würde ihn finden."

Eckert Frei schrieb jede Einzelheit auf. Am Ende der Anzeige forderte er Peter auf, seine Aussage zu bestätigen, was dieser tat, in dem er drei Kreuze unter das Schriftstück setzte.

Auf dem Heimweg fühlte Peter sich das erste Mal nach langer Zeit wieder richtig gut. In der Ferne konnte er bereits die Schmiede erkennen. Er sah, wie seine Mutter vor dem Haus saß. Sein Pferdewagen fuhr langsam, zu langsam für die Reiter, die ihn in Galopp überholten und mit schnellem Tempo auf das Haus zu ritten. Peter war überrascht. Auf seine Rufe reagierten die Männer nicht. Sie waren zu dritt. Peter konnte erkennen, wie ihre Pferde vor seiner Mutter zum Stehen kamen. Sie sprachen mit ihr. Während seine Mutter sich von der Bank erhob, stiegen die Männer ab. Noch war Peter nicht nah genug, er konnte nicht hören, über was sie sprachen. Aber er glaubte zu erkennen, dass seine Mutter aufgebracht war. Während zwei der Männer an der Seite seiner Mutter standen, ging der Dritte ins Haus, kam aber kurz darauf zurück. Anscheinend hatte er etwas gesucht und nicht gefunden.

Peter sah, wie man seiner Mutter die Hände in schweren Ketten legte. Als er den Hof erreichte, wollten die Männer diesen zusammen mit seiner Mutter verlassen.

Peter wies sie an, stehen zu bleiben und fragte nach dem Grund ihres Vorgehens. Es sei Eckert Frei, in dessen Namen sie seine Mutter in Haft nahmen. Ihr werde der Tatbestand der Hexerei vorgeworfen, erklärten sie Peter. Peter sprach für seine Mutter. Er versuchte Argumente zu finden, die ihre Unschuld stützten, aber die Männer befolgten ihren Befehl und führten seine Mutter vor seinen Augen ab.

Peter hielt es nicht auf dem Hof. Er machte kehrt und begleitete die Karawane zurück nach Röhrenfurth. Seine Mutter musste ihren Weg zu Fuß gehen. Er sah, wie man sie zur Eile antrieb, wenn sie mit dem Schritt der Pferde nicht mithalten konnte. Mehr als einmal fiel sie auf die Knie und schaffte es gerade noch aufzustehen, bevor einer der Männer es ihr befahl. Peter versuchte die Männer davon zu überzeugen, seine Mutter menschlich zu behandeln, aber außer mit Spott reagierte man nicht auf seine Einwände.

Als sie in Röhrenfurth ankamen, trennten sich ihre Wege. Peter lenkte seinen Wagen in die Richtung, in der der Landesvogt sein Haus hat. Seine Mutter dagegen wurde in die Kellergewölbe des Amtshauses gebracht.

Als Peter seinen Wagen anhielt, lag das Haus des Landesvogtes im Dunkeln. Energisch schlug er mit seinen Fäusten gegen das Holz der Tür. Aber egal, wie sehr er sich anstrengte, die Tür wurde nicht geöffnet. Und als nach Minuten des Klopfens und Rufens nichts geschah, blieb ihm nichts anderes übrig, als sich vorzunehmen, es am nächsten Tag noch einmal zu versuchen.

Der Versuch, noch einmal mit Eckert Frei zu sprechen, scheiterte. Der Landesvogt ließ ihm ausrichten, dass Peter eine glaubhafte Aussage gemacht und unterschrieben habe. Dass man seine Mutter genauso anklagen und richten werde, wie man es bei jeder Hexe tat.

Erst als man ihm von der Verurteilung seiner Mutter berichtete und die Kosten für die Verhandlung und Vollstreckung einforderte, hörte er wieder etwas von Eckert Frei. Die Männer, die Peter berichteten, dass seine Mutter bereits am nächsten Morgen hingerichtet werden sollte und dass ein Betrag von zehn Talern für die Ausgaben der Verhandlung, der Unterbringung und für die Hinrichtung zu zahlen sei, kamen im Auftrag von Eckert Frei.

Wie konnte er nur so dumm sein? Natürlich hatte er mit seiner Aussage nicht nur Linhart ans Messer geliefert, er hatte auch seine eigene Mutter der Inquisition übergeben.

„Das alles ist Linharts Schuld! Wäre er nicht nach Röhrenfurth zurückgekommen, wäre das alles nicht passiert." Peter wies die Schuld für die Inhaftierung und die Verurteilung seiner Mutter von sich.

Peter hatte die ganze Nacht nicht geschlafen. Wie auch? Er würde heute seine Mutter sterben sehen. Was sollte er machen? Wie sollte es weitergehen? Er hatte nichts zu essen, keine Möglichkeit zu arbeiten und die zehn Taler, die Eckert Frei neben den jährlichen Abgaben einforderte, hatte er schon gar nicht.

Peter saß auf dem Stuhl, auf dem sein Vater sonst gesessen hatte, und beobachtete den Sonnenaufgang. Die Farben waren nicht so intensiv, wie sie es am Tag zuvor gewesen waren. Es sah fast so aus, als würden sie sich seiner Stimmung anpassen. Irgendwann waren die Farben verschwunden und es zogen schwere, bedrohlich graue Wolken auf. Als sich Peter von seinem Stuhl erhob und zur Schmiede ging, regnete es in Strömen.

In der Schmiede war es dunkel und kalt. Peter hatte Schwierigkeiten, ein Seil um den Trägerbalken zu werfen. Aber er schaffte es.

Kapitel X

Es begann zu dämmern, als Linhart die Tür öffnete. Er betrat den Raum und sprach kein Wort.

„Was ist geschehen?" Sara schaute vom Buch auf.

Linhart erzählte ihr vom Tod seines Bruders, dass er ihn unter dem Apfelbaum, an der Seite seiner Familie begraben hatte. Er sprach von den Gedanken, die ihm durch den Kopf gingen, in ihnen ging es um Zorn, Verzweiflung und sogar um Rache.

„Es ist nicht Eure Schuld", versuchte Sara ihn zu aufzurichten.

Linhart war anderer Meinung. Er gab sich eine Mitschuld am Tod seiner Mutter und jetzt auch am Tod seines Bruders. „Ich hätte nicht nach Röhrenfurth zurückkommen dürfen. Ich hätte mich von Bartholomeus trennen müssen, noch bevor wir Röhrenfurth erreichten. Ich bin hier und habe nichts erreicht. Stattdessen sind Peter, meine Mutter und Eure Mutter und Gottfried und Adelheid tot."

„Ihr habt an die Unschuld meiner Mutter geglaubt. Euer Beistand und Euer Glaube an ihre Unschuld haben ihr viel bedeutet."

„Ich bereue den Tag, an dem Bartholomeus mir das Leben rettete. Ich habe zugesehen, wie Menschen wegen ihres Glaubens starben. Sie starben, weil sie auf eine Art an Gott glaubten, die vielen in der Kirche nicht recht ist."

„Ihr habt den Fehler in Eurem Handeln entdeckt und Euch dazu entschieden, gegen diesen Fehler anzugehen. Ihr habt Menschen verloren, die Ihr liebtet, aber Ihr werdet Menschen retten, die Ihr heute noch nicht kennt. Ich glaube, dass wir den Grund für das Sterben hier in Röhrenfurth gefunden haben. Bei Eurem Freund fand ich Merkmale, die tatsächlich auf den Schwarzen Tod hinweisen. Aber ich war mir sicher, dass irgendetwas nicht stimmt. Und mein Gefühl hat mir recht gegeben. Es ist die Zeit! Die Zeit von den ersten Merkmalen der Erkrankung bis zum Tod. Der Schwarze Tod tötet die Menschen in etwa acht Tagen. Das Sterben Eures Freundes jedoch dauerte weit über einem Mondzyklus. Die Merkmale und die Dauer der Erkrankung weisen auf das Antoniusfeuer hin. Ich bin mir sicher, es ist nicht der Schwarze Tod, der Röhrenfurth heimsucht."

„Das Antoniusfeuer? Auch dabei ist der Tod von Gott gesandt, um die Ungläubigen und die Sünder zu strafen. Auch hier siegt am Ende ein grausamer Tod." Linharts Glaube an sein Handeln schien aufgrund der Ereignisse und der Erfolglosigkeit fast erloschen.

„Auch wenn es Gottes Wille ist, dass die Menschen sterben, so gab er uns doch die Möglichkeit, das Sterben zu beenden. Auf meinen Reisen betreute ich Kranke, die der Schwarzen Tod heimgesucht hatte und Kranke, die am Heiligen Feuer erkrankt waren. Für beides gibt es Möglichkeiten, den Kranken zu helfen. Der Schwarze Tod ist stark, er ist mit Vorsicht zu behandeln. Das Antoniusfeuer wird durch eine Verunreinigung des Korns hervorgerufen, die leicht zu erkennen ist. Entfernt man das verunreinigte Korn und pflegt die Kranken, wie ich es einst erlernte, so ist es aufzuhalten." Im Gegensatz zu Linhart war Sara von ihren Erkenntnissen überzeugt und setzte nun all ihre Hoffnung in die Bestätigung ihrer Feststellungen.

„Sollte es so sein, wie wollt ihr die Menschen davon überzeugen? Wollt Ihr ihnen sagen, sie müssen das bisschen Korn, das sie besitzen, vernichten? Sie werden Euch nicht glauben." Sara erkannte Linharts Zweifel und versuchte einen Weg zu finden, ihn auf ihre Seite zu ziehen. „Wir müssen den Beweis finden. Wenn wir das verunreinigte Korn finden, werden wir uns Hilfe holen.

Pater Josef, Eckert Frei und auch Euer Meister Bartholomeus werden einsehen müssen, dass es Unrecht ist, Menschen zu verbrennen, die unschuldig sind."

„Sollte Bartholomeus unseren Erkenntnissen stattgeben, würde er eingestehen, selbst Unrecht getan zu haben. Er würde eingestehen, unschuldige Männer und Frauen getötet zu haben. Das wird nie geschehen. Wir werden es sein, die er beschuldigen wird. Er wird uns unterstellen, dass wir seine von Gott bestimmte Aufgabe zu verhindern versuchen." Linhart kannte Bartholomeus. Er wusste, dass er gar keine andere Wahl hatte, als auf seiner von Gott gestellten Aufgabe zu bestehen. Er hatte über Jahre hinweg Menschen auf den Scheiterhaufen geschickt. Würde er hier in Röhrenfurth gestehen, Menschen zu Unrecht auf den Scheiterhaufen geschickt zu haben, wer würde ihm dann noch glauben? Wie sollte er beweisen, dass er in der Vergangenheit Recht gesprochen hatte. Wie sollte er seine Auftraggeber davon überzeugen, dass er auch in Zukunft im Namen des Herrn sprach und wie sollte er vor Gott das Unrecht rechtfertigen?

„Wenn man uns hier in Röhrenfurth nicht glaubt oder glauben will, müssen wir höher hinaus. Auch über Eckert Frei, Pater Josef, Bernhard Schilling und sogar über Bartholomeus gibt es jemanden, der im Ansehen höher steht." Sara war fest entschlossen. „Aber wir müssen erst den Beweis finden, der unsere Aussage nicht als Lüge dastehen lässt. Mathilda, die Frau des Müllers, war mir immer eine gute Freundin. Sollte es zu Verunreinigungen des Korns gekommen sein, wird er uns die Bestätigung geben können. Lass uns morgen zu ihnen gehen."

„Und wer sagt uns, dass uns Eure Freundin nicht doch an Bartholomeus ausliefern wird?"

„Ich traf sie am Tag, als unsere Mütter auf den Scheiterhaufen starben", Sara schluckte. Sie hatte den Tod ihrer Mutter nicht vergessen, aber die Recherchen hatten sie von der Trauer abgelenkt und nun waren die Erinnerungen wieder da. „An jenem Tag traf ich sie in der Stadt und sie hat mich nicht verraten, obwohl sie die Möglichkeit hatte. Aus diesem Grund trau ich ihr."

„Wenn Ihr dieser Frau vertraut, dann werde ich mit Euch gehen. Was aber ist, wenn wir das Korn nicht finden, das die Menschen erkranken lässt?"

„Wenn wir es dort nicht finden, wird man uns sagen, wo wir suchen müssen. Und wenn es uns nicht weiterhilft, wird es Gott sein, der uns zur Wahrheit führt."

Das Haus des Müllers lag jenseits der Stadtgrenze. Um dorthin zu gelangen mussten sie Röhrenfurt durchqueren. Um möglichst wenig gesehen zu werden, waren sie früh aufgebrochen. Die Straßen der Stadt waren fast menschenleer. Die einst so gepflegten Wege waren mit Unrat verschmutzt. Die Menschen gingen mehrmals täglich zur Kirche, sie hatten keine Zeit mehr, sich um den Dreck, der sie umgab, zu kümmern. Sie beteten zu Gott um Vergebung und flehten ihn an, er möge den Schwarzen Tod an ihrer Haustür vorbeiführen.

Linhart und Sara gingen zügig, sie begegneten niemandem, dem sie Rede und Antwort stehen mussten. Als die Stadtmauer hinter ihnen lag, folgten sie einem kleinen Bachlauf, der sich aufgrund des stetigen Regens in einen rauschenden Fluss verwandelt hatte. Beide kannten sie den Weg. Sie gingen schweigend nebeneinander her. Immer wieder schaute Sara zu Linhart. Dieser war in seine Gedanken vertieft. Aufgrund des ausgespülten Weges brauchten sie lange, bis sie die Mühle endlich erreichten. Als sie sich ihr näherten, hörten sie bereits aus der Ferne das fröhliche Lachen von spielenden Kindern und je näher sie dem Haus kamen, umso lauter wurde das Lachen. Es war fast so, als kämen sie auf eine Insel, zu der der Schwarze Tod keinen Zutritt hatte. Die Kinder spielten, während die Großeltern, Eltern und Knechte unter einer großen Eiche saßen. Als Sara und Linhart in Sichtweite waren, lief eines der Kinder zu seinem Vater und kündigte die Ankömmlinge an. Er erhob sich auch gleich von seinem Platz und ging auf Sara und Linhart zu. Er fixierte Linhart. Seine Gesichtszüge waren hart und abweisend. Doch als er Sara erkannte, lösten sich seine Gesichtszüge und man konnte ein leichtes Lächeln erahnen. Mathilda dagegen zeigte, als sie Sara erkannte, ihre ganzen Emotionen. Sie begrüßte ihre Freundin, als wären Jahre vergangen, seit sie sich das letzte Mal sahen. Auch Sara begrüßte ihre Freunde und stellte ihnen Linhart vor. Noch bevor sie den Grund ihres Kommens erklären konnte, wurden sie aufgefordert, den Gastgebern zum Tisch zu folgen und mit ihnen zu essen. Auf dem Tisch lagen frisches Brot, Haferbrei, Obst und auch Gerstensaft stand bereit.

Sara und Linhart setzten sich zu den Großeltern. Von der Großmutter wurde Sara ebenfalls mit Freude begrüßt. Linhart dagegen war für sie ein Fremder, dem sie entsprechend zurückhaltend begegnete.

„Was führt Euch her?", erkundigte sich Mathilda.

„Linhart und ich glauben nicht, dass es der Schwarze Tod ist, der Röhrenfurt in seiner Hand hält", erklärte Sara.

„Wenn nicht der Schwarze Tod, wer kann so grausam sein und die Menschen unter Qualen sterben lassen?"

„Das Antoniusfeuer!"

„Der Schwarze Tod und das Heilige Feuer sind Brüder. Von einem Geschlecht, derselben Boshaftigkeit und derselben Herkunft. Sie ziehen durch Städte, deren Menschen in Sünde leben und das Böse unterstützen. Man hat Eure Mutter überführt und noch viele andere werden ihr folgen. Erst wenn die Diener des Teufels von der Erde getilgt sind, wird Gott uns vergeben und die schwarzen Engel des Todes zurück in sein Reich rufen!" Der Vater des Müllers stand vom Tisch auf. Er hatte seine Meinung gesagt. Die Forderung an seine Frau, sie solle ihm folgen, klang wie ein Befehl. Beide verließen sie den Tisch und gingen zur Mühle.

„Ihr müsst entschuldigen. Mein Schwiegervater ist ein einfacher Mann, der nur den geraden Weg geht. Pater Josef spricht von der Strafe Gottes und die Menschen glauben ihm, wie sie es immer taten." Mathilda suchte eine Entschuldigung für das Verhalten ihres Schwiegervaters. „Was meint Ihr, wenn Ihr sagt, dass es das Antoniusfeuer ist und nicht der Schwarze Tod. Wo seht Ihr den Unterschied?"

„Ihr wisst, ich war lange fort. Auf meiner Reise bin ich sowohl dem Schwarzen Tod als auch dem Antoniusfeuer begegnet. Im Gegensatz zum Schwarzen Tod ist das Antoniusfeuer ein langsamer Tod. Ich habe gelernt, dass der Auslöser des Antoniusfeuers verunreinigtes Korn ist. Die schwarzen Körner, die er auf die Frucht des Roggens legt, sind giftig und töten den Menschen bereits in geringer Menge. Aber wenn man das Korn siebt und den Menschen vom gereinigten Korn gibt, werden sie gesunden."

„Wollt Ihr sagen, dass das Korn, das wir täglich zermahlen, die Schuld am Tod der Menschen in Röhrenfurth in sich trägt? Wollt Ihr sagen, dass der Tod durch meine Hände geht?" Jetzt zeigte sich auch Mathildas Ehemann erbost.

„Nein, das will ich nicht! Aber Ihr könnt uns Einblick in Eure Kornspeicher geben. Vielleicht finden wir etwas. Etwas, was Eurem Auge bis jetzt verborgen blieb."

Während Sara und der Müller sich unterhielten, saß Linhart ruhig an ihrer Seite. Er beobachtete den Vater des Müllers. Er konnte erkennen, dass er im Haus mit jemanden sprach. Seine Blicke wanderten immer wieder zur Eiche. Linhart fühlte sich beobachtet.

„Wir haben nichts zu verbergen und werden Euch unterstützen, wie immer es uns möglich ist", versprach Mathilda ihrer Freundin. Ihr Mann dagegen war nicht so kollegial. Er fühlte sich angegriffen, er wollte Sara und Linhart den Zutritt in sein Reich nicht erlauben. Es dauerte lange, bis Mathilda ihn so weit hatten, dass er sie doch in eines seiner Lager hineinließ.

Auf dem Hof gab es mehrere Lager, alle mehr oder weniger leer, erklärte der Müller. Viele der Bauern brachten ihr Getreide und nahmen das gemahlene Korn auch gleich wieder mit. War die Ernte jedoch gut ausgefallen, war die Mühle überlastet und man musste auf das gemahlene Korn warten, sodass immer ein paar Säcke gelagert wurden. Das war aber in diesem Jahr nicht der Fall gewesen. Die Ernte war schlecht ausgefallen und das Lager, das der Müller Sara und Linhart zeigte, war fast leer. Vereinzelt standen halbvolle Säcke mit Getreide an den Wänden des Raumes.

Um das Getreide vor Sonnenlicht zu schützen, hatte man die Luken verschlossen und der Müller öffnete sie auch nicht, als Sara und Linhart den Raum betraten. Er gab ihnen eine Kerze mit der Warnung, aufzupassen, das Haus, das Lager und auch das Korn seien trocken und leicht zu entzünden. Sara und Linhart untersuchten jeden Sack, aber ihre Suche war erfolglos. Sie fanden kein Korn, das in der Form oder in der Farbe von dem anderen abwich.

Sara war enttäuscht, sie hatte gehofft, die Erklärung gefunden zu haben. Aber so schnell wollte sie nicht aufgeben. „Kennt Ihr jemanden, der sein Getreide auf seinen Hof stellt?", fragte sie den Müller. „Vielleicht jemand mit kleinem Feld, der sein Getreide ohne Sorgfalt von Hand zerreibt?"

„Viele der Bauern haben nur ein kleines Feld. Sie benötigen jedes Korn, um ihre Familien über den Winter zu bringen. Für sie ist ein sechzehntel als Abgabe für meine Arbeit zu viel. Sie mahlen tatsächlich das eigene Getreide. Ihr findet sie entlang der Straßen."

Mathildas Schwiegervater wusste, wer neben ihm saß. Er wusste, die Inquisition hatte eine Belohnung für die Ergreifung dieses Mannes ausgesetzt. Und auch Kungundts Tochter war in seinen Augen schuldig. Sie war wie ihre Mutter. Sie war eine Frau, die sich gegen den Willen Gottes stellte. Er wollte seinen Tisch nicht mit diesen Menschen teilen. Als, nachdem er seine Meinung gesagt hatte, die erhoffte zustimmende Reaktion seines Sohnes und seiner Schwiegertochter ausblieb, stand er verärgert vom Tisch auf. Seine Frau war ihm auf seine Anweisung hin gefolgt. Aber kaum hatten sie das Haus erreicht, stellte sie sich gegen ihrem Mann. Sie verurteilte sein Verhalten und sprach das auch deutlich aus. Auch als er einen Knecht zu sich rief und mit dem Auftrag, den Landesvogt über Linharts Besuch zu unterrichten, nach Röhrenfurth schicken wollte, stellte sie sich gegen sein Wort. Erst als auch ihr Sohn das Haus betrat und sich auf die Seite seines Vaters stellte, trat sie zur Seite.

Eckert Frei handelte schnell. Er hatte Männer abgestellt, die nur darauf warteten, dass jemand Linharts Aufenthaltsort verriet und sie ihn umgehend in Gewahrsam nehmen konnten. Und es dauerte auch nicht lange, da waren sie auf den Weg, den Sara und Linhart gegangen waren. Um Linhart so wenige Fluchtmöglichkeiten wie möglich zu geben, hatten sich die Männer aufgeteilt. Die einen ritten den Fluss entlang, während sich die anderen die Pfade durch den Wald, über das Feld und den befestigten Hauptweg teilten.

Es war die Gruppe, die den Pfad direkt durch den Wald nahm. Sie erblickten Linhart und Sara auf einer Lichtung nicht weit vom Fluss. Sie ritten schnell, die Hufe ihrer Pferde wühlten die Erde auf. Sara und Linhart hörten das Brechen der Äste. Sie liefen in unterschiedliche Richtungen, um Schutz zu suchen. Sara schaffte es, sie fand ein Versteck und es dauerte nicht lange, da war keiner der Reiter mehr zu sehen.

Auch Linhart fand ein Versteck, aber das Knacken von Ästen verriet seinen Aufenthalt. Nachdem die Reiter ihn umzingelt hatten, blieb ihm nichts anderes übrig, als aufzugeben und sich zu stellen.

Kapitel XI

Bartholomeus hatte dafür gesorgt, dass Linharts nicht in einer der Zellen untergebracht wurde, in der mehrere Personen auf ihre Verhandlung warteten, sondern in eine Einzelzelle. Er wollte Linhart die Zeit und die Ruhe geben, über seine Abkehr vom Glauben an die Gerechtigkeit nachzudenken. Er sollte einsehen, dass der Teufel nicht die Macht hat, ihn und die Kirche zu überlisten. Aber als man Linhart zu ihm führte, musste Bartholomeus erkennen, dass sich sein einstiger Schüler verändert hatte. Er schien stärker und entschlossener zu sein als jemals zuvor. Er stellte Bartholomeus' Urteilsfähigkeit offen infrage. Bezeichnete ihn als heuchlerisch, unterstellte ihm, selbstherrlich zu handeln und seine eigenen Interessen vor die Worte Gottes zu stellen. Er prophezeite Bartholomeus, dass auf ihn selbst das Fegefeuer warten werde. Und auch Eckert Frei, Bernhard Schilling und sogar Pater Josef würden nicht verschont werden, auch sie seien in seinen Augen heuchlerisch, selbstsüchtig und habgierig.

Man ließ Linhart viele Tage in seiner Zelle, ohne dass etwas passierte. Er hörte, wie Männer und Frauen aus den anderen Zellen zu den Verhören gebracht wurden. Die einen gingen ruhig mit ihren Wärtern mit, gerade so, als hätten sie sich mit dem, was ihnen bevorstand, bereits abgefunden. Andere weigerten sich mit allem, was ihnen zur Verfügung stand. Sie wehrten sich mit Worten und mit der Kraft ihres Körpers, mit der Kraft, die sie nach unendlichen Stunden vorangegangener Verhöre noch aufbringen konnten.

Es war nicht der enge, karge Raum, in dem man ihn gefangen hielt, der an Linharts Nerven zerrte, es war das Warten auf das, was als Nächstes kommen würde. Und die Ungewissheit, die die

Einsamkeit des Raumes mit sich brachte. Er wusste nicht, ob man auch Sara in Haft genommen hatte. Ob es ihr gut ging. Ob auch sie unter den Menschen war, deren Schritte und Stimmen er vor seiner Zellentür hörte.

Während Linhart in seiner Zelle auf den kommenden Tag wartete, bereitete Bartholomeus selbst die Anklageschrift vor. Er nahm die Zeugenaussagen von Eckert Frei und Bernhard Schilling auf.

Linhart verzichtete auf sein Recht sich von einer dritten Person verteidigen zu lassen. Er hatte niemanden, der das Wissen für eine solche Verteidigung hatte. Er hatte auch kein Geld für jemanden, der sich professionell für sein Recht würde einsetzen können. Jedoch forderte er einen neutralen Richter, was man ihm zugestand. Man bot Abt Joachim das Richteramt an, der es entgegennahm. Ohne es zu ahnen, saß Linhart vor Bartholomeus ältestem Freund auf der Anklagebank.

Der Prozess fand nicht wie bei Kungundt und Linharts Mutter in einem Raum, umgeben von Folterinstrumenten, statt, sondern im Amtszimmer des Rathauses. Abt Joachim eröffnete den Prozess, indem er Linhart auf die vier Evangelien schwören ließ.

„Linhart, Sohn des Schmiedes von Röhrenfurth. Unter Eid wirft man Euch vor, mit der Unterstützung des Teufels den Weg der Inquisition unterlaufen zu haben. Ihr wart Pater Bartholomeus' Begleiter und habt sein Vertrauen erworben, um seinen Weg zu durchkreuzen. Ihr wolltet ihn in seinem Glauben schwächen, um ihn für die Verlockungen des Teufels empfänglich zu machen. Des Weiteren wird Euch die Verbrüderung mit der Hexe

Kungundt und der Versuch, sie durch Hexenwerk aus ihrem Gefängnis zu befreien, zur Last gelegt. Als Zeugen sind zu nennen: Pater Bartholomeus, Eckert Frei, Bernhard Schilling und Pater Josef", las der Abt die Anklageschrift vor. „Seid Ihr der Vergehen schuldig?"

„Nein. Ich schwöre bei Gott, nicht schuldig zu sein."

„Pater Bartholomeus, erzählt, wie es dazu kam, dass Linhart Euer Begleiter wurde!", begann der Abt sofort mit der Vernehmung der Zeugen.

„Ich traf ihn halb verhungert. Er stahl einen Apfel und die Menschen wollten ihn für seine Tat bestrafen. Sie schlugen auf ihn ein und legten ihm einen Stick um den Hals. Ich bat für ihn um Gnade, die mir auch gewährt wurde. Seit dem Tag stand er an meiner Seite."

„Glaubt ihr, dass er den Apfel in böser Absicht stahl?"

„Die Zeit war schwer, die Felder waren leer und es gab kaum zu essen. Ich nahm an, er hatte Hunger." Bartholomeus Blicke wanderten zu Linhart. Der hielt seinem Blick stand.

„Bestand nicht auch die Möglichkeit, dass der Grund seines Diebstahls die Schwächung des Händlers war? Er nahm das Wenige, das dieser entbehren konnte, um ihn zu schädigen und zur Verzweiflung zu treiben. Er nahm den Apfel und der Händler verlor die Münzen, von denen er seiner Familie Brot kaufen wollte."

„So kann es gewesen sein. Als ich dazu kam, flehte er im Namen Gottes um Gnade. Und ich glaubte zu erkennen, dass diese Gottesfurcht aufrichtig war. Ich nahm ihn mit mir, pflegte seine Wunden, gab ihm zu essen und kleidete ihn neu ein. Über die Jahre, in denen er mir zur Seite stand, glaubte ich, jemanden gefunden zu haben, der meiner Nachfolge würdig ist."

„Die Täuschung ist des Teufels größte List. Es steht in der Bibel geschrieben, dass die Diener Satans immer wieder die Gestalt von Dienern der Gerechtigkeit annehmen." Der Abt drehte sich von Bartholomeus weg und sprach Linhart direkt an: „Ist es nicht so, dass Ihr in Satans Auftrag handeltet? Dass Ihr die Anweisung bekamt, Bartholomeus' Vertrauen zu gewinnen, seine Schwächen zu finden und ihn vom Weg des Guten zu trennen? Ihr standet an jenem Tag auf dem Markt und stahlt den Apfel, in der Gewissheit, dass Bartholomeus erscheinen und sein Glaube ihn dazu verleiten wird, um Euer Leben zu kämpfen."

Linhart war fassungslos. Wie sollte er auf diese Anschuldigungen reagieren, wenn nicht mit einem Nein? „Nichts dergleichen habe ich getan. Ich stand auf dem Markt. Ohne Befehl, nur mit der Hoffnung auf Arbeit oder etwas zu essen."

„Wenn Ihr ohne Anweisung handeltet, woher wusstet Ihr, dass Bartholomeus ausgerechnet an jenem Tag in der Stadt sein würde, dass er ausgerechnet in der Minute den Markt betreten würde, in dem man Euch das Leben nehmen wollte?"

„Ich wusste es nicht, es war Gottes Fügung."

„Warum sollte Gott einen Dieb vor seiner gerechten Strafe bewahren?"

„Ihr habt recht, in jenem Moment war ich ein Dieb. Und es war nicht das erste Mal, dass ich, um meinen Hunger zu stillen, von anderen nahm. Es war Bartholomeus selbst, der mir einen anderen Weg zeigte. Von ihm lernte ich, Gott zu lieben. Jedoch, je mehr ich mich Gott zuwandte, umso größer wurden die Zweifel an dem, was Bartholomeus mich lehrte."

„Ihr sagt, erst Bartholomeus zeigte Euch den Weg zu Gott. Ihr gebt zu, ohne Gott gewesen zu sein. Wenn es nicht Gott war, der Euch führte, wer war es an seiner statt?"

„Niemand führte mich. Ich ging meinen Weg ohne tiefen Glauben."

„Ihr sagt, Ihr wart ohne tiefen Glauben. Ihr glaubtet nicht an Gott. Aber wenn es nicht Gott war, wer außer Luzifer hatte die Macht, Euch den ersten Atemzug zu geben?"

Bevor Linhart auf die Frage eine Antwort fand, drehte sich Abt Johannes wieder Bartholomeus zu. „Was war der Grund, dass Ihr über den Markt gingt?"

„Es regnete und stürmte bereits seit Tagen. Die Wege und Pfade waren aufgeweicht und nicht zu gehen. Bäume und Sträucher versperrten mir den Weg. Ich beschloss einen sicheren, befestigten Weg zu gehen und dieser führte mich zum Marktplatz dieser Stadt."

„Der Weg, den Ihr gehen wolltet, war nicht ohne Gefahr zu gehen! Wer außer dem Teufel selbst hätte ein Interesse gehabt, in dem Augenblick, in dem Ihr auf dem Markt standet, Euren Weg zu versperren?" Während er die Frage aussprach, drehte der Abt sich wieder zu Linhart. Es sollte kein Zweifel bestehen, dass er die Frage direkt an den Beschuldigten stellte. „Wer außer dem Teufel hätte ein Interesse, Euch Bartholomeus in den Weg zu stellen?"

„Warum kann es nicht Gott gewesen sein, der Bartholomeus' Leben schützen wollte und ihn über die festen Wege führte? Warum kann es nicht Gott gewesen sein, der Bartholomeus zu mir schickte? Vielleicht war es unser Herr, der Bartholomeus zu mir führte, um ihn wieder zurück auf den rechten Weg zu führen!" Linhart merkte, dass die Befragung sich immer mehr zu seinem Nachteil gestaltete.

„Ihr seid ein Dieb, der gegen Gottes Worte sündigt. Bartholomeus kämpft auf Gottes Verlangen gegen Satans Anhänger." Der

Abt wandte sich wieder an Bartholomeus und führte seine Befragung fort. „Wann habt Ihr festgestellt, dass Euer Schüler gegen Euch arbeitet?"

„Er hinterfragte immer wieder meine Urteile mit der Begründung der Barmherzigkeit Gottes. Ich sprach zu ihm, dass Gott gegenüber Satan und seinen Anhängern nicht barmherzig ist. Er versuchte mich zu überzeugen, dass auch Satan von Gott geschaffen wurde und dass ein Vater all seine Kinder liebt. Ich sprach zu ihm, dass Gott Luzifer in das Reich der Finsternis verbannte, um ihn von der Schönheit seiner Schöpfung fernzuhalten. Dass es Satan ist, der durch die Sünde des Menschen spricht."

„Hattet Ihr je Zweifel an dem Glauben Eures Schülers?"

„Der Teufel versteckte seine Arglist gut. Er nutzte meinen Glauben aus, um seine Hinterhältigkeit hinter Linharts Antlitz zu verbergen."

„Ihr bekamt die Bittschrift, eine Hexe in Röhrenfuhrt, Linharts Heimatort, zu überführen. Wie hat er auf diese Bittschrift reagiert?"

„Er sprach mit mir nicht über seine Herkunft."

Der Abt wandte sich Eckert Frei zu: „Habt Ihr Linhart erkannt, als Ihr ihm die Hand gabt?"

„Wir erkannten ihn erst, als seine Mutter mit Hochachtung von ihrem Sohn sprach."

„Seine Mutter starb ebenfalls auf dem Scheiterhaufen. Welches Verbrechens wurde sie schuldig gesprochen?" Die Frage war wieder an Bartholomeus gestellt.

„Sie wurde der Verbrüderung mit der Hexe Kungundt und der Buhlschaft mit dem Teufel überführt."

„Meine Mutter war nichts dergleichen schuldig. Ihr überführtet sie, wie Ihr so viele überführtet, mit Eurem Hass und Eurer

Intoleranz dem Anderssein gegenüber." Als er die Anschuldigungen gegenüber seiner Mutter hörte, erhob sich Linhart vom Stuhl. Er war empört. Sein Wächter jedoch drückte ihn mit mehr Kraft, als er eigentlich benötigte, zurück auf seinem Platz.

„Es gibt eine glaubhafte, unter Zeugen gesprochene und beglaubigte Zeugenaussage, die die Anschuldigung gegen Eure Mutter bestätigt!" Bartholomeus' Worte waren an Linhart gerichtet. „Ihr und Eure Mutter wart bei Kungundt und plantet ihre Befreiung. Der Zeuge bestätigte auch den Beischlaf Eurer Mutter mit Satan und dass dieser Euer Vater ist."

„Wer ist der Zeuge, der gegen meine Mutter und mich spricht? Ich will ihn sehen. Ich will, dass er mir seine Aussage ins Gesicht spricht."

„Es war Euer Bruder, der gegen Euch sprach." Bartholomeus Stimme war ohne Emotionen.

„Nie würde mein Bruder meiner Mutter und mir Derartiges antun."

„Eckert Frei, Ihr habt die Aussage von Peter, dem Sohn des Schmiedes, aufgenommen?" Es war der Abt, der das Gespräch wieder an sich zog.

„Das habe ich. Er kam zu mir aus freien Stücken. Er wollte nicht länger schweigen. Er berichtete von der Unzucht seiner Mutter. Er gelobte, gehört zu haben, wie Satan selbst Linhart seinen Sohn nannte. Er fürchtete sich vor seinem Bruder und seiner Mutter. Aber als er hörte, dass sie Kungundt, die Hexe, die so viel Leid über unseren Ort gebracht hatte, befreien wollten, wollte er nicht mehr schweigen. Er wartete auf einen Augenblick, in dem die Gefahr entdeckt zu werden, am geringsten war und kam zu mir ins Haus. Ihr habt die Aussage vor Euch liegen, Ihr seht, dass die Aussage gezeichnet ist."

„Mein Bruder war weder des Lesens noch des Schreibens mächtig. Ihr habt ihn sein Zeichen unter ein Schriftstück setzen lassen, das Ihr geschrieben habt."

„Euer Bruder sprach davon, dass Ihr Euch bereits als Knabe gegen ihn und den Schmied, seinen leiblichen Vater, gestellt habt. Dass Ihr den Befehlen des Schmiedes nicht nachgekommen seid, dass Ihr und Eure Mutter mit der Macht Luzifers gedroht habt, wenn man Euch nicht gewähren ließe. Er erzählte von dem Tag, an dem Ihr mit dem Sohn des Krämers, den Ihr einen Freund nanntet, zum Wasser gegangen und ohne diesen zurückkehrt seid. Die Bewohner Röhrenfurths wissen, dass wir den Jungen erst Tage später flussabwärts, gefangen im Geäst umgefallener Bäume, wiederfanden. Sein Körper ausgehöhlt von den spitzen Schnäbeln schwarzer Krähen. Schon damals sprach man von der Tat des Teufels."

„Wir rutschten aus und das Wasser trieb uns flussabwärts. Ich konnte mich mit großer Mühe retten, aber Hagen verschwand in den Fluten. Ich konnte ihn nicht erreichen." Natürlich konnte sich auch Linhart noch an den Tag erinnern, an dem er seinen Freund verloren hatte. Er erinnerte sich auch daran, wie er in den folgenden Tagen nach ihm gesucht hatte. Und natürlich erinnerte er sich an den Tag, an dem man seinen Freund gefunden hatte.

Bartholomeus, Eckert Frei und Linhart sprachen ohne Aufforderung. Abt Joachim forderte die Anwesenden auf, nicht durcheinander zu sprechen. Ihm oblag es, die Verhandlung zu führen, man sollte nur auf seine Fragen antworten.

„Pater Josef, Ihr kennt Linhart vom ersten Tage an. Was wisst Ihr über ihn zu berichten?"

„Es war Linharts Vater - nein! Es war der Schmied - der mich holte. Er fürchtet um das Leben seines Sohnes und um das seiner Frau. Die Wehen hatten viel zu früh eingesetzt. Als ich das Haus betrat, lag die Frau des Schmiedes ruhig auf dem Bett. Kungundt sprach auf sie ein. Linharts Mutter zeigte kaum Reaktionen. Selbst als ihr Sohn kam, lag sie ohne Schmerzen da. Der Junge atmete nicht. Kungundt küsste den Jungen auf Mund und Nase. Sie gab ihm ihren Atem und sprach zu ihm, dass der Herr nicht wolle, dass er stirbt. Und er fing an zu atmen, obwohl Gott ihn bereits zu sich geholt hatte. Kungundt und auch Linharts Mutter schienen mich nicht bemerkt zu haben. Kungundt legte den Jungen auf den Bauch seiner Mutter. Erst danach sprach sie mich an. Sie sagte mir, dass mein Weg umsonst war, dass Linhart leben werde." Pater Josef schien in sich gekehrt, als er die Geschichte erzählte. Es war, als würde er sich erst jetzt wieder an die Einzelheiten erinnern.

„Kungundt wurde als Hexe überführt. Und die Geschichte des Paters zeigt, welche Macht sie hatte. Sie war es, die den Kampf zwischen dem Willen Gottes und dem Satans zugunsten des Teufels entschied. Linhart lebte gegen den Willen Gottes", interpretierte der Abt Pater Josefs Geschichte. An Linhart gewandt sprach er weiter: „Satan wollte seinen Sohn nicht sterben lassen. Er brauchte einen Verbündeten, er wollte sein eigenes Blut auf der Welt wandeln lassen. Ihr, Eure Mutter und Kungundt seid wahrhaftig des Teufels Gefährten."

Mit diesen Worten war Linhart von Abt Joachim schuldig gesprochen worden. Ohne die Möglichkeit einer Revision sprach ihn auch das weltliche Gericht schuldig.

Kapitel XII

„Ich habe nichts erreicht. Ich sitze hier in dieser kleinen, dreckigen und stinkenden Zelle und habe nichts erreicht!" Linhart war frustriert. Er sprach laut, fast schreiend. Aber es kümmerte niemanden. Es schien, als wäre nur er hier unten im Verließ. Er hatte nicht nur nichts erreicht, er wusste auch nicht, wo Sara war, ob sie hatte fliehen können. Und wenn ja, würde sie weiter nach der Wahrheit suchen? Linhart ging in der Zelle auf und ab. Nur langsam beruhigte er sich. Aber je mehr der Ärger verschwand, umso hilfloser fühlte er sich. Es schien, als würde mit der Niedergeschlagenheit auch die Hoffnung verschwinden und sich eine große Leere in seinen Inneren ausbreiten. Erschöpft und vollkommen desillusioniert setzte er sich ins Stroh, lehnte sich gegen den kalten Stein und schloss die Augen. Erst als er die Schritte auf der anderen Seite der Tür hörte, öffnete er sie wieder. Als sie an seiner Tür verstummten, erhob er sich und in dem Moment, als er den ersten Schritt auf die Tür zugehen wollte, wurde sie geöffnet. Es war Bartholomeus, der den Raum betrat. Ohne ein Wort zu sprechen, schauten die beiden Männer sich in die Augen. Linhart schoss der Gedanke durch den Kopf: „Es heißt, die Augen sind ein Spiegel der Seele. Wenn das so ist, dann hat Bartholomeus keine." Linhart konnte in Bartholomeus' Augen nichts erkennen. Keine Gefühle, keine Reue, nichts. „Was wollt Ihr?", begrüßte er seinen einstigen Gefährten.

„Ihr solltet Buße tun. Noch ist Eure Seele nicht verloren."

„Ihr erklärtet, dass der Teufel persönlich mein Vater ist. Wie kann ich da Buße tun? Welche Buße, die Ihr mir auferlegt, beschwichtigt den Zorn Gottes so sehr, dass er mir vergeben wird?"

„Wendet Euch vom Bösen ab und betet zu Gott um Vergebung! Gebt uns die Namen von denen, die mit Euch gingen und Gott wird Euch für Eure Reue belohnen."

Linhart schwieg für einen Moment. Er schaute Bartholomeus an und konnte nicht glauben, was er hörte. Er sollte die Namen von Männern und Frauen nennen, um sie mit in den Tod zu nehmen. Er sollte Saras Namen nennen! In ihm keimte die Hoffnung, dass sie noch frei war.

Bartholomeus interpretierte Linharts Zögern als Unschlüssigkeit. Er glaubte, die Zeit in der Zelle und die Verhandlungen hätten Linharts Widerstreben gebrochen. „Helft uns, die Söhne und Töchter des Satans zu stellen und Euch wird ein gnadenvoller Tod gegeben. Es wird nicht das Feuer sein, welches Euch langsam und unter Schmerzen sterben lässt, sondern der Tod wird das Schwert sein." Bartholomeus versuchte Linharts Abwehr zu brechen.

„Ich bin unschuldig! Ich soll unschuldig den Tod finden. Und Ihr glaubt, dass ich es zulassen würde, dass noch mehr Menschen den Tod finden!" Linhart wollte schreien, aber er schwieg.

„Überlegt es Euch. Denkt an die Qualen, die Euch erwarten. Ich will Euch diese eine Gelegenheit der Buße geben. Ich rate Euch, nehmt sie an, solange Ihr dazu in der Lage seid." Bartholomeus hatte den Satz noch nicht beendet, als er sich zum Gehen wandte. Er klopfte an die Tür, die unverzüglich geöffnet wurde. Bevor er den Raum verließ, drehte er sich noch einmal zu seinem ehemaligen Schüler um. „Ich will Euch die Zeit bis zum Morgengrauen geben."

Linhart blieb allein in der Zelle zurück, die Stunde seines Todes näherte sich unaufhaltsam. Bereits der morgige Tag sollte sein letzter sein.

Linhart wusste, dass er sein Schicksal nicht ändern konnte. Aber er wollte nicht als Sohn des Teufels diese Erde verlassen. Er wollte den Menschen seine Geschichte erzählen. Aber wem sollte er sie erzählen? Wer würde sie hinaus tragen und den Menschen die Wahrheit erzählen? Linhart brauchte nicht lange, um die Lösung zu finden.

„Geht und holt Pater Bartholomeus. Sagt ihn, er wird von mir bekommen, was er verlangt." Linhart konnte den Kerkermeister durch ein kleines, vergittertes Fester in der Tür sehen. Er saß auf einer einfachen Holzbank, vor ihm stand ein Tisch, auf dem etwas zu essen lag. Er war gerade dabei, von der Suppe zu nehmen, als er Linharts Stimme hörte. Er hob den Kopf und blickte in die Richtung seines Gefangenen. Bartholomeus hatte ihm die Anweisung gegeben, nach ihm zu rufen, wenn Linhart es verlangte. Widerstrebend und leise vor sich hin fluchend erhob er sich und verschwand aus Linharts Blickfeld. Es dauerte nicht lange, da kam er wieder. Bartholomeus ging an seiner Seite.

„Wie ich höre, seid Ihr zur Vernunft gekommen", begrüßte Bartholomeus Linhart bereits von Weitem.

„Ihr habt recht. Über Jahre stand ich Euch zur Seite. Nie habe ich Euer Wort angezweifelt. Gott war es, dem wir dienten. Erst dieser Ort, der Ort, an dem meine Mutter mir das Leben schenkte, verwirrte meinen Geist. Die Macht des Teufels lenkte mich. Ich war schwach. Ich habe mich auf den falschen Pfad führen lassen. Mein Schicksal ist gerecht. Aber der Teufel wird durch meinen Tod nicht triumphieren. Lasst mich Euch helfen. Ich werde Euch die Namen geben, die Ihr wünscht. Aber lasst mich auch eine Ermahnung an die schreiben, deren Glaube nicht stark genug ist. Ich beabsichtige ihnen zu erzählen, wie tief ich einst gesunken war, jedoch mit Eurer Hilfe den Weg zu unserem Herrn gefunden habe. Ich will sie warnen, wie listig der Teufel ist. Wie er durch die, die man liebt, zu verführen vermag. Dass ich erkannt habe, wie schwach ich bin. Und dass ich bete, dass Gott mir mit Eurer Fürbitte verzeihen wird. Ich werde es für Euch auf Papier schreiben, so habt Ihr den Beweis auch nach meinem Tod."

Bartholomeus brauchte nicht lange zu überlegen, um auf Linharts Angebot einzugehen. Mit Linharts Hilfe würde er einen Beweis in der Hand halten, der den Teufel schwächen würde. Seine Aufgabe war es, die Diener des Teufels zu finden und über sie zu richten, und Linharts Liste würde diese Aufgabe erheblich erleichtern. Er ließ sich auf den Vorschlag ein. Er gewährte ihm drei Tage. Und veranlasste, dass man Linhart Papier, eine Schreibfeder und Tinte brachte.

Linhart machte kein Auge zu. Er schrieb Tag und Nacht. Man hatte ihm eine Kerze gebracht, sodass ihn auch die Dunkelheit nicht stoppen konnte. Erst als er am dritten Tag die Schritte der Wachen hörte, die ihn zur Hinrichtungsstätte führen sollten, legte er die Feder beiseite. Er hatte die Geschehnisse der letzten Wochen aus seiner Sicht aufgeschrieben. Nun legte er das Papier zu einem Bündel zusammen, schlug es in ein feines Tuch und presste es wie einen Schatz an seinem Körper. Die Geste des Kerkermeisters, der die geschriebenen Seiten an sich nehmen wollte, ignorierte er. Ich werde Bartholomeus in die Augen sehen, wenn ich ihm diese Seiten überreiche, verteidigte er sein Handeln und ließ sich ohne Widerstand zum Hinrichtungsplatz führen.

Kapitel XIII

Aus der Ferne beobachtete Sara, wie man Linhart verfolgte und schließlich stellte. Sie konnte sehen, wie man ihm die Handgelenke zusammenband und ihn anschließend in die Richtung des Weges führte. Sie sah seine Blicke, als er sich suchend umschaute. Sollte sie ihm ein Zeichen geben?

Sie war vollkommen ratlos. Was sollte sie tun? Sollte sie zu ihnen laufen und erklären, dass sie im Unrecht waren? Das würde ihre Anwesenheit verraten. Aber was war, wenn Linhart sie verriet? Wenn er ihnen erzählte, wer sie war? Sie war nicht nur Kungundts Tochter, sondern sie arbeitete als Heilerin. Außerdem hatte sie versucht, Linhart zu helfen. Sara war sich sicher, man würde auch sie in Gewahrsam nehmen und verurteilen.

Sie verhielt sich ruhig, wagte es nicht, sich zu bewegen. Erst als die Reiter zusammen mit Linhart außer Sichtweite waren, trat sie leise aus ihrem Versteck.

Immer wieder schaute sie sich um, suchte nach Männern, die ihr folgten. Aber es war niemand da. Sie ging nicht durch die Stadt, hielt sich fernab von befestigten Straßen und mied Menschenansammlungen.

Als sie das Haus ihrer Mutter in der Ferne sah, dämmerte es bereits. Immer wieder suchte sie Deckung hinter den Bäumen. Sie fürchtete, dass man nach ihr suchen würde.

Sie hatte das Haus fast erreicht, als sie Schatten zu sehen glaubte. Abrupt blieb sie stehen, schaute sich um und suchte ein Versteck. Die große Eiche stand noch fast zwanzig Meter entfernt. Sie zögerte nicht und lief darauf zu. Äste brachen und knackten unter ihren Schritten. Sie lief gebückt. Als sie den Baum erreicht hatte, lehnte sie sich an den Stamm und schloss für einen Moment die Augen. Ihr Atem wurde ruhig. Sie schaute zum Haus. Und tatsächlich, dort suchte man nach ihr. Sie konnte mehrere Gestalten erkennen. Eigentlich waren es nur Schatten, die sich vom Mondlicht abhoben. Einige dieser Schatten waren im Haus. Durch die Fenster konnte Sara erkennen, dass sie es durchsuchten. Die anderen standen vor dem Haus oder kontrollierten die nähere Umgebung.

Voller Angst dachte Sara an ihre Schriften. Sie hatte sie im Haus zurückgelassen. Sie betete, dass die Männer sie nicht finden würden. Die Schatten huschten von Fenster zu Fenster. Sara blieb in ihrem Versteck und wagte nicht, sich zu rühren. Es dauerte eine Weile, aber dann erkannte Sara, dass die Männer das Haus ihrer Mutter verließen. Sie sammelten sich vor der Hütte. Sara vernahm Stimmen, konnte aber nur bruchstückhaft hören, was sie sagten. Man hatte nichts gefunden, keine Indizien, die auf Saras Verbleib hinwiesen. Weder im Haus noch in der Umgebung.

Nachdem Sara sich sicher fühlte, verließ sie ihr Versteck und ging zögerlich auf das Haus zu. Vorsichtig stieß sie die Tür auf. Die Räume waren verwüstet. Die Kräuter, die ihre Mutter zum Trocknen aufgehängt hatte, lagen zwischen zerbrochenen Behältnissen verstreut auf dem Boden. Vorsichtig, immer wieder den Blick durch das Fenster werfend, ging Sara auf die Feuerstelle zu. Die Asche, die am Morgen noch in einem dunkelroten Farbton glühte, war erkaltet und zu grauem Staub zerfallen. Auf dem Fußboden unterhalb der Feuerstelle waren Brennholzscheite gestapelt. Sara bückte sich und nahm mehrere Scheite vom Stapel. Zu ihrer Erleichterung fand sie das Kästchen, in dem sich ihre Manuskripte befanden, zwischen dem Holz. Als sie es öffnete, waren die Seiten unbeschädigt. Nie hätte sie ihren einzigen wirklich wertvollen Besitz offen liegengelassen. Viel zu tief saß die Angst, dass man sie ihr stehlen würde.

Sara schaute sich noch einmal im Raum um. Die Männer hatten ganze Arbeit geleistet. Viel von den umherliegenden Gegenständen war nicht mehr zu gebrauchen. Das, was sie dennoch fand, steckte sie in einen Beutel. Sie war todmüde, aber aus Angst, die Männer könnten wiederkommen, verließ sie das Haus. Das Haus ihrer Großmutter in der Nähe des Moores sollte ihr Versteck für die nächste Nacht werden.

Es war dunkel. Je näher Sara dem Moor kam, desto vorsichtiger wurden ihre Schritte. Sie war lange nicht mehr hier gewesen und der Weg hatte sich verändert. Bäume waren umgekippt, ihre Stämme und Äste versperrten Sara den Weg. Immer wieder musste sie Umwege gehen. Jedes Mal, wenn ihre Füße im Moor versanken, überkam sie die Angst, dass sie es nicht schaffen könnte. Als sie die Hütte endlich sah, war es weit nach Mitternacht.

Wie der Weg, so hatte sich auch die Hütte verändert. Das Dach war eingefallen und hatte einen Teil der Wände mit sich gerissen. Sara war entsetzt. Was sollte sie machen? Sollte sie weitergehen? Zögerlich ging sie auf das Gebäude zu. Es würde sie nicht gegen Sturm und Regen schützen, wohl aber vor ihren Verfolgern, da war sich Sara sicher. Vorsichtig, immer darauf bedacht, wohin sie trat, betrat sie die Ruine. In einer Zimmerecke, in der sie sich sicher fühlte, setzte sie sich auf den kalten Boden. Die Wände, die hier wenigstens zum Teil noch standen, schützten sie wenigstens vor dem kalten Wind, der in den letzten Stunden zugenommen hatte. Sara schaute sich um. Von den Betten, die einst an den Wänden standen, war nichts mehr zu erkennen. Und auch die Feuerstelle war nur noch ein Haufen aus Steinen. Das Haus ihrer Großmutter hatte nichts mehr von der Faszination, die es auf Sara als Kind ausgeübt hatte. Im Gegenteil, sie fürchtete sich.

Genau wie ihre Mutter war auch ihre Großmutter nur noch eine Erinnerung. Sara merkte, wie ihr Körper anfing zu zittern. Sie zog die Beine an ihrem Körper. Sie fühlte sich allein gelassen und brauchte doch Schutz. Tränen liefen ihr über die Wangen und sie fing an zu weinen. Es war das erste Mal, dass sie nach all den Tagen die Erinnerung an den Tod ihrer Mutter wieder zuließ. Ihr wurde klar, in welcher Lage sie sich befand. Man ließ nach ihr suchen. Und Sara war sich sicher, man hatte auch sie bereits schuldig gesprochen. Man würde sie genauso hinrichten, wie man es bei ihrer Mutter getan hatte. Ihre Lage war hoffnungslos.

Sara war aufgewühlt. Sie fand keinen Schlaf. Lange nachdem die Sonne aufgegangen war, lag sie noch immer in ihrer Ecke und wünschte sich, die letzten Tage wären nie geschehen. Erst am späten Vormittag, als die Sonne die Luft etwas erwärmt hatte, schlief sie vor Erschöpfung ein.

Die Mittagszeit war lange um, als Sara erwachte. Von dem harten Boden, auf dem sie geschlafen hatte, tat ihr der Rücken weh. Sie erhob sich und ging durch die Ruine. Selbst jetzt, als die Sonne das Haus erstrahlte, hatte es nichts mehr von einem Zuhause. Es war furchtbar. Sie ging durch die Räume, die noch zu betreten waren. Über dreißig Jahre war es her, seit sie ihre Großmutter das letzte Mal gesehen hatte. Es war der Tag gewesen, an dem ihre Ausbildung begonnen und sie Röhrenfurth verlassen hatte.

Auf dem Fußboden erkannte Sara die Scherben eines Kruges. Sie erinnerte sich, dass er auf einem Regal in der Nähe des Feuers gestanden hatte. Zwischen den Scherben erkannte sie eine Münze, bückte sich, nahm sie für einen kurzen Augenblick in ihre Hand und steckte sie in den Beutel, den sie bei sich trug.

Sie verließ das Haus ihrer Großmutter, ohne zu wissen, wie es weitergehen sollte.

Bei Tageslicht war der Weg, den sie gestern gegangen war, besser zu erkennen. Sara fühlte sich sicherer. Trotzdem achtete sie auf jeden Schritt, den sie tat. Mit der Zeit wurden der lichte Baumbestand des Moorwaldes und auch der Boden unter ihren Füßen dichter. Sie hatte die letzten beiden Tage kaum etwas gegessen. Auf einer kleinen Lichtung setzte sie sich an den Stamm einer umgestürzten Kiefer. Aus dem Beutel nahm sie ein Stück Brot. Es war alt und bereits vertrocknet, aber es war das einzige, das Sara dabei hatte. Mit dem Brot fiel auch die Münze heraus, die sie im Haus ihrer Großmutter gefunden hatte. Sie hob sie wieder auf und durchsuchte den Beutel nach einer zweiten Münze, die sie im Haus ihrer Mutter gefunden hatte. Es waren keine Münzen, die man als Zahlungsmittel einsetzte. Es schienen Schmuckstücke zu sein, aber sie hatten keine Öffnung, durch die man ein Band oder eine Kette ziehen konnte. Sara glaubte das Zeichen auf diesen Schmuckstücken schon einmal gesehen zu haben, wusste aber nicht, wann und wo und welche Bedeutung sie hatten. Sie legte sie wieder zurück in den Beutel, lehnte sich an den Baumstamm und schloss die Augen. Mittlerweile fing es an zu dämmern und Sara wusste immer noch nicht, wo und wie sie die Mutterkornvergiftung beweisen sollte. Der nächste Schritt sollte die Suche nach einer Unterkunft für die Nacht sein.

Es war spät, als Sara die Scheune entdeckte. Sie war nicht verschlossen. Sara atmete erleichtert auf. In der Hoffnung, dort nicht
entdeckt zu werden, ging sie hinein und legte sich in den hinteren
Bereich. Es hatte wieder angefangen zu regnen. Sara lauschte, wie
die Tropfen prasselnd auf das Scheunendach schlugen. Sie fühlte
sich erschöpft, war müde und es dauerte nicht lange, da schlief sie
ein.

Das Zuschlagen des Scheunentors weckte Sara. Als sie die sich
nähernden Schritte hörte, war sie auf der Stelle hellwach. Sie
zwang sich, ruhig zu bleiben, sich vorsichtig zu bewegen und
suchte Schutz hinter einer Bretterwand, die den Bereich des Ein-
gangs und den Bereich des Lagers voneinander trennte. Durch
Hohlräume, die sich mit der Zeit zwischen den einzelnen Brettern
gebildet hatten, beobachtete sie einen Mann, der direkt auf sie zukam. Er war groß gewachsen, das braune Haar hing ihm in langen
Strähnen vor das Gesicht. Die Hose war zerrissen. An den Knien
und an den Händen konnte Sara Schürfwunden erkennen. Das
Blut hatte die Hose rot gefärbt. Es war ein ausgewachsener Mann,
und trotzdem hatte Sara das Gefühl, etwas Kindliches in seinen
Gesten zu erkennen. Ein fröhliches Lied singend kam er auf sie
zu. Sein Gang ähnelte eher einem Tanz als einem festen Schritt.
Immer wieder fiel eine Strähne seines Haares vor seine Augen.
Mit einem unbeholfenen Puster versuchte er sie aus seinem Blickfeld zu vertreiben. Er kam Sara so nahe, dass sie glaubte, seine
Augenfarbe erkennen zu können. Vorsichtig bewegte sie sich
rückwärts, wollte weiter hinten hinter einem Berg aus Stroh

Schutz suchen. Den Mann hatte sie immer im Blick. Plötzlich ertönte ein lautes Scheppern. Sara hatte eine Hacke, die an der Wand gestanden hatte, umgeworfen. Sie erschrak. Ihr Herz klopfte. Noch bevor sie sich beruhigt hatte, hörte sie die Stimme des Mannes.

„Wer ist da?" Er schaute in die Richtung, aus der das Scheppern gekommen war. Schnell kam er auf Sara zu. Sie hatte keine Gelegenheit, sich zu verstecken. Als er die schmächtige Frau im Stroh sitzen sah, blieb er verdutzt stehen.

„Ich habe nur einen Schlafplatz für die Nacht gesucht!", verteidigte Sara ihre Anwesenheit. „Ich wollte wieder gehen, ohne Euren Besitz zu schädigen."

Ohne ein Wort zu sagen, starrte der Mann auf Sara. Sara wollte die Hacke vorsichtig wieder aufheben.

„Haltet Euch von ihr fern! Lasst sie liegen!" Es klang wie eine Drohung. Aber es war nicht der Mann, den sie hörte, sondern eine Frauenstimme, die mit festem Ton zu ihr sprach.

„Ich wollte sie nur zurück auf ihren Platz stellen." Aus der Bewegung heraus ließ Sara die Arme wieder fallen.

„Sie liegt gut dort, wo sie liegt!" Die Frau, die sich nun an die Seite des Mannes stellte, war alt. Ihre Haare waren ergraut, die Haut in ihrem Gesicht von unzähligen Falten durchzogen. „Ich habe dir doch gesagt, du sollst nicht alleine gehen!" Es war die Stimme einer sich sorgenden Mutter, mit der sie den Mann ansprach. Der Mann jedoch antwortete nicht, er schaute unverändert auf Sara herab.

„Ich habe wirklich nur einen Platz für die Nacht gesucht und wollte die Scheune sofort wieder verlassen, sobald der Morgen graut", versuchte Sara erneut zu erklären.

„Die Sonne steht bereits über dem Horizont und Ihr seid immer noch hier." Die Stimme, mit der die Frau zu Sara sprach, hatte nichts Mütterliches.

„Es war die Erschöpfung, die mich fest schlafen ließ. Ich werde sogleich weiterziehen." Sara erhob sich vom Boden und stand der Frau gegenüber. „Aber vorher will ich Euer Knie verbinden", sprach sie an den Mann gewandt. Sara wartete auf eine Reaktion des Mannes. Es kam keine. Noch immer starrte er Sara an.

„Was ist passiert? Wo ist dein Vater?", sprach die Frau zu dem Mann. Ihre Stimme klang gereizt und ungeduldig. Als er nicht antwortete, gab sie ihm einen kräftigen Stoß. Jeder andere wäre zu Boden gefallen, er aber blieb stehen. Jedoch hatte sie erreicht, dass er sein Interesse an Sara für einen kurzen Moment verlor.

„Wo ist dein Vater?", wiederholte die Frau ihre Frage. Er schaute sie an, als wüsste er nicht, wovon sie sprach. „Hermann, wo ist dein Vater? Was ist passiert? Warum blutest du?" Die Stimme der Frau wurde strenger.

„Vater? Auf dem Feld!", gab Hermann nach einem kurzen Moment freudig zur Antwort.

„Warum ist dein Vater nicht bei dir? Ist etwas passiert?" Sara erkannte, dass der Zorn aus ihrer Stimme wich und sich in Besorgnis änderte.

„Vater schläft," sagte Hermann und schaute dabei auf seine Hände.

Dieses Mal war es die Frau, die nicht zu verstehen schien, was Hermann meinte. Es war Sara, die das kurze Schweigen unterbrach. „Wir sollten gehen und nachsehen, was geschehen ist." Sie hatte das Gespräch der beiden verfolgt und wusste instinktiv, dass etwas passiert sein musste.

Die drei verließen die Scheune und Hermann führte seine Mutter und Sara an die Stelle, an der er und sein Vater gearbeitet hatten. Sie waren im Wald. Neben einem angeschlagenen Baumstamm saß ein Mann, die Axt hatte eine große, stark blutende Wunde in sein Bein geschlagen. Entgegen Saras Befürchtungen war der Mann ansprechbar. Aber sie erkannte, dass er unter Schmerzen litt und viel Blut verloren hatte. Als der Mann sie kommen sah, versuchte er aufzustehen, aber es gelang ihm nicht.

Die Frau, die sich mittlerweile als Barbara und als Hermanns Mutter vorgestellt hatte, sah ihren Mann am Boden sitzen. „Was ist geschehen?" Entsetzt lief sie auf ihn zu. Hilflos versuchte sie, die Wunde mit ihrer Hand zu verschließen. Ohne sich dem Mann vorzustellen, setzte Sara sich zu ihr, nahm ihre Hand von der Wunde und untersuchte sie. Sie blutete noch immer, aber Sara erkannte, dass die Stärke der Blutung nicht lebensbedrohlich war. Sie nahm saubere Tücher aus ihrer Tasche und verband sie. Während Sara Hermanns Vater einen Verband anlegte, stand Hermanns Mutter hinter ihr und beobachtete jede Geste, die sie tat.

„Um einer Verunreinigung des Blutes vorzubeugen, muss die Wunde behandelt werden. Wenn es Euch recht ist, werde ich es tun. Jedoch benötige ich eine Feuerstelle, um eine Arznei zu erstellen", schlug Sara die weitere Behandlung vor. Barbara willigte ein.

Hermann stützte seinen Vater, als sie zusammen zum Hof der Familie gingen. Sie kamen nur langsam voran. Aber sie erreichten den Hof. Er war nicht groß. Es gab nur ein einfaches, aus Lehm errichtetes Haus und eine Stallung. Aber trotz seiner Einfachheit wirkte alles sehr gepflegt. In der Wohnstube schien jeder Quadratzentimeter ausgenutzt. Mehrere Betten, die Feuerstelle, ein paar Tische und Stühle standen auf engstem Raum.

Hermann führte seinen Vater zu einem der Betten. Sara nahm einige Flechten und getrocknete Kräuter aus ihrem Beutel. Sie bat um einen Topf und bereitete auf dem Feuer eine breiige Masse. Nachdem sie diese Masse auf ein Tuch aufgetragen hatte, legte sie dieses auf die Wunde und verband sie wieder. Nebenbei hatte sie einen Aufguss aus Kräutern aufgebrüht. Diesen gab sie Hermanns Vater zu trinken. „Das wird gegen das Fieber und die Verunreinigung des Blutes helfen", versprach sie Barbara.

Nachdem Sara die Wunde versorgt hatte, lud Barbara sie ein, mit ihnen zu essen. Sara nahm die Einladung dankend an.

Während sein Vater schlief und seine Mutter das Essen zubereitete, hatte Hermann das Haus wieder verlassen. Seine Mutter hatte ihn fortgeschickt.

„Er ist ein guter Junge. Er hilft, wo er kann", erklärte seine Mutter. „Jedoch ist sein Geist der eines Kindes."

„Gott hat Euch eine schwere Bürde auferlegt. Aber ich sehe, dass Ihr sie mit Stolz tragt", erwiderte Sara.

„Mein Mann und ich haben drei Töchter. Es dauerte lange, bis Gott uns den ersehnten Sohn schenkte." Sie schaute hinüber zu ihrem Mann, er schlief tief und fest.

„Was führt Euch in diese Gegend?", lenkte Hermanns Mutter das Gespräch in eine andere Richtung. Sie wollte nicht über ihren Sohn sprechen. Immer wieder hatte sie das Gefühl, dass sie sich für sein Dasein rechtfertigen musste.

„Ich bin auf der Suche nach Roggenkorn." Sara schöpfte Hoffnung. Vielleicht würde sie ja hier auf dem Hof etwas finden.

„Ihr habt meinem Mann geholfen. Gerne würde ich Euch welches geben, aber der Speicher ist leer. Wir haben letzte Woche ein Schwein geschlachtet. Ich werde Euch etwas Rauchfleisch mit auf die Reise geben." Hermanns Mutter fühlte sich schuldig. Es war doch offensichtlich, dass Sara nichts besaß, außer dem, was sie am Leib trug. Ihre Kleidung und ihr Körper waren verdreckt und das Brot, das sie ihr gegeben hatte, hatte sie heruntergeschlungen, als wäre es das letzte, das sie für lange Zeit bekommen würde.

Sara wusste, dass Hermanns Familie selbst nicht viel besaß. Dass jedes Stück Fleisch, das Barbara ihr gab, einen Tag Hunger bedeuten konnte. Aber sie würde ihr die Würde nehmen, wenn sie diese Großzügigkeit ablehnen würde. „Habt Dank. Aber es ist nicht das Essen, mit dem Ihr meine Hilfe entlohnen müsst. Die Gelegenheit, mein Gewand und meinen Körper zu reinigen, wäre Lohn genug. Das Korn, welches ich suche, will ich nach dunklem Korn absuchen. Dieses dunkle Korn ist für viel Leid verantwortlich und ich muss es finden, um weiteres Leid abzuwenden."

Plötzlich waren vor der Tür mehrere Stimmen zu hören. Sara erschrak, als sie Hermann ihren Namen sagen hörte. Verwirrt schaute sie ihrer Gastgeberin ins Gesicht. Sie war nicht vorsichtig gewesen. Für einen Moment glaubte sie, dass man sie erneut verraten hatte.

Die Tür ging auf und Hermann betrat zusammen mit einer Frau das Haus. Die Frau wurde von Herrmanns Mutter wie eine Freundin begrüßt. Barbara stellte Sara die Frau mit dem Namen Irmgart vor.

Nachdem Hermanns Mutter Irmgart über den Unfall ihres Mannes berichtet hatte, untersuchte auch Irmgart die Verletzung. „Ihr habt die Wunde gut versorgt. Mit was habt ihr sie gereinigt?", wollte sie von Sara wissen.

„Um die Heilung anzuregen und zu verhindern, dass das Blut verunreinigt wird, habe ich die Wurzel des Fingerkrautes mit Mohnöl und Semmelmehl gemischt und auf die Wunde gelegt. Gegen Fieber habe ich aus den Blüten des Krautes einen Aufguss gekocht und ihm zu trinken gegeben", beantwortete Sara ihre Frage.

„Ich sehe, Ihr wisst, was Ihr tut. Wer hat Euch die Wirkung der Kräuter gelehrt?" Irmgart setzte sich zu Sara.

„Wenn ich fiel, verband meine Mutter mir das Knie mit dieser Salbe. Sie verband es mir, wie sie es bereits von ihrer Mutter erlernte." Sara war vorsichtig, sie sprach erst von ihrer Ausbildung, als auch Irmgart sich als Heilerin vorstellte. Sie erzählte Irmgart von den Ereignissen der letzten Tage.

„Die Leiden, die Ihr mir aufzählt, sind mir bekannt", erklärte Irmgart, nachdem Sara ihr von den erkrankten Menschen in Röhrenfurth und ihrem Verdacht, dass es sich bei der Todesursache um eine Vergiftung durch das verunreinigte Korn handeln könne, berichtet hatte. „Auch zwei meiner Patienten litten unter diesen Beschwerden. Ich konnte sie nicht retten, da auch ich davon ausging, dass es der Schwarze Tod war, der sie zu sich holte." Irmgart wurde nachdenklich. „Aber nun, da Ihr mir von Eurer Vermutung erzählt, denke ich, kann es sein, dass ich mich geirrt habe."

„Der Schwarze Tod kommt selten für die Seele von nur zwei Menschen in einen Ort. Warum glaubtet Ihr, dass er es war, der sie mit sich nahm?", fragte Sara nach.

„Die Familie ist arm, ihr Haus mit Unrat gefüllt. Ratten und Mäuse liefen in Scharen über ihre Körper. Und letztlich wiesen mir ihre Beschwerden diesen Weg."

„Besteht die Möglichkeit, das Korn der Familien nach Verunreinigungen zu durchsuchen?"

„Ich will Euch helfen. Es starben Vater und Sohn. Die Mutter wurde ebenfalls von der Krankheit befallen, sie erholte sich jedoch nach einigen Tagen. Morgen nach Sonnenaufgang wollen wir aufbrechen und sie aufsuchen. Bis dahin lade ich Euch ein, mein Gast zu sein."

Sara war froh über dieses Angebot. Es war inzwischen spät geworden und hätte Barbara oder Irmgart ihr kein Obdach gewährt, hätte sie die Nacht unter freiem Himmel verbringen müssen. Als Barbara die beiden verabschiedete, war es weit nach Mitternacht.

Wie das Haus ihrer Großmutter stand auch das Haus, zu dem Irmgart Sara am nächsten Morgen führte, abgelegen, inmitten des Moorwaldes. Es war eher eine einfache Hütte als ein Haus. Bereits aus der Ferne erkannte Sara, dass die Menschen, die dort lebten, arm waren. Das Holz, aus dem die Hütte gebaut war, war verrottet. Eine Tür zum Verschließen oder ein Fenster waren nicht vorhanden. Es gab auch kein Grundstück, auf dem man Gemüse oder Korn anpflanzen konnte. Vor der Tür saß eine alte Frau und flocht aus langen Weidenruten einen Korb. „Seid gegrüßt!", rief Irmgart, bevor sie die Frau erreichten.

Erst jetzt bemerkte die Frau Sara und Irmgart. Sie schaute ihnen entgegen. Als sie näherkamen, stand sie auf und ging zur Begrüßung auf sie zu. „Seid auch Ihr gegrüßt", empfing sie Irmgart und nachdem Irmgart Sara vorgestellt hatte, auch Sara. Als Sara bei der Frau stand, erkannte sie, dass sie keineswegs so alt war, wie es aus der Ferne schien. Sie war mager. Der Hunger hatte ihren Körper bis auf die Knochen ausgezehrt. Die Tunika, die sie trug, war viel zu groß. Das Gesicht wirkte eingefallen, tiefe Falten durchzogen die Haut. Von den Zähnen waren nur noch braune, verfaulte Stummel zu erkennen.

„Wir sind gekommen, um uns zu erkundigen, mit welchem Mehl Ihr Euer Brot backt." Irmgart erklärte ohne Umschweife ihr Anliegen. Sara merkte, dass selbst ihr der Besuch in dieser Hütte unangenehm war. Die Frau hatte beide hineingebeten. Es gab weder Tisch noch Stühle. Die Frau bot Sara und Irmgart einen Platz auf dem Bett an. Als Sara die Decke, die dort ausgebreitet war, und die Mäuse sah, die auf dem Fußboden liefen, lehnte sie den Platz, den man ihr anbot, ab und blieb stehen. Auch Irmgart blieb stehen. Sie entschuldigte ihre Ablehnung damit, dass die Zeit drängte und man sich nur das Korn anschauen wollte. Die Frau war enttäuscht. Sie hatte es nicht leicht gehabt. Ihr Mann und ihr Sohn waren verstorben. Sara bekam wegen der Unhöflichkeit, mit der sie dieser Frau gegenübertrat, ein schlechtes Gewissen.

„Das Korn ist verbraucht", erklärte die Frau. „Erst wenn der Korb geflochten ist, kann ich ihn gegen frisches eintauschen."

„Mit wem habt Ihr Euren Korb gegen das Korn getauscht?", wollte Irmgart wissen.

„Auf dem Markt gibt es kaum noch Korn, welches wir bezahlen können. Ich musste die Körbe weit nach Röhrenfurth tragen."

„Wart Ihr dort auf dem Markt oder hat Euch der Müller das Korn getauscht?", wollte Sara wissen.

„Dort auf dem Markt habe ich das Korn getauscht."

„War es gemahlen oder konntet Ihr das ganze Korn erkennen?"

„Es war gemahlen."

„Wisst Ihr, ob es von der dortigen Mühle kam?" Sara fürchtete, dass es ihre Freundin Mathilda und ihr Mann waren, die das verdorbene Korn tauschten.

„In Röhrenfurth kenne ich weder den Müller noch die Müllerin. Es war ein Mann, der auf dem Markt stand", antwortete die Frau achselzuckend.

„Habt Ihr sehen können, ob das Korn von der Farbe eines gesunden Korns abwich?" In Moment war es nur Sara, die mit der Frau sprach. Irmgart durchstreife den Raum. In der Hoffnung, doch noch irgendwo einen Rest des Kornes zu finden, öffnete sie einige Behälter, die auf dem Fußboden standen. Sie waren leer. „Wir müssen nach Röhrenfurth", bestimmte sie, als sie nichts fand. „Das ist unser einziger Anhaltspunkt. Hier werden wir keine Antworten finden."

„Wie lange ist es her, dass Ihr auf dem Markt wart?"

„Es waren viele Tage, bevor mein Mann und mein Sohn von mir gegangen sind."

„Als Linhart und ich in Röhrenfurt nach dem Korn suchten, fanden wir es nicht. Selbst die Speicher des Müllers waren leer." Sara hatte sich zu Irmgart gewandt. Sie hatte keine Hoffnung.

„Vielleicht habt Ihr es übersehen oder an der falschen Stelle gesucht. Wir müssen es noch einmal versuchen. Nur so können wir den Beweis bringen, dass Eure Vermutungen wahr sind." Irmgart hatte sich bereits zum Gehen abgewandt. Mit einem kurzen Gruß verließ sie das Haus und trat vor die Tür. Sara folgte ihr in kurzem Abstand.

Sara und Irmgart gingen schweigend nebeneinander her. Sara war im Gedanken bei der Frau, ihrem Zustand und der Tatsache, dass sie von nun an ihr Leben allein fristen musste. Sie wollte sich nicht vorstellen, wie es ist, hier draußen ganz allein zu sein. Ohne den Schutz und die Hilfe eines Partners. Sie merkte, wie gut es ihr tat, Irmgart an ihrer Seite zu haben. „Danke, dass Ihr mir helft", sprach sie.

Irmgart war ein paar Jahre älter als Sara. Sie erzählte, dass es ihre Mutter gewesen war, die sie zur Heilerin ausgebildet hatte. Als diese starb, war Irmgart gerade fünfzehn Jahre alt und übernahm die Patienten ihrer Mutter.

„Es ist gefährlich, sich gegen die Obrigkeit zu stellen. Und du bist jung. Deine Mutter würde es nicht gutheißen, wenn du alleine gehst. Ich bin es ihr und unsereinem schuldig. Beweisen wir, dass es nicht der Schwarze Tod ist, der in Röhrenfurth sein Unwesen treibt, wird man unser Wissen vielleicht irgendwann einmal anerkennen und nicht als Hexerei abtun. Unser Ansehen wäre wieder gefestigt. Wir müssten nicht mehr im Verborgenen arbeiten."

Sie hatten das Moor verlassen. Ihr Weg führte sie in die Nähe des Hauses, in dem Barbara und ihre Familie wohnte. Sie gingen schweigend nebeneinander her. Nur das Singen der Vögel und der Wind in den Baumwipfeln waren zu hören. Doch plötzlich wurde die Stille durch lautes Knacken und Rascheln im Unterholz unterbrochen. Sara und Irmgart schauten sich erschrocken um. Neben dem Rascheln konnte man den Hufschlag von Pferden hören. Sara und Irmgart konnten nichts erkennen, aber die Geräusche wurden immer lauter, kamen immer dichter auf sie zu. Voller Anspannung schauten die beiden Frauen in die Richtung, aus der sie die Geräusche vermuteten. Für einen kurzen Moment standen sie da und warteten. Die Angst schien ihre Körper zu lähmen. Doch so plötzlich wie es angefangen hatte, war alles wieder still. Sie wollten gerade weitergehen, als die Geräusche lauter und bedrohlicher als zuvor zurückkehrten. Wieder blieben Sara und Irmgart stehen und schauten in die Richtung, aus der die Geräusche kamen. Schatten bewegten sich so schnell auf sie zu, dass ihnen fast die Zeit fehlte, um Schutz zu suchen. Kaum hatten sie sich versteckt, rannte eine Herde Rehe an ihnen vorbei und verschwand im Dickicht. Weder Sara noch Irmgart konnten erkennen, was die Tiere so aufgeschreckt hatte. Nachdem sie einen Moment innegehalten hatten, setzten sie ihren Weg fort.

Der Vorfall war fast vergessen. Die beiden Frauen konnten Barbaras Haus von Weitem sehen. Und wieder hörten sie, wie Rehe durch das Unterholz liefen. Es war ein Rascheln und das Knacken zahlreicher Äste. - Es waren doch Rehe? Oder hatte man gerade Stimmen hören können? - Die beiden Frauen verlangsamten ihre Schritte. Angespannt lauschten sie nach den Stimmen, aber es war nichts mehr zu hören. Sie gingen weiter. Sara schaute sich immer wieder ängstlich um.

Und dann war es wieder da, das Knacken von Ästen und das Rascheln von Blättern. Und dieses Mal kamen diese Geräusche ganz aus der Nähe, da waren sich Sara und Irmgart sicher. Erneut blieben sie stehen. Immer noch konnten sie nichts erkennen. Aber sie hörten es ganz deutlich, da waren wirklich Stimmen zu hören.

Sara und Irmgart schauten in die Richtung, aus der die Stimmen kamen. Es dauerte einen Moment, aber dann erkannten sie mehrere Schatten. Den Stimmen nach zu urteilen waren es Männer.

Die Schatten kamen immer näher und die Stimmen wurden lauter. Sara und Irmgart versteckten sich hinter Baumstämmen, die umgestürzt waren und zusammen mit vielen Ästen einen Wall gebildet hatten.

Es waren drei Männer in Uniform. Sie standen etwa fünfzig Meter von Sara und Irmgart entfernt. Sara glaubte zu erkennen, dass alle drei in ihre Richtung schauten. In Panik schaute sie zu Irmgart hinüber, die sie mit einem Finger auf den Lippen anwies, still zu sein. Es gab nichts, das besser als Versteck dienen konnte als dieser Wall.

Die Männer kamen näher. Sara und Irmgart rührten sich nicht. Einer der Männer kam direkt vor ihrem Versteck zum Stehen. Sara versuchte die Atmung zu unterdrücken, so groß war die Furcht, entdeckt zu werden. Nachdem der Mann kurz dagestanden hatte, setzte er sich in Bewegung. Er wollte auf die andere Seite des Walls. Er hatte sich gerade in Bewegung gesetzt, als eine befehlsgewohnte Stimme zum Rückzug aufrief.

Sara und Irmgart konnten erkennen, wie die Männer in die Richtung gingen, in der Barbaras Haus stand. Nach einigen Minuten waren sie nicht mehr zu sehen. Erst als Sara und Irmgart sicher waren, keine Stimmen und auch keine Bewegung im Unterholz mehr zu hören, kamen sie aus ihrem Versteck.

Als Sara und Irmgart in die Nähe von Barbaras Hof kamen, standen die Männer bei ihren Pferden und waren im Begriff aufsteigen.

Vorsichtig und leise gingen Sara und Irmgart weiter. Plötzlich scheute eines der Pferde. Der Reiter schaute sich um und entdeckte die beiden Frauen. Laut forderte er seine Begleiter auf, ihm zu folgen. Die Männer liefen in die Richtung, in der Sara und Irmgart wie angewurzelt standen.

„Sara! Irmgart! Kommt her", hörten sie plötzlich Barbaras Stimme. Sie schauten sich um, konnten sie aber nicht entdecken. Erst als Barbara ein zweites Mal rief, erkannten sie sie hinter einen umgestürzten Baum. Barbara forderte die Frauen auf, Schutz zu suchen. Sie aber erhob sich aus ihrem Versteck und ging auf die Männer zu.

„Seid gegrüßt!", hörte Sara, wie Barbara die Männer ansprach. Als man sie fragte, wo die beiden Frauen, die eben noch zu sehen waren, geblieben seien, erklärte Barbara, dass außer ihr selbst keine weitere Frauen in der Nähe seien. Dass sie und Hermann es seien, die im Wald wären. Auf die Frage, warum sie fortgelaufen seien, antwortete Barbara, dass sie das nicht gewollt habe. Dass es Hermann gewesen sei, der, als er die Rufe der Männer hörte, erschrocken und aus Furcht nach Hause gelaufen sei. Sie habe ihn einholen wollen, sei aber mit den Fuß umgeknickt. Die Tatsache, dass der Sohn seine Mutter allein im Wald zurückgelassen hatte, entschuldigte sie mit Hermanns kindlicher und zurückgebliebener Art. Die Männer bestanden darauf, Barbara nach Hause zu begleiten.

Sara und Irmgart atmeten tief durch, als Barbara und die Männer weg waren. Erst als es dunkel war, verließen sie ihr Versteck.

Vorsichtig näherten sie sich Barbaras Haus. In den Fenstern konnten sie den feinen Schein einer Kerze erkennen. Von den Männern war keiner zu sehen. Als Barbara die beiden Frauen kommen sah, lief sie ihnen entgegen. „Die Männer reiten über die Dörfer und suchen nach Sara", erklärte sie. „Als ihr am gestrigen Abend auf den Weg nach Hause wart, hat man Sara erkannt und den Vogt benachrichtigt. Nachdem sie meinen Mann auf dem Bett liegen sahen, hatte ich Mühe zu erklären, dass Ihr es nicht wart, die ihm die Wunde verbunden hatte."

„Wussten die Männer, dass ich es bin, die mit Sara geht?",
fragte Irmgart.

„Euren Namen hat man nicht genannt."

„Hat man gesagt, wer mich erkannt hat?", hakte Sara nach. Sie
vermutete, dass man mittlerweile viel Geld auf ihre Ergreifung
ausgesetzt hatte. Eine Tatsache, die jeden in Versuchung führen
konnte. Barbara beschwor, dass sie es nicht war, die sie beim Vogt
denunziert hatte. Nachdem Irmgart erklärte, dass sie Barbara vertraute, beruhigte sich Sara wieder. Jedoch beantworteten Sara und
Irmgart Barbaras Frage, wie der Tag verlaufen war, nur insoweit,
dass kein Korn mehr zu finden war und dass sie nicht wussten,
wie sie weiter vorgehen sollten.

Sobald Sara und Irmgart glaubten, das Haus ungesehen wieder verlassen zu können, gingen sie zurück zu Irmgarts Haus.

Nun hatte Sara auch Irmgart in diese Sache hineingezogen. In
ihr tobte das schlechte Gewissen. Sara schaute sich in Irmgarts
Haus um. Es war das Haus einer Heilerin. Kräuter, teils bereits
getrocknet, teils zum Trocknen aufgehängt, hingen überall im
Raum. Es roch nach Thymian, Lavendel, Anis und vielen anderen
Kräutern. Fläschchen und Symbole der Heilkunst standen auf den
Regalen. In Steinplatten waren Zeichen graviert. Es waren Stein-
platten, die auch Sara in ihrem Haus hatte. Sie sehnte sich zurück.
Zurück nach Lichtenau in ihr altes Leben.

Irmgart hatte ein paar der Kräuter zusammengetan und einen
Aufguss aufgebrüht. Die beiden Frauen saßen am Feuer und

überlegten, wie und wo sie die Beweise finden konnten, die sie suchten.

„Ich werde nach Röhrenfurth gehen und mich dort auf dem Markt umsehen", erklärte Irmgart.

„Wir werden gleich morgen in der Frühe aufbrechen", stimmte Sara Irmgarts Plan zu.

„Dort kennt man Euch und man sucht Euch. Es ist zu gefährlich, ich werde alleine gehen."

„Ihr habt bereits genug für mich getan. Meine Anwesenheit bringt Euch in Gefahr. Ich werde es sein, die geht!" Auch wenn sie Angst vor den Konsequenzen hatte, klang Saras Stimme entschlossen.

„Ich lass Euch nicht gehen!" Irmgarts Stimme klang wie die einer Mutter, die ihr trotziges Kind zurechtwies.

Sara war erschrocken über die Härte und Entschlossenheit, mit der Irmgart ihr zur Seite stand. „Ich werde gehen! Ihr könnt mich nicht aufhalten!", erwiderte sie trotzdem.

„Dann werden wir gemeinsam gehen", gab Irmgart nach. „Um Euch nicht zu fremd wirken zu lassen, werdet Ihr Euch waschen und ich werde Euch andere Kleidung geben", war die Bedingung, die sie stellte.

Noch bevor Sara am nächsten Morgen erwachte, hatte Irmgart Wasser geholt, einen Aufguss aufgesetzt und für Sara, wie verabredet, Kleider herausgelegt.

Es waren die Kleider einer Frau. Etwas, das Sara nie getragen hatte. Sie fühlte sich wohl in ihrer Tunika und den Beinlingen.

Trotz ihrer Einwände bestand Irmgart darauf, dass sie die Sachen anzog.

Es war ein einfaches Gewand aus grobem Leinenstoff, das Sara nun trug. Der Saum des Kleides reichte bis zum Boden. Sara trat bei jedem Schritt, den sie tat, mit ihren Füßen darauf. Nachdem sie Irmgart unmissverständlich klargemacht hatte, was sie von einer derartigen Bekleidung hielt, diese aber keine Einsicht zeigte, verfluchte Sara innerlich jede Frau, die so etwas freiwillig trug.

„Und nun setzt Euch endlich auf den Stuhl", forderte Irmgart Sara mit erheitertem Unterton auf. „Ich werde Euch jetzt die Haare bürsten und hochstecken. Eine anständige Frau geht nicht mit offenem Haar. Sie verbirgt sie unter einer Haube."

Sara schaute Irmgart ungläubig an. Wusste aber, dass Irmgart recht behalten würde und ließ die Prozedur unwillig über sich ergehen.

Der Weg nach Röhrenfurth dauerte länger als geplant. Als Sara und Irmgart den Marktplatz erreichten, war die Mittagsstunde fast erreicht. Auch wenn die Stände auf dem Markt nur dürftig bestückt waren, drängten sich die Menschen dicht aneinander. Sara konnte hören, wie sie bereit waren, ihre letzte Habe gegen die Waren einzutauschen. Mit jedem Gebot, das sie abgaben, schnellten die Preise in die Höhe.

Sara und Irmgart fielen unter all diesen Menschen nicht auf. Sie drängten sich an den Leuten vorbei und besuchten jeden Stand. Tatsächlich war das Angebot an Mehl oder Korn dürftig. Doch dann fanden sie das, wonach sie suchten. Es war an einem Stand, an dem, im Gegensatz zu den anderen Ständen, mehr als nur ein dürftig gefüllter Sack voll Korn stand. Sara erkannte den Mann, der das Korn anbot, noch bevor sie den Stand erreichten. Es war der alte Müller, Mathildas Schwiegervater.

„Als ich bei ihnen war", erzählte Sara Irmgart, „waren auch die Speicher des Müllers leer." Sie standen etwas abseits und beobachteten das Geschehen am Stand aus der Ferne.

„Vielleicht hat man Euch nicht alles gezeigt."

In Saras Ohren klang Irmgarts Überlegung wie eine Anschuldigung. „Mathilda ist seit Kindertagen meine Freundin. Ich kann nicht glauben, dass sie mich belügt", antwortete sie aufgebracht.

„Kamt Ihr nicht vom Müller, als man Linhart in Gewahrsam nahm? Ich werde zum Stand gehen und fragen, ob ich mir das Mehl ansehen kann, bevor ich es kaufe", erklärte Irmgart und ging, ohne auf Saras Reaktion zu warten, zum Stand.

Sara hielt sich im Hintergrund. Sie stand abseits und beobachtete, wie Irmgart an den Stand trat. Mathildas Schwiegervater schöpfte keinen Verdacht, als er Irmgart den Inhalt eines angebrochenen Sackes zeigte. Das Korn war gemahlen. Es war nicht erkennbar, ob sich unter dem feinen Mehl das Mutterkorn befand. Als Mathildas Schwiegervater den Preis des Mehles nannte, erklärte Irmgart, dass sie vor einem Kauf das Korn erst in einem ungemahlenen Zustand sehen wolle. Dass sie erst seine Reinheit überprüfen wolle. Mathildas Schwiegervater hielt für einen Moment inne und betrachtete Irmgarts Gestalt. Sara erkannte, dass sie noch kurz miteinander sprachen, bevor Irmgart sich abwendete und auf sie zukam. Sara glaubte zu erkennen, dass der alte Müller Irmgart nachschaute.

„Wir sollten deine Freundin Mathilda fragen, woher das viele Mehl kommt. Vielleicht kann sie uns das noch nicht gemahlene Korn zeigen", schlug Irmgart vor.

Als Sara und Irmgart den Marktplatz verließen, füllte sich dieser mit den Ordnungshütern des Vogtes.

Als Sara und Irmgart die Mühle erreichten, stand Mathilda im Hof. Als sie Sara erkannte, ging sie ihr entgegen. Immer wieder schaute sie sich suchend um. Und als sie Sara erreichte, begrüßte sie sie so leise, als wollte sie verhindern, dass es irgendjemand mitbekommt. „Sara, sie suchen dich überall. Auch hier bist du nicht sicher."

„Was war passiert, als Linhart und ich euch verließen? Warum wussten sie, wo wir waren?" Sara war aufgebracht, als sie an den Tag dachte, an dem man Linhart verhaftet und auch sie beinahe in Gewahrsam genommen hatte.

„Es war mein Schwiegervater, der euch verriet. Du musst mir glauben, ich habe es nicht gewusst. Er schickte einen Boten, als wir zusammen aßen. Man hat auch mich in die Stadt gebracht und für Stunden verhört. Erst der Einfluss meines Schwiegervaters befreite mich. Seither zeigt er mir jeden Tag, wie sehr ich in seiner Schuld stehe." Wieder schaute sich Mathilda um, als befürchtete sie, beobachtet zu werden.

„Wir sahen Euren Schwiegervater auf dem Wochenmarkt", unterbrach Irmgart das Gespräch der beiden Freundinnen.

„Ja, er ist dort und verkauft Mehl", bestätigte Mathilda Irmgarts Feststellung.

„Woher stammt das Mehl? Als Linhart und ich hier waren, waren die Lager, die dein Mann uns zeigte, leer."

„Es stammt aus den Lagern des Landesvogtes. Es wird zum Mahlen hierher gebracht. Mein Mann mahlt es und sein Vater bringt das, was an der Mühle nicht verkauft wird, auf den Markt."

„Natürlich, die Speicher sind leer. Die Menschen brauchen Korn, um ihre Familien zu ernähren. Sie sind willig, jeden Preis zu bezahlen." Sara war angewidert.

„Die Menschen erkranken auch außerhalb von Röhrenfurth. Sie sagten uns, dass sie das Korn, das sie aßen, in Röhrenfurth getauscht haben. Wir vermuten, dass es Euer Korn ist, welches mit dem Mutterkorn verunreinigt ist. Könnt Ihr uns zeigen, wo das nicht gemahlene Korn gelagert wird?", mischte sich Irmgart wieder ein. Ihr ging es nicht schnell genug. Nachdem, was Mathilda erzählte, fürchtete sie, dass man sie entdeckt haben könnte. Sie hatte gemerkt, dass auf dem Marktplatz zuletzt immer mehr Ordnungshüter zu sehen waren. Und wenn Mathildas Schwiegervater trotz aller Vorsicht Sara erkannt hatte, konnten sie jederzeit hier auftauchen.

„Das Lager, in dem das Korn gelagert wird, ist voll. Mein Mann ist seit Stunden in der Mühle. Er gönnt sich kaum Ruhe, denn bald wird die neue Ernte eingebracht, und die alte muss verkauft sein." Mathilda führte Sara und Irmgart in eines der Lager, zu dem Sara und Linhart keinen Zutritt gehabt hatten. Es war voll. Die Säcke mit dem noch nicht gemahlenen Korn stapelten sich an den Wänden.

In den ersten Säcken erkannte man, dass das Korn gesiebt war. Es waren nicht einmal Anhaftungen oder abgetrennte Stielreste zu erkennen. Es dauerte etwas, aber dann fanden Sara und Irmgart tatsächlich das, wonach sie suchten. Es waren mehrere Säcke, in denen das Korn nicht gesiebt war. Und in einem dieser Säcke fanden sie das Mutterkorn. Es war ein Korn, das sich durch seine dunkle Farbe und Größe vom restlichen Korn abhob.

„Wir müssen es deinem Mann, deinem Schwiegervater und auch Eckert Frei erzählen. Sie dürfen dieses Korn nicht mehr verkaufen. Sie müssen es reinigen. Sonst werden noch mehr Menschen sterben." Sara hatte neue Hoffnung geschöpft. Sie wirkte euphorisch. „Wir können beweisen, dass sie meiner Mutter und all den anderen Unrecht getan haben."

„Wir können es nicht erzählen", beendete Irmgart Saras Euphorie. „Vor allem Ihr könnt es nicht erzählen. Es muss eine neutrale Person sein. Jemand, der keinen Nutzen aus dieser Erkenntnis ziehen kann." Irmgart schaute, während sie sprach, Mathilda direkt ins Gesicht. „Traut Ihr es Euch zu?"

„Gewiss. Ich werde auf der Stelle zu meinem Mann gehen, er wird die Mühle stoppen. Er wird mit seinem Vater sprechen. Sie werden nur noch Korn abgeben, das gesiebt ist."

„Er muss das bereits gemahlene Korn ebenfalls vernichten. Und das so schnell wie möglich. Nur so kann man weitere Erkrankungen ausschließen."

Einen Augenblick wurde es ruhig. Mathilda überlegte, wie ihr Schwiegervater und Eckert Frei reagieren würden? Das Vernichten des Mehls würde einen großen Verlust bedeuten.

„Es muss sein", erklärten Sara und Irmgart. „Dein Mann wird dich unterstützen", versprach Sara. Es war ihre einzige Hoffnung. „Nimm das Korn mit. Kannst du sie nicht überzeugen, erbitte für mich das Recht zu sprechen. Ich werde ihnen die Wirkung des Mutterkorns erklären."

Sara war voller Hoffnung, Irmgart dagegen hatte ein ungutes Gefühl, als Mathilda den Speicher verließ.

Sara, Irmgart und Mathilda hatten besprochen, dass sie sich bei Irmgart treffen würden, sobald Mathilda mit ihrem Mann und ihrem Schwiegervater gesprochen hatte. Der Tag und auch die Nacht vergingen. Erst am Abend des folgenden Tages hörten die Frauen den Hufschlag nahender Pferde. Sara stand am Fenster, als mehrere Gestalten auf das Haus zureiten sah. Schon bald erkannte Sara, dass es Männer in den Uniformen des Landgrafen waren.

Übereilt verließen Sara und Irmgart das Haus durch die Hintertür. Sie liefen schnell, als sie das angrenzende Feld überquerten. Vollkommen außer Atem erreichten sie die ersten Bäume des Waldes. Hinter mehreren Büschen versteckt, beobachteten sie, wie zwei der Männer um das Haus in die Stallungen gingen und kurz darauf wieder herauskamen. Sara konnte sehen, wie die Männer das Feld und den angrenzenden Wald mit ihren Blicken absuchten. Sie kniete hinter den Zweigen eines wilden Brombeerenstrauchs und hoffte, nicht entdeckt zu werden. Als die Männer sich umdrehten, spürte sie Irmgarts Hand auf ihre Schulter. Erschrocken drehte sie sich um.

„Wir müssen weg," forderte Irmgart Sara auf, ihr zu folgen.

„Sie sind weg", Sara weigerte sich ihren Platz zu verlassen.

„Sie werden nach uns suchen. Sie werden in den Wald reiten und wenn wir hier bleiben, werden sie uns finden."

Irmgart hatte sich bereits zum Gehen gewandt, als sie Sara sagen hörte: „Ich kann nicht weg. Ich habe meine Tasche und meine Aufzeichnungen im Haus liegen lassen." Irmgart wusste, wie wichtig Sara die Aufzeichnungen waren. „Wir werden zu den

Stallungen laufen, dort werden sie kein zweites Mal suchen. Sind sie fort, werden wir ins Haus gehen."

Wieder liefen sie ohne Schutz über das Feld. Aus den Augenwinkeln konnten sie erkennen, wie einer der Männer auf sein Pferd stieg und in Richtung Wald ritt.

Die Angst entdeckt zu werden, trieb Sara und Irmgart an. An den Stallungen angekommen, kletterten sie durch eines der Fenster hinein. Aus dem Haus waren laute Stimmen zu hören. Sara und Irmgart stiegen vorsichtig eine morsche Holzleiter hoch und setzten sich auf dem Dachboden in die Nähe einer Luke. Von dort konnten sie in das Fenster des Hauses blicken. Zwei Männer durchwühlten die Töpfe und rochen an den Flaschen, die auf den Regalen lagerten. Vieles wurde auf den Boden geschmissen und zerbrach auf dem harten Stein. Sara suchte den Teil des Raumes, den sie von der Luke aus sehen konnte, nach ihrer Tasche ab, konnte sie aber nicht entdecken.

Irmgart merkte, das Sara immer ungeduldiger wurde. Leise flüsternd versuchte sie, sie zu beruhigen. Es war kein großes Haus, so dauerte es auch nicht lange, bis die beiden Männer es verließen, sich auf ihre Pferde setzten und ihrem Kameraden hinterherritten.

Vorsichtig verließen Sara und Irmgart ihr Versteck. Sara war die erste, die das Haus betrat. Die Männer hatten ganze Arbeit geleistet. Als Irmgart nach Sara das Haus betrat, war sie entsetzt. Es war die Arbeit von Jahren, die die Männer innerhalb von Minuten zerstört hatten. Während Irmgart fassungslos in der Tür stand, durchsuchte Sara den Raum nach ihrer Tasche. Sie hatte Glück. Sie sah sie in einer Ecke unter einem zerschlagenen Stuhl liegen. Als sie näher heran ging, erkannte sie, dass die Münzen ihrer Mutter und ihrer Großmutter daneben lagen und auch viele ihrer Fläschchen waren zerbrochen. Ihr Inhalt hatte die Tasche nass werden lassen. Aus Angst, ihr Buch könnte beschädigt werden, nahm sie die Tasche auf. Sie war leer. Sara schaute sich in Panik um, aber das Buch blieb verschwunden.

Irmgart war genauso fassungslos wie Sara. Niedergeschlagen ging sie durch den Raum, hob immer wieder Gegenstände vom Boden auf und stellte sie zurück auf das Regal. Auch an der Stelle, an der Saras Tasche lag, bückte sie sich. Es waren die beiden Münzen, die sie vom Boden aufhob und für eine lange Zeit anstarrte.

Kapitel XIV

Irmgart glaubte die Zeichnungen auf diesen Münzen bereits einmal gesehen zu haben. Es war mehrere Jahre her. Sie war in Hersfeld und hatte Rat bei einer dortigen Heilerin gesucht. Irmgart war sich sicher, im Haus dieser Heilerin hatte sie diese Zeichen gesehen. „Was sind das für Münzen?"

Sara sah elend aus. Irmgart erkannte Angst und Verzweiflung in ihrem Gesicht. Sie fasste Sara bei der Schulter und zeigte ihr die Münzen. Sara aber riss sich los und schlug ihr die Münzen aus der Hand. „Mein Buch, hilf mir, mein Buch zu suchen!", schrie sie Irmgart an.

„Dein Buch ist weg. Sie haben es mitgenommen!" Auch Irmgarts Stimme wurde lauter. Sie ging in die Richtung, in die die Münzen geflogen waren. Es dauerte einen Moment, bis sie sie fand. „Was sind das für Münzen!" Dieses Mal war der Griff, mit dem sie Sara an der Schulter hielt, fester und auch der Widerstand, den sie gegen Saras Abwehr einsetzte, war stärker. Sara konnte sich nicht losreißen. Sie schaute auf die Münzen. Für einen Moment herrschte Ruhe. Dann streckte Sara ihre Hand aus und Irmgart legte die Münzen in Saras Handfläche. „Sie gehörten meiner Mutter und meiner Großmutter."

„Ich glaube, das Zeichen auf diesen Münzen zu kennen. Weißt du, was es bedeutet?" fragte Irmgart.

„Als Kind habe ich gesehen, wie meine Großmutter meiner Mutter diese Münze überreichte. Ich kann mich erinnern, wie glücklich meine Mutter war. Aber die Bedeutung dieser Münze kenne ich nicht."

„Ich habe das gleiche Symbol bei einer Heilerin in Hersfeld gesehen. Ich war dort, weil ich Hilfe brauchte. Es war Karin, sie wirkte ebenfalls als Heilerin. Sie sprach von einer Gesellschaft mit dem Namen Agrippa von Nettesheim. Deren Mitglieder sollen sich gegen die Inquisition stellen. Es ist eine Gemeinschaft aus Heilern, Gelehrten, Menschen aus der Ober-, der Mittel- und der Unterschicht. Sie haben es sich zur Aufgabe gemacht, für das Recht einzustehen und nicht sachlich begründete Anklagen zu widerlegen. Dort werden wir Hilfe bekommen. Ich schlage vor, Karin aufzusuchen. Auch wenn es lange her ist, ich werde sie wiederfinden. Und wenn sie am Leben ist, bin ich mir sicher, sie wird uns helfen." Für diesen Moment schien Irmgart die entschlossenere der beiden Frauen zu sein.

Bereits am nächsten Tag zogen sie durch die Gassen der Stadt Hersfeld. Die Stadt hatte sich verändert. Irmgart und Sara durchwanderten viele Straßen. Immer wieder nahmen sie den falschen Weg. Erst als der Abend anbrach und sie sich eigentlich schon einen Schlafplatz suchen wollten, fand Irmgart das Haus der Heilerin. Zu Irmgarts Überraschung erkannte Karin sie sofort und hieß sie und Sara freudig willkommen. Karins Haare waren zwischenzeitlich bis zur letzten Strähne ergraut. Sie war dünn geworden und Irmgart konnte erkennen, dass ihre Gelenke bei jeder Bewegung schmerzten. Trotzdem ging sie stolz vor ihren Gästen her und führte Irmgart und Sara in das Haus.

Es gab nur einen Raum. In der Mitte befand sich eine Feuerstelle, in der ein schwaches Feuer glomm.

Karin forderte die beiden Frauen auf, am Feuer Platz zu nehmen. „Ihr seht fast erfroren aus", begründete sie ihre Forderung. Noch bevor Sara und Irmgart sich gesetzt hatten, nahm Karin aus einer Schüssel, die auf der Feuerstelle stand, Haferbrei und füllte ihn in drei kleinere Schüsseln, wovon sie jeweils eine an die Frauen weiterreichte.

Mit einem „Danke" nahmen Sara und Irmgart die Schüssel entgegen.

„Erzählt, was führt Euch hierher?" Karin hatte sich neben Irmgart ans Feuer gesetzt und schaute erwartungsvoll in die Gesichter ihrer Gäste.

Es war Sara, die von den Vorkommnissen in Röhrenfurth erzählte. Von den kranken und sterbenden Menschen. Von Bartholomeus, Pater Josef, Bernhard Schilling und Eckert Frei. Sie erzählte vom Tod ihrer Mutter und von Linhart, den man in Gefangenschaft nahm, weil er Bartholomeus' Urteil angezweifelt hatte. Dass Linhart und sie nach einer anderen Ursache als Hexerei für die Erkrankungen und das Sterben in Röhrenfurth gesucht hatten. Und dass sie und Irmgart glaubten, die Wahrheit gefunden zu haben. Sie erzählte von dem verunreinigten Roggenkorn und von Mathilda, die nicht wie vereinbart zu ihnen kam, stattdessen Eckert Freis Männer schickte.

Als Sara ihre Schilderungen beendet hatte, war es Irmgart, die Karin um Hilfe bat.

Es schien, als hätte Sara einer bereits bekannten Geschichte nur Details hinzugefügt. Karin erwiderte, dass sie von den Geschehnissen in Röhrenfurth gehört hatte. Sie bot Sara und Irmgart an, die Nacht bei ihr zu verbringen: „Ihr könnt euch ausruhen. Ich will sehen, ob ich euch helfen kann."

Sara und Irmgart waren müde und froh, dass sie die Nacht nicht im Freien verbringen mussten. Es war lange her, dass sie Geld verdient hatten. Die letzte Münze hatten sie bereits am vorherigen Tag für eine Mahlzeit ausgegeben.

Nachdem Karin ihren Gästen zu essen gegeben und ihnen ein Bett zugewiesen hatte, waren Sara und Irmgart schnell eingeschlafen. Die Straße, die Karin entlangging, war von großen, aus gebrannten Ziegeln gemauerten Häusern gesäumt. Die Häuser zeugten vom Wohlstand der Menschen, die sie bewohnten.

Der Vollmond und die Sterne waren die einzigen Lichtquellen an diesem Abend. Die Straße war menschenleer. Hin und wieder sah sie streunende Hunde und Katzen, die die Straße überquerten. Selbst im Hellen vermied Karin die vornehmen Gegenden. Sie fühlte sich unwohl zwischen all den Menschen, die nichts anderes im Kopf hatten als ihren eigenen Gewinn. Aber Karin wusste, dass es auch unter diesen Menschen Ausnahmen gab, und ihr Weg sollte sie zu so einem Ausnahmemenschen führen.

Es war nicht mehr weit. Karin konnte die Lichter des Hauses bereits erkennen. Es lag am Ende der Straße. Der prunkvolle, getreppte Giebel ließ das Haus noch größer und eindrucksvoller als all die anderen Häuser erscheinen. In das Mauerwerk waren mit Ornamenten verzierte und verglaste Fenster eingelassen. Und auch der Eingangsbereich, vor dem Karin jetzt stand, war mit kunstvoll gestalteten Ornamenten eingefasst. Nachdem Karin durch ein lautes Klopfen auf sich aufmerksam gemacht hatte, öffnete man ihr die Tür. Es war nicht das erste Mal, dass Karin zu Gast in diesem Haus war. Ohne irgendwelche Fragen zu stellen, führte man sie in ein Zimmer in der obersten Etage des Hauses. Der prachtvolle äußere Schein des Hauses setzte sich auch in seinem Inneren fort. Die Wände des Zimmers, in dem Karin auf den Hausherrn wartete, waren mit teurem Holz vertäfelt und auch die Möbel waren von großem Wert.

Rudolf Schulte, der Hausherr, war Richter in Hersfeld und ein geheimes Mitglied der Gemeinschaft. Aufgrund seiner Tätigkeit hatte er viele Kontakte und ein großes Rechtswissen. Beides setzte er für die Organisation ein. Als er seinem Gast erkannte, begrüßte er sie, als wäre sie ein Familienmitglied.

„Wie kann ich Euch helfen?", erkundigte er sich nach Karins Anliegen.

„Ihr habt gewiss schon von den Geschehnissen in Röhrenfurth gehört. Dass dort, nach Aussage vieler, der Teufel Einzug gehalten hat", begann Karin. „Viele Menschen starben bereits in den Feuern der Inquisition und es werden noch weitere folgen, so wurde es mir von Irmgart, eine Heilerin, die mir seit Jahren bekannt ist, und von Sara, der Tochter der Heilerin Kungundt aus Röhrenfurth, mitgeteilt. Es war Saras Mutter, die man der Unzucht mit dem Teufel anklagte und die Schuld für das Sterben der Menschen gab. Saras Mutter starb durch das Feuer der Inquisition. Sara berichtet, dass auch nach dem Tod ihrer Mutter die Menschen sterben und dass immer wieder Menschen in Gewahrsam genommen werden. Unter den Gefangenen ist auch ein Mann namens Linhart. Er und Sara haben nach dem wahren Grund des Sterbens gesucht. Doch bevor sie die Beweise hatten, nahm man Linhart in Gefangenschaft. Sara und Irmgart aber sind sich sicher, nun den wahren Grund gefunden zu haben. Sie fanden beim Müller das verdorbene Korn. Doch man hat sie verraten. Eckert Frei, der Vogt aus Röhrenfurth, schickte seine Männer, um die Frauen in Gewahrsam zu nehmen. Sara und Irmgart konnten fliehen. Sie erbitten, auch in Linharts Namen, die Hilfe der Gemeinschaft."

„Was genau wirft man diesem Linhart vor?"

„Dazu konnte Sara mir keine Auskunft geben. Sie erzählte, dass Linharts Geburtsstadt Röhrenfurt ist und er einst an der Seite des Inquisitors Bartholomeus stand. Dass er sich jedoch von ihm abwandte, als sie nach Röhrenfurth kamen. Linhart hat, noch bevor Sara von der Verurteilung ihrer Mutter wusste, einen Weg gesucht, Kungundts Unschuld zu beweisen. Sara erzählte, dass man, nachdem Bartholomeus herausgefunden hatte, dass Linhart Kungundt helfen wollte, auch seine Mutter zum Tode durch den Scheiterhaufen verurteilte und zusammen mit Kungundt hinrichtete."

„Bevor wir ihm helfen können, müssen wir die Anklageschrift lesen. Ich werde einen Boten schicken und eine Darlegung der Vorfälle in Röhrenfurt verlangen. Als Richter und mit der Begründung der zunehmenden Gefahr für Leib und Wohl auch in der Stadt Hersfeld wird man mir diese Darlegung gewähren. Ihr sagtet, Sara und Irmgart glauben, den wahren Grund für das Sterben gefunden zu haben. Welchen Grund glauben sie gefunden zu haben?"

„Sie nannten mir die Merkmale der Krankheit. Aufgrund der Merkmale kann ich ihrer Vermutung, dass es sich um das Antoniusfeuer handeln könnte, zustimmen. Wir müssen die Lager des Müllers kontrollieren."

„Wenn das Korn wirklich von Eckert Frei kommt, müssen wir zum Grafen und uns die Erlaubnis holen, die Speicher des Müllers zu kontrollieren."

Karin verließ das Haus, nachdem sie mit Rudolf Schulte die weitere Vorgehensweise besprochen hatte. Mittlerweile waren

Wolken aufgezogen. Karin konnte kaum die Hand vor Augen sehen. Sie war froh, als sie endlich die dunklen Gassen verlassen und die Tür zu ihrem Haus öffnen konnte.

Sara und Irmgart schliefen. Karin hörte ihren ruhigen, gleichmäßigen Atem, als sie zu ihrer Schlafstätte ging. Nachdem sie sich entkleidet hatte, schlief auch sie schnell ein.

Als Sara und Irmgart aufwachten, war Karin bereits wach. Sie saß am Tisch und zerkleinerte in einer kleinen Schale verschiedene getrocknete Kräuter. Als sie bemerkte, dass ihre Gäste ebenfalls wach waren, bot sie ihnen einen Aufguss aus Kräutern an.

„Ich besprach noch am gestrigen Abend euer Anliegen. Die Gemeinschaft wird euch helfen. Man hat bereits einen Boten nach Röhrenfurth gesandt, der die Art der Anklage, die man gegen Linhart erhoben hat, erfahren wird. So können wir dagegen sprechen. Auch zum Grafen wurde ein Bote gesandt, der die Erlaubnis einholt, das im Eigentum des Eckert Frei stehende Korn zu begutachten."

Sara und Irmgart waren froh, das zu hören. Aber auch enttäuscht, sie wären gerne mitgegangen, hätten gerne gewusst, wer zur Gemeinschaft gehörte. Sie sprachen es an, aber Karin antwortete ihnen, dass es niemanden gab, der jedes der Mitglieder kannte. So wollte man der Verfolgung und der Zerschlagung der Gemeinschaft entgegenwirken.

„Wie werde ich Mitglied der Gemeinschaft?" Sara war neugierig, sie wollte gerne hinter die Kulissen der Gemeinschaft schauen.

„Durch die Empfehlung eines Mitgliedes." Karin holte noch etwas vom Aufguss und schenkte ihren Gästen erneut ein.

„Habt Ihr uns für die Mitgliedschaft empfohlen?"

„Man weiß, dass es euch gibt. Man wird auf euch zukommen, sobald man eure Dienste benötigt."

„Was ist, wenn ich jemanden von euch brauche?" Sara und Irmgart waren enttäuscht.

„Wenn ihr jemanden braucht, wisst ihr, wo ihr mich findet." Karin lächelte Sara und Irmgart an.

Es vergingen drei Tage, bis Rudolf Schulte Karin die Nachricht zukommen ließ, dass er Neuigkeiten bezüglich Linharts Inhaftierung hatte. Sara hatte es mitbekommen. Sie bat darum, dass Karin sie mit zu ihrem Informanten nahm. Karin aber bestand darauf, allein zu gehen.

Rudolf Schulte wartete bereits auf Karin, als sie an seine Tür klopfte.

„Habt Ihr Nachricht aus Röhrenfurt?", begann Karin nach der Begrüßung ohne Umschweife das Gespräch.

„Die Nachrichten, die ich aus Röhrenfurt habe, sind keine guten. Sie haben Linhart bereits schuldig gesprochen und man hat den Bewohnern von Röhrenfurt dargelegt, dass Linhart nicht allein ist. Man sucht Sara, die Tochter der Heilerin, und auch Irmgart."

„Ist der Schuldspruch mit dem Beweis, dass das Antoniusfeuer für das Leiden und Sterben verantwortlich ist, umkehrbar?"

„Linhart ist nicht der Zauberei oder Hexerei angeklagt. Er ist als Sohn des Satans überführt worden."

Karin ging im Raum auf und ab. Es gefiel ihr nicht, was sie hörte. Sie hatte die Hoffnung gehabt, Sara helfen zu können. „Mit welchem Beweis hat man ihn überführt?"

„Mit den Worten des Pater Josef. Er bezeugte, dass Linhart lebte, obwohl Gott ihn bei der Geburt sterben ließ. Er sah, wie die Heilerin Kungundt Linhart den Atem des Teufels einhauchte, als Gott ihm den seinen nahm."

„Wie groß ist die Hoffnung, einen Beweis zu finden, der gegen Pater Josefs Worte spricht?"

„Pater Josef beschwor seine Aussage vor Gott. Kungundt, die ihr Handeln hätte bestreiten können, ist tot. Sie wurde der Hexerei für schuldig gesprochen. Und selbst wenn sie leben würde, wem würde man mehr glauben als einem Mann Gottes?"

Einen Augenblick lang herrschte Stille. Weder Karin noch Rudolf wussten, wie man Linhart helfen konnte. Seine Hinrichtung war unausweichlich.

„Was ist mit Saras Anklage? Habt Ihr Information, was genau man ihr vorwirft?" Karin konnte sich die Antwort denken. Aber vielleicht gab es wenigstens hier die Möglichkeit, die Vorwürfe zu widerlegen, die man gegen sie erhob.

„Auch hier ist es fast aussichtslos. Sie ist Kungundts Tochter. Sie arbeitet ebenfalls als Heilerin. Für die Inquisition ist sie bereits überführt. Die Tatsache, dass eine Vergiftung des Korns für die Erkrankungen und das Sterben im Ort verantwortlich sein könnte, ist bedeutungslos. Selbst wenn es so wäre, wird man ihr die Schuld geben. Man wird ihr die Schuld geben, dass das Getreide verdarb und Irmgart wird beim Schuldspruch an ihrer Seite stehen."

Rudolf hatte recht und Karin wusste es. „So müssen wir Sara und Irmgart unter unseren Schutz stellen." Es war keine Option, sondern Karin bestand darauf.

Sie hätte ihren Willen gar nicht mit so viel Nachdruck aussprechen müssen. Rudolf stand auf ihrer Seite und natürlich hatte er sich schon seine Gedanken gemacht. „Ihr könnt sie vielleicht für ein paar Tage bei Euch lassen. Wir müssen aber schnellstmöglich einen Ort finden, wo sie sicher sind. Wir müssen nicht nur sie, sondern auch uns schützen. Aber wir werden eine Lösung finden."

Wieder herrschte Stille. Beide hingen ihren Gedanken nach, bis Karin das Gespräch wieder aufnahm: „Habt Ihr etwas vom Grafen gehört?"

„Ich selbst hatte den Auftrag bekommen, das Korn des Vogtes zu überprüfen. Als ich das tat, waren die Lager leer. Auf meinem Weg habe ich das Leid der Menschen gesehen. Ich habe den Antonius-Orden in Höchst am Main um Hilfe gebeten. Dort kann man uns sagen, ob Sara und Irmgart auf dem richtigen Weg waren, ob es sich tatsächlich um das Antoniusfeuer handelt, an dem die Menschen in Röhrenfurth erkrankt sind. Kurz bevor ihr gekommen seid, berichtete mir ein Bote, dass Bruder Martin sich auf den Weg nach Röhrenfurth machen wird. Er arbeitete ein paar Jahre in einem Antonius-Hospital in der Nähe von Paris. Er kennt die Symptome und wird die Wahrheit herausfinden. Sollte es sich um das Antoniusfeuer handeln, wird er seine Hilfe bei der Behandlung anbieten. Er wird bereits am morgigen Tag aufbrechen."

Die Tatsache, dass Bruder Martin nach Röhrenfurth reisen würde, war wenigstens eine Chance, dass nicht noch mehr Menschen dem Hexenwahn in Röhrenfurth zum Opfer fallen würden.

Kapitel XV

Für seine Reise hatte Bruder Martin zwei Tage eingeplant. Und diese zwei Tage hatte er auch gebraucht. Es war bereits dunkel, als er die Reste einstiger Scheiterhaufen vor den Mauern der Stadt erreichte. Die Erde war mittlerweile wieder erkaltet. An den Stellen, an denen man die Scheiterhaufen errichtet hatte, hatte sie sich schwarz gefärbt, der schwarz-graue Ruß des verbrannten Holzes bedeckte die Stellen wie ein Leichentuch den Tod. Bruder Martin betrat die Stadt durch das Haupttor. Auf den Straßen waren kaum Menschen. In nur wenigen Häusern konnte man das schwache Licht einer Kerze oder eines Feuers erkennen. Bruder Martin war bereits Stunden unterwegs und froh, sein Ziel endlich erreicht zu haben. Er ging durch die Gassen und versuchte sich trotz der Dunkelheit einen ersten Eindruck von der Stadt zu machen. Es war ein kleiner Ort. Wie überall lag hier der Unrat auf den Straßen. Es gab Ratten, die keine Scheu vor ihm zu haben schienen. Ungerührt von seinen Schritten suchten sie in den Straßen nach Essbarem. Bruder Martin ging über den Marktplatz.

Man hatte ihn bei Pater Josef angemeldet, der trotz der späten Stunde vor dem Kirchentor stand, auf ihn wartete und ihn nach einer kurzen Begrüßung als Gast in das Pfarrhaus führte.

„Welches Anliegen führt Euch in unsere Stadt?" Pater Josef war direkt. Man hatte Bruder Martin angekündigt, ihm aber den Grund seines Besuches verschwiegen.

„Im Kloster hörten wir von einer Plage, die die Bewohner dieser Stadt heimsucht. Man hat mich gesandt, um Euch meine Hilfe anzubieten."

„Wir haben den Teufel geschwächt, indem wir seine Verbündeten hinrichteten. Wenn Gottes Zorn gebrochen ist, wird die

Stadt wieder zu leben anfangen. Ihr hättet den Weg, den Ihr auf Euch nahmt, nicht gehen müssen." Bruder Martin erkannte die Ablehnung in Pater Josefs Worten.

„Es ist nicht mein Bestreben, Euer Handeln anzuzweifeln. Ich bin gekommen, um Euch in Eurem Tun zu unterstützen." Bruder Martin versuchte die Wogen, die sich ankündigten, zu glätten. „Und seid gewiss, genau wie Ihr stehe ich auf der Seite des Herrn."

Pater Josef wurde wieder ruhiger. Tatsächlich fühlte er sich angegriffen. Er und Eckert Frei hatten alles unter Kontrolle.

Linhart war in der Frühe hingerichtet worden. Auf dem Platz vor dem Rathaus der Stadt hatten sich mehr Menschen versammelt, als Röhrenfurth Einwohner hatte. Sie waren weit gereist, um den Sohn des Teufels sterben zu sehen. Bartholomeus hatte zu seinem Versprechen, Linhart durch das Schwert sterben zu lassen, gestanden. Trotzdem wollte er den Menschen zeigen, wie mächtig die Inquisition war. Dass sie selbst den Sohn des Teufels zu Fall brachte. Er hatte die Kunde von Linharts Hinrichtung im Umland verbreiten lassen und mit dem Versprechen, dass sein Tod ihrem Leiden ein Ende setzen werde, in die Stadt gelockt. Als man ihn zum Schafott führte, war es laut gewesen. Die Menschen redeten durcheinander. Viele riefen Linhart zu, er möge diese Welt endlich verlassen und wieder zurück zu seinem Vater gehen. Keiner wagte es, für Linhart zu sprechen. Die Angst vor der Inquisition war groß.

Pater Josef hatte mit Linharts Widerstand und Rechtfertigungen gerechnet. Aber Linhart war ruhig gewesen. Als er seine Hinrichtungsstätte erreichte, begann es zu regnen und ein heftiger Wind kündigte einen schweren Sturm an. Schwere Wolken hatten die Sonne verdeckt. Es war so dunkel, als hätte der Tag noch nicht begonnen. Immer wieder brachen Äste von den umliegenden Bäumen und wurden von schweren Böen in die Richtung getrieben, in der die Hinrichtung stattfinden sollte. Man hatte den Eindruck, als wollte der Teufel selbst verhindern, dass sein Sohn auf diese Art und an diesem Tag starb.

Trotz der Böen, die sich in kürzester Zeit zu einem schweren Sturm entwickelten, und dem Regen, der bald die Erde derart aufgeweicht hatte, dass man bis zum Knöchel im Dreck stand, bestand Bartholomeus darauf, dass dieser Tag Linharts Todestag war.

Linhart ging mit erhobenem Kopf auf Bartholomeus zu. Spannung lag in der Luft, als Linhart seinem einstigen Meister ein Bündel mit Schriften übergab. Bartholomeus nahm die Schriften und reichte sie, nachdem er einen kurzen Blick darauf geworfen hatte, weiter an Eckert Frei.

Mit einer Geste hatte Bartholomeus den Henker aufgefordert, Linhart zum Holzblock zu führen. Linhart zeigte keinen Widerstand. Erst als der Henker ihn aufforderte, sich hinzuknien und seinen Kopf auf den Block zu legen, weigerte er sich und bat Bartholomeus darum, ein letztes Gebet für seine Familie und sich sprechen zu dürfen. Bartholomeus gewährte ihm diesen Wunsch. Als Linhart das Gebet sprach, war es auf dem Platz ruhig. Alle Geräusche waren verstummt. Niemand sprach ein Wort, selbst der Wind hatte für diesen Moment innegehalten.

Pater Josef stand neben Bartholomeus. Er konnte hören, wie Linhart in seinem Gebet um Vergebung für sich, seinen Bruder, seiner Mutter, Kungundt, Gottfried und Adelheid bat. Als Linhart ebenfalls für Bartholomeus, Eckert Frei und für ihn und alle umher Stehenden um Vergebung bat, erboste das Pater Josef. Er ermahnte Linhart, dieser sprach jedoch sein Gebet unbeeindruckt weiter.

Pater Josef hoffte, dass mit Linharts Tod Ruhe in Röhrenfurth einkehren und der ganze Spuk ein Ende haben würde. Die Axt des Henkers war scharf gewesen, davon hatte man sich vor der Hinrichtung überzeugt, trotzdem brauchte es zwei Hiebe, bis Linharts Kopf in den Korb viel.

Pater Josef war überzeugt, dass, nachdem die Schuldigen überführt und hingerichtet waren, auch der Teufel den Ort endlich verlassen würde. Er glaubte, dass die Menschen in Röhrenfurth mit viel Reue und Gebeten wieder gesund werden würden und ihre Arbeit bald wieder aufnehmen konnten.

„Die Menschen in Röhrenfurth sind Sünder. Sie wollen in ihrer Schuld mit niemandem sprechen, nur zu unserem Herrn", erklärte Pater Josef seinem Gast.

„So lasst es mich dennoch versuchen. Sollte sich tatsächlich niemand bereiterklären mich zu empfangen, werde ich Röhrenfurth wieder verlassen. Wenn es in meiner Macht steht, werde ich den Menschen meine Hilfe anbieten. Sie allein sollen entscheiden, wie weit diese Hilfe gehen wird." So schnell wollte Bruder Martin nicht aufgeben. Er hatte sein Wort gegeben, und dieses Wort musste er halten. Er wollte herausfinden, ob es tatsächlich der Schwarze Tod ist, der im Ort sein Unwesen treibt, oder ob die Ursache für das Sterben nicht doch das Antoniusfeuer war.

Pater Josef wusste keinen Grund, den er gegen diese Bitte vorbringen konnte. Und auch wenn es ihm eigentlich gegen den Strich ging, sah er sich gezwungen, Bruder Martins Bitte nachzukommen. „Ich werde Euch in die Häuser führen und Euch zur

Seite stehen", erklärte Pater Josef gezwungenermaßen seine Zustimmung.

Auf dem Weg zum Pfarrhaus gingen die beiden Männer schweigend nebeneinander her. Bruder Martin kannte dieses Verhalten und mit den Jahren hatte er gelernt, es nicht persönlich zu nehmen. Er war müde und als sie das Pfarrhaus erreichten, war er über die warme Mahlzeit, die Pater Josef ihm anbot, froh und für das Bett, das der Pater ihm zuwies, dankbar.

Bruder Martin und Pater Josef brachen noch vor Sonnenaufgang auf. Bruder Martin konnte nicht erkennen, ob es wirklich die Scham wegen ihrer Sünden oder die Angst vor Denunziation oder Repressalien war, dass die Menschen ihre Türen nur widerwillig öffneten. Aber man öffnete sie ihnen und das mehr als nur einmal. Bruder Martin untersuchte die Erkrankten. Und Pater Josef stand wahrhaftig immer an seiner Seite. Er ließ seinen Gast nicht aus den Augen. Aber Bruder Martin ließ sich nicht aus der Ruhe bringen. Er befragte die Menschen und untersuchte die entstellten Körper der Erkrankten.

Es sah tatsächlich so aus, als hätte der Schwarze Tod in Röhrenfurth Einzug gehalten. Aber je mehr der Erkrankten Bruder Martin untersuchte und je mehr Menschen er befragte, umso mehr zweifelte er an dem so Offensichtlichen. Tatsächlich klagten die Erkrankten wie beim Schwarzen Tod auch über Kopfschmerzen und Schmerzen in den Gliedern. Jedoch bildeten sich beim Schwarzen Tod nach vierundzwanzig Stunden die ersten Beulen. Und der Erkrankte stirbt nach ungefähr acht Tagen. Die Erkrankten in Röhrenfurt litten jedoch über Wochen. Auch bildeten sich keine Beulen, sondern die Gliedmaßen starben am lebendigen Körper.

Als Pater Josef und Bruder Martin am frühen Nachmittag ihre Visite beendeten, war Bruder Martin davon überzeugt, dass es sich nicht um den Schwarzen Tod handelte, der die Menschen im Ort sterben ließ, sondern dass es das Antoniusfeuer war. Er kannte die Krankheit und wusste, dass eine Heilung möglich war. Aber er ahnte, dass es schwierig werden würde, Pater Josef und Eckert Frei davon zu überzeugen. Er bat Pater Josef um ein Gespräch mit Eckert Frei. Er hoffte, die Männer zum Umdenken zu bewegen.

Pater Josef und Eckert Frei saßen vor Bruder Martin wie ein Bollwerk aus massivem Stein. Die Arme vor der Brust verschränkt, ließ schon der erste Blick erkennen, dass sie nicht wirklich an einer anderen Sicht der Dinge interessiert waren. Bruder Martin wusste, dass sie eine Menge zu verlieren hatten. Sie wollten ihr Gesicht waren. Sie hatten Menschen gefoltert und zum Tode verurteilt, die angeblich zusammen mit dem Teufel den Schwarzen Tod in den Ort gelockt hatten. Sie hatten Männer und Frauen mit der Begründung dem Feuer übergeben, sie seien schuld am Leid der Menschen im Ort.

Bruder Martin wusste, dass es nicht leicht sein würde, die beiden Männer davon zu überzeugen, dass es nicht der Schwarze Tod war, der Röhrenfurth heimsuchte, sondern dass es das Antoniusfeuer war, das die Menschen quälte. Er sprach von den Gemeinsamkeiten, die beide Krankheitsverläufe aufwiesen. Und er erklärte die Unterschiede, die letztlich dafür sprachen, dass es sich um das Antoniusfeuer handelte.

„Egal ob es, wie Ihr meint, das Antoniusfeuer oder der Schwarze Tod ist, Ihr könnt es nicht leugnen, dass es Hexenwerk ist." In Pater Josefs Stimme konnte man erkennen, dass er zu seiner Meinung keinen Widerspruch duldete.

„Ich bin nicht hier, um zu entscheiden, ob es Teufels- oder Hexenwerk ist, welches die Menschen sterben lässt. Ich bin hier, um den Menschen, die noch leben, eine Hoffnung auf Heilung zu geben. Seit Jahrhunderten kämpft der Antonius-Orden gegen diese Krankheit. Wir haben Hospitäler erbaut, sodass wir uns intensiv um die Erkrankten kümmern können. Auch ich habe lange in diesen Hospitälern gewirkt. Ich weiß, wenn die Menschen gutes Brot und Fleisch zu essen bekommen, ist eine Verbreitung des Antoniusfeuers zu stoppen. Und wenn die Erkrankten die richtige Pflege erhalten, Tinkturen aus Kräutern zu sich nehmen, die einst für diese Krankheit erstellt wurden, und wenn man sie anhält, auf Reinlichkeit zu achten, besteht die Hoffnung auf Heilung." Bruder Martin wusste, dass er gegen die Überzeugung der beiden Männer, die vor ihm saßen, nichts ausrichten konnte. Aber er hoffte darauf, den Menschen im Ort wenigstens die Chance auf ein Leben ohne Schmerzen und Tod geben zu dürfen.

„Geht, erzählt den Menschen, dass das Brot, welches ihre Familie ernährt, unrein ist. Dass sie es den Ratten zu fressen geben sollen, während ihre Kinder hungern. Erklärt ihnen, dass sie die Kuh und das Schwein, welches sie noch im Stall haben, opfern müssen, um die Macht des Teufels zu überlisten." Pater Josef wusste, dass niemand im Ort so viel zu essen hatte, dass er bereit wäre, etwas davon ohne Nutzen wegzuwerfen. „Wir werden die

Bürger Röhrenfurths nicht allein gegen den Teufel kämpfen lassen, wir werden mit ihnen beten. Sie werden sich in Demut üben, jedes Laster ablegen und Gott wird ihnen helfen." Pater Josef sprach mit Nachdruck, seine Worte duldeten keinen Widerspruch.

Eckert Frei hatte die beiden Gottesmänner sprechen lassen. Doch nun beendete er das Gespräch: „Geht!", forderte er Bruder Martin auf. „Geht und versucht die Menschen von Eurem Weg zu überzeugen. Nehmen sie Eure Hilfe an, so soll es nicht zu ihrem Nachteil sein."

Mit diesen Worten stand fest, dass Bruder Martin von den beiden Männern keine Hilfe zu erwarten hatte. Aber immerhin hatte man den Menschen im Ort das Recht gegeben, selbst zu entscheiden, ob sie seine Hilfe annahmen oder nicht.

Bruder Martin wusste, dass Pater Josef recht hatte. Es würde schwierig werden. Vielleicht gab es die Möglichkeit, die Menschen davon zu überzeugen, das verunreinigte Korn zu sieben, um so das gute vom befallenen Korn zu trennen, aber die Menschen hungerten, sie dazu zu bringen, das Brot, welches aus dem verunreinigten Getreide gebacken wurde, fortzuwerfen, schien selbst für Bruder Martin unmöglich. Er hatte schon oft erlebt, dass Menschen auf die Hilfe Gottes hofften, anstatt seine Anweisungen zu befolgen. Selbst wenn der Grund ihres Leids erklärbar ist, fühlten sie sich in der Kirche beschützt. Sie hofften durch das Gebet zu Gott auf Erlösung. Warum sollte es hier anders sein?

Aber Bruder Martin wusste, dass die Getreidespeicher so gut wie leer waren. Dass die verunreinigte Ernte zu Neige ging. Und so Gott will, würde das Korn der neuen Ernte gesund sein.

Bruder Martin nahm sich vor, zur nächsten Ernte wiederzukommen. Er hoffte, die Möglichkeit zu bekommen, den Menschen begreiflich zu machen, welche Folgen der Verzehr des verunreinigten Korns habe und mit welchen einfachen Mitteln sich dieses Leid verhindern ließe. Er wusste, es würde einfacher sein, die Menschen dazu zu bringen, das Korn zu sieben und das verunreinigte Korn zu vernichten, wenn die Speicher voll waren.

Anmerkung der Autorin

Bei diesem Roman handelt es sich um eine fiktive Geschichte. Die Handlung, die örtlichen Gegebenheiten und die Personen sind frei erfunden.

Ich wollte von einem Ereignis schreiben, das erzählt, wie beeinflussbar der Mensch ist.

Wie im Mittelalter gibt es auch heute Menschen, die sich hinter der Religion verstecken, um Macht auszuüben. Und noch immer gibt es die Menschen, die sich benehmen wie Lemminge. Sei es aus Tradition, Angst, Neid oder Unwissenheit, sie folgen ihren Anführern bis weit über die Klippe, ohne zu merken, dass sie bereits fallen und viele andere Menschen mit sich reißen.

Auf der Suche nach Ideen, diese Geschichte zu erzählen, recherchierte ich im Internet und stieß auf die Internetseite der Stadt Röhrenfurth (www.roehrenfurth.de). Wie in so vielen anderen Städten kam es hier im Mittelalter zu Epidemien. So auch im Jahr 1597. Man nimmt an, dass es sich damals um eine Vergiftung der Einwohner durch das Mutterkorn (secale cornutum) handelte. Das Mutterkorn ist eine Verunreinigung des Korns durch eine Form des Pilzes „Claviceps purpurea Tulasne", der häufig nach einem kalten und trockenen Winter und einem darauf folgenden feuchten Frühjahr auftrat und auch heute noch auftritt.

Bereits im Mittelalter gab es den Antonius-Orden, der sich um die Menschen kümmerte, die durch den Verzehr des verunreinigten Korns erkrankt waren. Der einfache Mensch jedoch glaubte daran, dass es Satan und seine Anhänger waren, die den Tod in die Orte brachten. Und dass Gott ihnen helfen würde, sobald diese „Ungläubigen" für ihren Frevel bestraft wären.

> „Viele, deren Inneres das heilige Feuer verzehrte, verfaulten an ihren zerfressenen Gliedern, die schwarz wie Kohle wurden. Sie starben entweder elendig oder setzten ein elenderes Leben fort, nachdem die verfaulten Hände und Füße abgetrennt waren. Viele aber wurden von nervösen Krämpfen gequält."
>
> Beschreibung der Mutterkornvergiftung aus dem 11. Jahrhunderthttp: (www.antoniterforum.de)

Zu dem Leben im Mittelalter und der Verfolgung der Hexen sind zahlreiche Texte erschienen. So zum Beispiel von Kai Lehmann das Buch „Unschuldig", welches mich bei der Schilderung der Verhöre inspirierte. Auch die Bibel war bei meinen Recherchen präsent, genauso wie der „Hexenhammer" (Malleus maleficarum) von Jakob Sprenger und Heinrich Institoris. Über den Alltag der Menschen in jener Zeit erfuhr ich im Buch „Alltag im Spätmittelalter" von Harry Kühnel viele Details.

Danksagung

Es gibt viele Menschen, die mich bei der Erstellung dieses Projektes unterstützten und denen ich hier meinen Dank aussprechen möchte.

Ein ganz besonderer Dank geht an meinem Mann, der mich immer wieder ermutigte, weiterzuschreiben, und an Uwe Krol, der mir seine Zeit schenkte und bei der Entwicklung dieses Buches zur Seite stand.

Außerdem geht ein Dankeschön an Max und Samy Mellies, Mirna Rademann, Steffi Eichholz, Susanne Achtenberg, Juliane Groth, Ursula Kjederquist, Karola Wohlfahrt und all die Anderen, die mir unverblümt ihre Meinung sagten, als sie die Erstfassung des Buches gelesen hatten.

Zeitfracht Medien GmbH
Ferdinand-Jühlke-Straße 7
99095 Erfurt, Deutschland
produktsicherheit@kolibri360.de